卿本娘子漢

4

鴻映雪 著

風文創 609

目錄

第四十六章

楚昭業的小院，在楚謨離開後，那院門又緊緊關上了。

李貴來到院後一個角落裡，抓出一隻鴿子，將手中的紙條捲成一個小卷，塞進鴿子腿上綁著的小竹筒裡，又細細將竹筒口塞嚴實，才舉起那隻鴿子，往天上一扔。

那鴿子在天上飛著打了一個圈，往北而去。

李貴覺得，楚謨應該沒看出什麼破綻。書房裡的那個人，和楚昭業長得非常相似，經過刻意模仿，動作神態也有幾分相像，那人站在軒窗邊那位置，也是他們反覆思量過的。站在那裡，不論什麼時候，都有陰影投在臉上，更能遮蓋幾分。

唯一美中不足的，就是那人的聲音和殿下不一樣。不過，殿下找了江湖中善於模仿人聲的高手，再讓兩人練習配合。剛才這兩人在楚謨面前，配合得很好。

只是，楚謨居然從京城來皇覺寺，他對外說是為了代鎮南王妃來拜佛，但是知道鎮南王府內情的人，都知道世子和王妃名為母子，情分上可沒這麼好。再說，若真是受了囑託，沒道理在京城待了這麼久，現在才來，他應該是受了太子或顏府的託付，來探望自家殿下的。幸好，殿下想得周到。

李貴看著鴿子飛遠，又將剛才的事琢磨一遍，確定沒什麼破綻，才安心下來。他慢慢離開鴿子籠，沿著院牆蹓躂一圈。

洛河領了楚謨的命，打馬趕回京城。幾百里的路，雖然他路上連口水都沒喝，趕到顏府時，還是下午了。

顏寧一聽真人不見，心中有些驚疑。楚謨既然敢這麼說，應該是有十成把握。她在房裡走了半圈，拿定了主意。「洛河，你歇息一會兒，還得辛苦你再趕回去跟你家世子說，麻煩他在寺內再多留一天。」

「顏姑娘，我家世子是說明日才回京的。」

「嗯。京中會再去人，麻煩他在那兒，待京中的人到。」

「是，小的明白了，小的這就回去。」洛河連忙領命。

顏寧吩咐人備馬，往東宮跑去。

楚昭恒見她這個時辰還來，知道肯定有急事。

「太子哥哥，三皇子不在皇覺寺，他私自離京，這事應該讓聖上知道才是。」顏寧跟著楚昭恒走到書房門口，就忍不住說了這消息。

楚昭恒沈吟片刻。「這事，確實嗎？」

「楚謨既然敢這麼說，應該是有十足把握才是。」

「要拆穿這事，只怕不是這麼容易。他只在房內抄經，不見客，也不出門。」

「但是，聖上若知道三皇子心情鬱鬱，派太醫去看診呢？」顏寧有些壓抑不住地興奮。

她恨不得拖著楚元帝到皇覺寺，再把那個假楚昭業拖出來，丟到楚元帝面前。

因為宮變時護駕有功，楚元帝對這三兒子日漸看重，又由於太子楚昭恒鋒芒漸露，楚元帝對楚昭業更多了幾分額外的扶持。

楚元帝當然知道楚昭業對皇位也有野心，但是，這是好事。他覺得，讓楚昭恒時刻知道有人在邊上虎視眈眈，才能更老實地做個好太子。

現在，要是楚元帝知道，他看重的三皇子藉著祈福的機會，居然不知去向，豈不是大妙？

皇子私自離京，可不是小事。

「太子哥哥，你讓楚謨關注三皇子，是不是也懷疑皇覺寺裡沒人啦？」

「我又不是神仙。我只是覺得，兗州戰事不是小事，可林尚書往皇覺寺送戰報的人，竟然不是很及時。」

就如楚昭業安排人盯著顏府和東宮一樣，楚昭恒自然也會安排人盯著三皇子府、林府和濟安伯府等處。

兗州戰事，是如今朝廷內的頭等大事，而兗州州牧，又是林文裕唯一的嫡子林天虎，於公於私，林文裕和楚昭業都應該很關注。

若楚昭業是因為劉琴之事想要暫避風波，他此時待在皇覺寺也說得通。但是，就算要暫避一下百官關注，他又不是隱居，朝廷中的事肯定還是關心的。

楚昭業剛離京時，林文裕每天都會派人往返於林府和皇覺寺。可是這幾天，林府還是每天往皇覺寺派人，但是派出去往返的人，速度沒前面那麼快，甚至，還有一個下人離京後沒馬上去皇覺寺，還有餘暇在路上的驛館裡喝了一罈酒。

楚昭恒和封平覺得，若是正經辦差絕無人敢如此輕忽。只有一個理由——這些下人是做個樣子，身上其實沒什麼緊要差事。

「太子哥哥真是見微知著。」顏寧由衷誇了一句。「現在消息來了，得盡快讓聖上知道。」

「嗯，這事我來安排，妳不用急。」楚昭恒心裡有了安排。「晚了，要不要留在這裡和我一起用晚膳？」

顏寧吐吐舌頭。「不用，我還是回家去吧，在這裡吃一頓，回家去得被母親罵。」有了秦婉如這個榜樣，秦氏更加覺得顏寧太沒規矩、不知避忌，管得更嚴了。

楚昭恒知道顏寧最近正被舅母拉著學規矩，看顏寧苦著臉，笑了。「妳還不知足。前兩日舅母還想找母后借個宮中的教養嬤嬤呢，母后打算選人的，還是我幫妳給攔了。」

「太子哥哥最好了！不枉費我有好吃的、好玩的都分給你。」顏寧覺得楚昭恒很夠義氣。「我先回家啦，明日等你消息。若是要派人去皇覺寺，我也跟著去。」

「妳還是待在京裡吧。」楚昭恒讓顏寧安心等消息，送她離宮了。

明福陪在楚昭恒身後，送顏寧離開後，往周圍看了一眼。「殿下，前兩日奴才奉命去安國公府送東西時，安國公拉著奴才，打聽顏姑娘的事呢。」

楚昭恒臉色冷了一下，又恢復如常。「你讓人準備一下，我要進宮去給父皇母后請安，順便送些小吃進宮。安國公若是再打聽，你就說寧兒與我一起長大，兄妹情誼深厚。」

明福知道，楚昭恒是不高興有人想防著顏寧了，他連忙應聲，又叫人準備楚昭恒要帶進宮的東西。

另一廂，顏寧心滿意足地回到府裡。到了晚上，東宮來人給顏寧送消息，楚元帝和顏皇后擔心三皇子，又傷心未出世的皇孫，明日派康保去皇覺寺看看。

康保，是楚元帝的第一心腹，他知道了，就等於是楚元帝知道了。

顏寧一想到明日就可以揭穿楚昭業私自離京的事實，就覺得鬆了口氣。她披散著頭髮，打算就寢。

秦氏卻匆匆趕進她的院中。「寧兒、寧兒，出大事了！」

顏寧披了衣裳，匆忙綰了頭髮，從房中出來。

秦氏見女兒這樣，倒是定了心神，拉著顏寧走回房裡。「寧兒，妳父親……妳父親重傷了！」

「母親，哪裡來的消息？」

「是孟秀趕回來的，他正在前院呢。」秦氏想到孟秀說顏明德性命垂危，忍不住哭了起來。「這可怎麼辦，怎麼辦啊？」

秦氏平時端莊穩重，聽到這消息卻急得不行。這一、兩年裡，顏明德總拉著顏寧說政事，如今丈夫、兒子都不在身邊，秦氏心中驚慌之下，不自覺就倚靠起女兒來。

「母親，怎麼回事？戰報上說戰事順利啊。」顏寧也是意外，她下午從東宮回來時，楚昭恒說沒有最新戰報過來，但前幾日來的戰報上，明明說戰事順利的。「母親，這事您要先隱瞞一下，您先不要急，家中還要靠您穩住呢。」

秦氏被女兒提醒，才想起顏明德受傷之事都沒人提起，連忙擦了擦眼角。

顏寧扶著秦氏，王嬤嬤和綠衣掌燈，也不驚動其他人，來到前院書房，見到孟秀滿臉風霜，鬍子邋遢，身上的衣裳也是髒得不行。

聽到開門聲，看顏寧走進來，五大三粗的男人忍不住帶著哭音跪下去，若不是顏寧是姑娘家，他可能恨不得撲到腳前痛哭。

孟秀是顏寧一手從家將中提拔起來的，對顏寧一向信服，看到顏寧，只覺萬事都能迎刃而解。

「姑娘，快點去救救元帥和二公子吧。姑娘，我們上當了，大將軍被人害了……」他說得語無倫次。

「我父親，他怎麼樣？二哥呢？他們……還活著嗎？」顏寧幾乎是咬著牙，問出「還活著嗎」四個字，隨後緊緊盯著孟秀，生怕從他嘴裡吐出自己不想聽到的消息。

「二公子還好，只是沙場上受了點輕傷。大將軍、大將軍中了暗箭，受了重傷，末將回來時，箭已經拔出來了，軍醫說性命應該無礙。」孟秀連忙說道。

秦氏剛才見孟秀時，沒聽清楚，就被催著叫顏寧出來，現在她聽到軍醫說性命無礙，才覺得自己又活了過來。受重傷沒事，只要人活著就好。

顏寧吐出一口氣。「誰讓你回來的？還有什麼事？」

「姑娘，是二公子叫末將回來的。林天虎說二公子戰場上後退，是逃兵，要拿下二公子。大將軍帶去的人當然不依，末將來的時候，林天虎說他要具摺上奏。」

「那你帶了摺子回來了嗎？」

「末將……末將沒帶……沒人寫……」孟秀聲音低了下去。顏烈壓根兒沒想到要寫戰報讓孟秀帶回來。

「你回來時我父親和二哥在哪兒？」

「在兗州城裡。大將軍和二公子在兗州城外和北燕人作戰，北燕人敗了，鳴金退兵的時候，有人背後放冷箭，傷了大將軍。二公子急著看大將軍傷勢，林天虎就說二公子是臨陣脫逃……」

「你回來用了幾天？」

「末將一路上換馬不換人，從兗州回來，用了三天。」

「過伏虎山的時候，有沒有見到周將軍？」

「小的沒去見，直接拿通關文書通關，混在百姓裡回來的。二公子說，讓末將一路上誰也別說，回府告訴姑娘，所以應該沒人知道末將回來了。」

顏烈是怕武德將軍也不可靠，所以才這麼囑咐孟秀的。

孟秀是個實誠漢子，還有些魯莽，這樣囑咐，倒是安全。

顏烈能想到這些，顏寧很高興，二哥到底不再是那個魯莽少年了。

兗州和京城，相距上千里，孟秀等於是日夜不休趕了三天才回來，再趕回去，最快又要三天。

顏寧只覺得在家裡再也待不住。「母親，我要去兗州看看父親和二哥。您明日一早，就去東宮，將孟秀這些話告訴太子哥哥，不要告訴其他人，大舅母和婉如姊姊這邊，您也不要說。」

「寧兒，那是沙場，妳一個姑娘家……」

「母親，父親受了重傷，二哥要是被人抓了、被人害了怎麼辦？大哥在玉陽關脫不開身。」

「那我們去找太子殿下，讓太子殿下稟告聖上，派人過去。」

「母親，孟秀沒有帶戰報回來，是非黑白，我們說什麼，聖上未必就信什麼。」顏寧未說出口的是，聖上要的是戰場上的捷報，林天虎若是送出捷報，同時說顏烈臨陣脫逃，那楚元帝肯定是信林天虎多些的。

現在，林天虎手裡有足夠的兵，若北燕人又剛好撤兵，那顏明德父子不僅勞而無功，反而可能有過。

這，對顏家來說，是一個劫。

楚昭業難道離開皇覺寺，就是為了安排這件事嗎？

顏寧只覺手腳有些發冷。前世，顏烈遭萬箭穿心而死，今生，她絕不會讓此事重蹈覆轍！

「母親，您聽女兒的，等會兒女兒就帶幾個人走。明日若是有人問起，您就說是女兒任性離家，您急得一夜未睡，然後，去東宮求見太子哥哥，將這些事告訴他；還有，您一定要瞞著父親受傷的消息，最好不要讓人看出來。」

秦氏看顏寧胸有成竹的樣子，還是擔心。「可妳怎麼能去，沙場上刀劍無眼……」

「母親，女兒到兗州，又不是一定要上沙場，女兒只是去幫父親和二哥盯著那些小人。」

秦氏掛念顏明德和兒子，自己拿不定主意，又攔不住顏寧，只好答應了。

顏寧連夜收拾行裝，虹霓聽聞消息後，因傷勢已經好了，執意要跟隨同行。秦氏想著女兒路上到底還是要人照顧，勸著顏寧答應，而留下綠衣幫著遮掩。

顏寧的意思，秦氏得裝著不知情，不知道顏寧去向，也不知兗州戰況如何？

秦氏也是見過沙場血腥的人，她知道顏明德和顏烈都性命無礙後，就穩了下來。她相信女兒，也不問為何要瞞著，只照做就是。

顏寧看孟秀滿眼血絲，本想讓他留下，孟秀說什麼都不肯，顏寧只好由他。

第二日，京城城門一開，守城之人就看到有十來個人，一人雙馬跑出城去。

到了上午，早朝之後，秦氏匆匆來到東宮，求見太子楚昭恒。京城的人才知道，任性的顏家姑娘，居然私自帶人離家了。

顏寧出了京城，想起皇覺寺，連忙吩咐侍衛去皇覺寺給楚謨送信。「你告訴楚世子，務必將上山進寺的路都派人看守了。」

孟秀不知皇覺寺之事，看顏寧路邊停留，只是著急。「姑娘，我們快些趕去兗州吧！」

「好。」顏寧應了一聲，跟在孟秀身後，往兗州方向跑去。別說孟秀心急，就是她自己也恨不得插翅飛到兗州去。她不能抓個太醫一起上路，孫神醫又喜孜孜地拿著纏綿解藥回南州了，雖然孟秀說父親性命無礙，但是沒有親眼見到，她怎能放心呢？

顏寧在帶人趕路時，顏烈這邊卻被困在兗州州牧府。

兗州現在是五月末，天氣有些乾燥。林天虎在兗州做州牧已經十來年，州牧府也顯然是一再改建。現在這州牧府，占地不小，園內還遍植花木，在這北地，居然硬生生有置身江南之感。

可是，景致再好，顏烈也無心觀賞。他繞著州牧府的院牆，慢慢走著，希望能找到個無人把手的缺口出去。其實，他自己也知道希望渺茫，這幾天裡，每天都要走一圈，連哪裡的院牆草多、哪裡的院牆掉了塊瓦片，他都記得了，偏偏無論哪處院牆外，都有人把守。

他快步走到顏明德所在的正院時，就見孟良的雙眼全是血絲，看到他上前稟告道：「二公子，我們的存糧不多了。」

以往有父親在，他是不管這些事的，現在，卻得擔起來。顏烈踢了塊腳下的石頭。「孟秀走了四天，應該到京城了。我們節省些，再撐兩日，若是還沒消息，就衝出去。」

「城門聽說也關了，大夥兒衝出這州牧府，可還有城門。再說，帥印在林天虎手裡，我們出城到了大軍駐營的地方，也未必能說得動那些人。」

此次救援兗州，元帥是顏明德，林天虎的職位僅次於顏明德。元帥受傷後，他就將帥印抓到手中，三軍聽從帥令，自己只能帶著幾百顏家家將支撐。

顏烈將最近的事情想了一遍，他知道，父子倆是中圈套了。他跟著父親來到兗州城，林天虎立即讓出自己的州牧府，當作顏明德的元帥行轅。大軍駐紮在兗州城南面，北燕兵發兗州從北邊進攻，顏明德率眾出戰，林天虎也陪同出征。

顏烈作為先鋒官正在鏖戰時，聽到後面有人大呼「大將軍中箭了」，他回頭時，看到父親從馬上摔下，顏家家將圍上去救人。此時，北燕人已經鳴金退兵，顏烈掛念父親傷勢，就勒住馬頭不再追擊，待北燕人退出兩里後他才回轉馬首。

沒想到，林天虎此時竟然命人擂鼓，催三軍繼續追擊，根本不顧父親傷勢沈重。他看父親的傷勢，若不及時拔箭止血，就得血盡而亡。為此，他和林天虎起了爭執，搶過帥旗命令鳴金收兵，帶父親回城治傷。

回到元帥行轅，軍醫發現箭矢有毒，連忙拔箭止血，又熬解毒藥。現在，軍醫說父親總算性命無礙，但是箭上有毒又失血太多，人還在昏迷中。

那箭是中在後背，顯然是有人從背後暗箭傷人。

顏烈不放心住在兗州城，想將父親帶出城，到大軍營帳去。

林天虎卻讓人圍住州牧府，以顏烈臨陣脫逃、不聽將令的名義，要拿下他。他派人將州牧府團團圍住，架了弓弩，若是硬衝，就要被射成刺蝟。幸好林天虎剛剛要圍府衙時，他就讓孟秀翻牆趁亂回京城報信，要是再晚，可能就出不去了。

現在，沒有帥印，他若是衝出城去，也不知南城外的大軍是否會聽自己號令？最重要的，林天虎根本不會給他出城的機會啊。

短短幾日，顏烈急得嘴上都長了一圈水疱。

州牧府裡有井，水倒還好，但糧食卻一天天少了。

「我們還有戰馬，大不了，到時就殺馬充飢吧。」

孟良也想不到更好的主意。論單打獨鬥他們不怕，就算外面的人再多一倍，只要近身肉搏，顏家人可不會輸給別人。可是，他們壓根兒見不到對手的面，走出大門就要被弩箭當靶子，這州牧府四周一片都被林天虎清空了。

兩人有勁無處使，低頭猛走一通，走到顏明德養傷的院子。

「林天虎暫時不會打進來，你先安排大家分成四班，養足精神，隨時備戰。」顏烈下令。

見孟良領命離去，顏烈在院門處深吸了口氣，慢慢走進去。以往，他總嫌父親管得太多，如今父親無聲無息地躺著，他心裡卻沒有主心骨了。

顏烈走進顏明德寢房的房門，就聞到一股腐臭的味道。

顏明德拔箭止血後，毒卻一直未解。那毒也不知怎麼回事，不傷人性命，只是會讓傷口化膿腐爛。軍醫試了好多藥，最後，還是用地骨皮煎湯清洗，才緩解腐爛的速度。

顏明德是後背受傷，只能趴臥；身上的衣裳也不敢穿，怕再把傷口捂住。

軍醫看他走進來，連忙行禮。「二公子。」這軍醫也是顏家家將，所以習慣按府中稱呼。

顏烈走到顏明德床前，習慣性地叫了一聲「父親」。

顏明德還是雙眼緊閉，頭側臥著，才幾日工夫，臉頰已經瘦得只剩下一層肉，下巴布滿鬍碴。往日高大健壯的父親，現在日漸消瘦。

床前，正放著一盆血水，軍醫手裡還拿著紗布，顯然剛剛他正在幫顏明德清洗傷口。

顏烈接過乾淨的紗布，輕輕掀開被子，就看到碗口大的一個血洞。剛剛軍醫才清洗過的傷口，看著血肉發亮，又有膿水滲出來，散發出惡臭。

顏烈伸手，想要幫父親擦掉那些膿水，可是手裡抓著紗布，抖抖索索不敢下手。那個血洞比自己的拳頭還大，隱隱地好像都能看到肩胛的白骨。

他的紗布剛剛沾到傷口，顏明德就不自禁地一抖，只是顏明德心性堅韌，並沒發出呻吟聲。

「傷口還在化膿嗎？」

「二公子，小的無能，這毒，小的沒見過。」軍醫慚愧地低下頭。「若是孫神醫在，或許能找到……」

顏烈苦笑一聲。他離京時，孫神醫就回南州了，一南一北，別說京中人不知道父親中毒，就算知道，也來不及請啊。

孟秀走時，顏明德才受傷，當時只以為是失血過多，誰知道那箭上還有毒。

若依他的性子，他現在只想帶人衝出府去，跟林天虎決一死戰，但是，府外架著幾百架弩弓。他帶人衝出去，衝到林天虎面前的希望，可能只有四成，再要護著顏明德，那就等於送死了。

「二公子，府裡的地骨皮剩得不多了。」軍醫知道府裡出不去，只是，沒有藥，更沒法施救了。

「還剩多少？」

「明日的藥是還夠的。」軍醫低聲回道：「小的還可以拿其他藥材頂一下，也許，後日的藥也夠。」

這話，軍醫說得無甚把握。畢竟，地骨皮都只能緩解傷口化膿腐爛的速度，其他藥材，開始幾日都試過了。

顏烈一跺腳，衝了出來，對院門的一個親兵下令道：「去傳令，點兩百人到大門集合。」

那親兵領命，連忙跑去傳令了。

顏烈回房穿上鎧甲，墨陽換上親兵的衣服。「墨陽，你待著，你那點拳腳功夫不行，去守著我父親！」

顏烈一把將墨陽推回去，大步往大門走去。大門處，除了在院牆四處值守的人之外，其餘六百來人都到齊了。

孟良有些納悶，剛才顏烈不是還打算死守等待京城消息的嗎？

「二公子，我們要衝出去？要不要讓人抬將軍出來？」

「不用，來兩百人跟我衝出去，我要出去為父親找藥。」

「二公子，既然不是要走，那您不要出去了，讓我帶人去吧。」此時打開府門，迎接他們的就是弩箭，孟良自然知道凶險。

顏六走上來道：「孟大哥，也不用你，我帶人去！」

「都別爭了！聽我號令，孟良，你帶人留守，我們兩百人衝出去後，就馬上關上府門；顏六，點齊人數，跟我走！」顏烈跨上自己的黑馬，一身銀甲，騎在馬上，紅色盔纓飄動。

「二公子，讓我去吧。」孟良拉住馬轡。

「你敢不聽將令？」顏烈沈下臉，一手舉起顏家權杖。

孟良和顏六都不敢再勸阻，只好退開幾步。

顏烈讓眾人做好準備，在大門口後上馬待發，孟良讓四人拉開大門，大門剛拉開一馬寬度，顏烈一夾馬腹，往外衝去，顏六生怕他有個好歹，立刻跟上。

大門外的人，顯然沒想到門內忽然有人衝出來送死。「快，射箭！射箭！」

「往那黑馬上的人射！」

「那是顏烈！射死他有重賞！」

有人認出了顏烈，連忙叫著要弓箭手瞄準他。原本就密集的箭矢，更有不少掉轉頭射過來。

顏烈帶著眾人衝出七、八丈後，那箭如雨一般射來，他左支右絀，大黑馬的前腿中了一箭。

「護著二公子回去，快！護著二公子回去！」

「你們回去，不要管我！」

「擋箭！拉二公子回去！」

顏烈還想催馬，顏六看情形是衝不出去了，不顧顏烈反對，立時有幾個家將將顏烈圍在中間，硬生生撥轉顏烈馬頭。

孟良連忙打開府門，讓眾人回來。

府門關上，出去的兩百人，只回來七、八十人，其他人都折在外面了。

「開門，讓我出去！林天虎，你個縮頭烏龜！」顏烈被血一激，只覺血氣上湧，一想到倒在外面的一百多人，心痛難忍。他還想催馬，那馬卻發出悲鳴。

孟良硬生生將顏烈拖下馬，大黑馬的前腿、後腿上，各插著一枝箭。也幸虧這馬神駿，劇痛之下，居然沒有立時將顏烈甩下馬背。

「二公子，將軍叫您！」孟良眼看攔不住發狂的顏烈，忽然大叫道。

顏烈一聽，甩開拉著自己的幾隻手，往顏明德的房間跑去。

顏六看著孟良，孟良紅了眼睛。「先讓二公子回去，只能騙他了。」

這一次沒衝出去，反而折損一百多兄弟，顏家家將只覺得又痛又氣。

「索性出去，和他們拚了吧？」

「對！為兄弟們報仇！」

「跟他們拚了！」

「都閉嘴！」孟良深吸口氣，大聲喝道：「這麼衝出去，是送死！」

第四十七章

林天虎正在府中，和幾個幕僚屬下在議事廳。

一個下人匆匆跑進府中稟告。「老爺，外面有人來報，顏家人想衝出來。」

「什麼？有沒有人跑掉？」林天虎一聽，騰地站起來。

「沒有，我們安排的弓箭手多，一個都沒跑掉，聽說丟下一百多具屍首，屁滾尿流地跑回去了。」那下人諂媚地道。

「哈哈，顏家的顏烈，就是個草包。」林天虎讓下人退下後，摸著下巴，有些想不通。

「顏烈這幾日都只守不出，怎麼今日要衝出來了？」

他的長相與林文裕有幾分相似，只是這幾年在兗州養尊處優，硬生生變成一個白乎乎的饅頭。

顏烈初見時私下評價，能在兗州這種北地養得如此白白胖胖，也算林天虎保養有方了。

現在，林天虎攤坐在椅子上，想著顏烈為何要出府送死？

「大人，依屬下看，這應該是他們遇上等不得的事了，莫非是缺糧？」一個部下猜測。

林天虎搖搖頭。「不會，那府裡的糧食還夠他們吃幾天。」他順著這條路一想，拍著大腿笑。「哈哈，必定是顏明德快死了，裡面缺醫少藥的。」

林天虎越想越覺得是這事，一雙原本還算大的眼睛，如今被滿臉肥肉壓著，變成一雙綠豆眼。他瞇著眼，越想越開懷。

一個幕僚也附和道：「應該如此，他們初始不知道箭矢有毒，現在肯定毒發了。」

林天虎心中高興，看看天色，不想議事了。「大家都回去吧，按今日所議的，先往京城送戰報去。唔……城外的那些援軍得盯緊點，別讓他們反了天。」

「大人，城外的大軍好說，有帥印，不愁他們不聽話。」一個部下恭維道。「幸好大人安排得當，讓顏家父子把行轅安在州牧府，拿帥印就是方便。」

林天虎覺得也很得意，哈哈笑了幾聲，擺擺手讓大家都先退下。

別人都走了，只有剛才那幕僚留下來，他走上前幾步，低聲道：「大人，三殿下讓您速戰速決，現在顏明德還沒死……」

「放心，那毒他們肯定沒見識過。哼，顏家害死我大哥，我就要讓顏明德活活爛死！」林天虎瞪著眼睛惡狠狠地說。

「三殿下若知道了……」

「怕什麼，三殿下只要顏明德死就行，怎麼死的又不管。」林天虎滿不在乎地搖搖手。「讓圍府的人看緊點，別讓裡面的人溜出來，等他們餓得半死不活，再衝進去拿人。那個顏烈……等他落到我手裡，哼！」

林天虎一想到顏烈來到兗州時，對自己那看不上的樣子，心裡就一陣火氣。再想到，大哥林天龍為什麼會死？楊二本要不是有顏家撐腰，憑他一個小小的御史中丞，就能逼死自己大哥？

明白楚昭業的安排後，他就盤算著要怎麼折磨顏家父子。現在，顏家父子被圍在州牧府裡，生死不過是自己一句話，他倒捨不得太早殺死他們，就讓顏烈在熱油鍋裡跳一會兒吧。

那幕僚看林天虎一臉得意的樣子，不敢再勸，心中卻有些不安。按楚昭業的安排，箭矢上所用的該是見血封喉的劇毒，確保顏明德死在沙場上，然後林天虎身為此地州牧，順理成章地接管大軍。

偏偏楚昭業不在此地，無人能阻止林天虎。他將毒藥換成讓人腐爛致死的陰損毒藥，沒有解藥也會斃命。就怕萬一顏明德硬撐著一口氣醒過來，那城外的援軍，可不會聽林天虎這個州牧的。

「好了、好了，這事我主意已定，你下去吧。」林天虎看他嘴巴嚅動，一副還想勸誡的樣子，不耐煩地揮手讓他退下。

那幕僚到底是端著林天虎的飯碗，不敢違拗，只好退下去。林天虎嗤了一聲「窮酸腐儒」，慢慢踱步離開大廳。他要去州牧府，看看顏家父子的落魄樣。

「來人，備車！老爺我要去州牧府！」他已經好久沒去那裡了。

那日戰場上回來，顏烈忙著帶人安置顏明德。他拿了帥印，下令那些駐紮城內的援軍和將領們都駐紮到城外去，然後再下令拿下顏烈。

沒想到，顏家父子帶的那群顏家家將不聽帥令，護著顏家父子，和抓人的兵將打起來。因這群人身手都不錯，他索性讓人都從州牧府裡退出來，讓人將那府邸給圍了。

身手好又怎麼樣？還不是只能縮在那裡面。

林天虎走出議事廳，看到一個丫鬟正轉身要離開。看那背影，娉娉婷婷，身段不錯。

「站住！妳是哪裡伺候的丫鬟？」

那丫鬟一聽，猶豫著要轉身，一個打扮得珠光寶氣的女子走過來，一雙丹鳳眼瞟了這丫鬟一眼，嬌笑著上前。「老爺，您是要去哪裡啊？」

那丫鬟忙低頭讓開幾步，躬身行禮。

林天虎見到來的女子，把那丫鬟丟開，也不顧這是光天化日之下，幾步上前攬住那女子的腰。「寶貝，不是跟妳說過這議事廳不要來，怎麼又來了？」

「怎麼，姊姊們能來，我就來不得？」那女子顯然是受寵的，聽了這話，丹鳳眼斜挑，語氣裡帶著不滿，臉上卻是撒嬌之態。

「妳又胡說了，除了妳，誰還來過這兒啊？」林天虎被那一眼看得骨頭都酥了，摟得更緊。「連夫人都沒進過這門，妳說妳，這門跨進過幾次啦？」

那女子身邊伺候的婆子，很湊趣地上前說：「老爺，九姨娘一早就念叨，說您這幾日辛苦，要為您好好補補，正讓人燉雞湯呢。」

林天虎想想，現在去州牧府外也只能看到一地死人，還不如先享受一下軟玉溫香，便攬著九姨娘的腰往前走。「好、好，老爺這就去喝湯吃飯。」

那九姨娘看了站在院門外的丫鬟一眼。「妳還不走開！這裡不用妳伺候了。」

林天虎聽她這話，還想再去看那丫鬟一眼，看看長得如何模樣？結果，胳膊上被九姨娘掐了一把，他疼地嘶了一聲。「妳膽子越發大了，竟敢掐老爺。」

「人家站您面前呢，您那眼睛看哪裡呢？」九姨娘嬌嗔地道。「還說心裡有我！」

林天虎顧不上別的了，一邊安撫美人，一邊擺擺手讓那丫鬟走。

「老爺，今夜您是不是還要和北燕人見面啊？我可先說好，不許再帶到我院子裡來。什麼臭男人，都往內院帶……」

那女子還想再說，被林天虎給摀住嘴，林天虎臉上的神色多了兩分狠意。「胡說什麼？」

九姨娘看他那臉色，嚇得紅了眼眶，軟了身子。「妾……妾不敢了，您別氣……」

林天虎一看，美人含淚恍如梨花帶雨，再有什麼火氣都沒了。「好了好了，老爺是讓妳嘴上有個把門，又不是凶妳……」

九姨娘化嗔為喜，如小鳥依人般靠在林天虎懷裡，兩人也不管這是在房外，就這麼往內院走去。

那丫鬟抬頭，抿了抿嘴，居然是顏寧。

她看了前方的身影一眼，低著頭，慢慢往後角門走去。

今日一早，她就趕到了兗州城，兩日一夜，不眠不休，路上還跑死了兩匹馬。她跟著一早開的城門進城，打聽州牧府在哪兒？結果她問話的路人可能聽錯了，以為她要找林天虎這個州牧，給指點到這個府邸來了。

她沒來過兗州，但是北方府邸的布局都差不多，她找到一個冷清的後角門，胡亂編了個身分敲開門。

那開門的婆子看到她一身男裝，以為是個小廝，顏寧看左右無人，將那婆子給敲暈捆綁，摸進府裡，找了個角落躲起來。好不容易等到一個身形和自己相似的丫鬟，又剛巧是單身一人拎著食盒，她就把那丫鬟也如法炮製，又脫了人家衣裳穿上，在這府裡摸索起來。可惜，她找到議事廳時，裡面的人正魚貫而出，什麼話都沒聽到，但是，從走出的幾人嘴裡，她聽到父親中毒而且可能沒藥。她急著離開，偏偏被林天虎叫住。幸好那九姨娘來了，自己才能脫身。

顏寧依然從後角門離開，長吁了一口氣。她摸到林府時，是想抓林天虎，或者他的兒女來做人質，脅迫著能知道些父親和二哥的情況。若能抓住林天虎本人，或許還能把人救出來，可惜，自己想的都沒做成。不過，想到九姨娘說的北燕人，顏寧慶幸，總算不是徒勞無功。

她趕到城外，與孟秀幾人會合，說了今日聽到的事。

「姑娘，林天虎難道和北燕人勾結？」孟秀沒想到，林天虎居然如此膽大包天。

「先不管其他的，今日聽到這消息，總得試試。時間急迫，我們只能賭一把了。」顏寧這半日工夫，也打聽了北燕軍此時情況，再細思這幾天的事，林天虎若真勾結北燕人，必定是楚昭業示意的。

看今日這樣，楚昭業是不在這裡了。不知他不在皇覺寺，又不在兗州城，到哪裡去了？

「姑娘，我們怎麼辦？」孟秀看顏寧說了一句就不再說話，催促道。

「兗州應該沒人認識我們，今晚你們去守在林府邊上，嗯……若有人從府裡出來，就盯住。」顏寧吩咐幾個侍衛。「那府邸不大，有一個大門，兩扇小門，還有一個角門，你們得把這幾個門都盯住。」

孟秀看其他幾個侍衛都派了活兒。「姑娘，那我幹啥？」

「你跟我一起守到北門那邊，城外你去過，我們找地方守著。若是林天虎真和北燕人勾結，今晚或許那北燕人就會往城外送信。我們賭一把，看看能不能知道他們送什麼消息？」

「姑娘，北門外五、六十里就是北燕軍紮營的地方，您到北面，太危險了。」孟秀一聽，有些著急。「不如您在城裡等著，屬下晚上去守著。」

「這事是個機會，機不可失，失不再來，還是我和你一起去；再說，我好歹還懂幾句北燕語。」

玉陽關沒戰事時，北燕人也不少，顏明德讓顏煦和顏烈學過北燕話，顏寧也學過幾句。

孟秀聽她說懂北燕語，不說話了。他也能聽懂幾句，但是，到底沒像公子和姑娘那樣熟悉。

虹霓看半天沒自己的事。「姑娘，那奴婢是跟您守北面嗎？」

「不，妳去城裡找個客棧住下，然後，找人打聽打聽林天虎的事。」顏寧不想帶虹霓冒險，可若直說，又怕她不答應，只好隨口謅了個事情給她，看虹霓想反駁，又說了一句。「知己知彼，這事得快點打聽，最好能多打聽些消息出來。」

虹霓聽她說得鄭重，不敢再違拗，連忙應下來。

顏寧又將隨身帶著的大包袱遞給虹霓。「這裡面的東西都收好了，不能落別人手裡。」

她想了想，又從包袱裡摸索出一件物事，塞到自己袖袋中。

幾人散開，顏寧帶著孟秀往城外移動。兩人趁著天色略暗，繞道到北城外將馬匹安頓好，就藏在城外一處土坡後。

這土坡地勢較高，可以直接看到北城城門那一片開闊地，視野很好。

孟秀從兗州趕回京城用了三日，而顏寧帶著孟秀等人從京城趕到兗州，只用了兩日。這兩日，大家連睡覺都可說是在馬背上睡的，現在終於躺在實地上，顏寧也顧不得閨閣形象，一倒頭先睡了一覺。

她睡了一覺醒來，發現自己身上蓋著披風，睜眼只見天色已黑，天空星子閃爍，孟秀正坐在另一邊，眼望著兗州城方向。

「現在什麼時辰了？」顏寧坐起來，低聲問道。

「入夜沒多久，姑娘再睡會兒吧。」孟秀勸道。

「你也睡會兒吧，我來看著。」顏寧催了幾次。「搞不好今夜我們還得打場硬仗呢，睡足了才有精神。」

孟秀聽她這麼說，不推辭了，也是倒頭就睡。

前世今生，顏寧從未來過兗州，此時看天地蒼茫，夜空下兗州城宛如一隻蹲伏在平原上的巨獸，城樓上的火把成了一個個亮點，在夜色中搖曳。

兗州這裡也是商隊途經之地，西北的香料，由此經過伏虎山關口，運往大楚各地。這邊不像玉陽關，年年都有戰事，北燕軍很少攻打此處，就算打了，也被攔在虎嘯關外，此地百姓們已多年未見硝煙。所以，此時看著萬家燈火，其實那只是不安的百姓們，時刻準備逃亡而已。

他們進入伏虎山後，沿路聽到百姓們聊天打聽，都是聽說朝廷的援軍在兗州打退了北燕軍，這些百姓們才穩著沒有拖家帶口逃離。

她正想著，卻見兗州城上忽然有一枝火把晃動，顯然是有一人高舉火把，左轉三圈，右轉三圈，然後，再無動靜。

難道北燕人就靠這火把傳信？

「姑娘，他們難道不出來了？」孟秀不知何時也醒了，移到顏寧身邊，低聲問。「要是他們不出來送信，我們怎麼辦？」

「再等等，過了子時要還沒動靜，我們就摸到北燕軍營去。」顏寧初生牛犢不畏虎，說得輕描淡寫。

孟秀不像孟良那樣肯用腦子，聽顏寧這麼說，他就覺得這是理所當然的事，壓根兒沒想這事是否凶險。

兩人又等了一會兒，忽然看到北城門處，有一黑點慢慢往北來。

「有人出來了，我們靠近點去！」顏寧看那黑點的移動方向，也貓著腰躲在土坡後，慢慢往前挪動。

幸好這裡不是南方，沒有那麼多樹木花草。

那黑衣離開城門，不知怎麼過的護城河，隨後，就在開闊地上遮掩著前行。

看他那樣子，顏寧呼出一口氣，喃喃說了一句「還好」。

四下無聲，孟秀又一直豎著耳朵準備聽她號令，也聽到了這一句。「姑娘，什麼還好？」

「你看這人出城的動靜，兗州城內官兵，知道林天虎通敵的，可能還不多。」

「姑娘聰明！」孟秀誇了一句，他是什麼都沒想到。

顏寧也不再多言，兩人從側面靠近那黑點。終於，那黑影來到兗州城外，約莫十來里的一處地方停下，這裡，有一片灌木林。

那黑影身形比較高大，他鑽進灌木林後，四下張望一眼，就貓下身子，移開一塊石頭，從懷裡掏出一物，塞到石頭底下，隨後又將石頭挪回去。他再左右看了看，確定四下無人，才放心地又往兗州城方向回去。

這人，看來是北燕安置在兗州城內的奸細，不知那幾個侍衛能否跟蹤到他們在兗州的老巢！

顏寧和孟秀看那人走遠，周圍未見人影，顏寧對那石頭的地方抬了抬下巴。

孟秀會意，摸過去，將那密信拿出來。

這北燕人竟然只一張紙塞著，連個火漆都不封，顏寧撇撇嘴。到底是北方蠻夷，笨！

孟秀生怕有鬼，拿著信紙抖了抖，確定沒甚手腳後，才遞給顏寧。

顏寧從孟秀手裡拿過信紙，越看臉色越冰寒，眼裡直欲噴火。她恨不得將那信紙撕了，到底還存著理智，只默默將信紙又遞回給孟秀。

那信顯然是寫給北燕太子蘇力青的，信中說了與林天虎接洽之後，商定接下來的行事：林天虎要蘇力青派人攻打兗州，做出火燒糧倉之舉，報酬是將兗州城東面三里鎮送給北燕，讓蘇力青帶人攻打，鎮內所有財物、女人盡數由蘇力青處置。同時，雙方商定，蘇力青派蘇力紅偷襲兗州西面的七里關，而林天虎則在七里關埋伏重兵，一舉殺死蘇力紅。隨後，等林天虎帶兵救援三里鎮時，蘇力青撤兵，退出虎嘯關。

這樣一來，皆大歡喜。

那信是用北燕文字寫的，孟秀瞄了一眼，只覺是滿紙鬼畫符，他按照原來的摺痕，將那紙摺好，塞回石頭底下。

「姑娘，我們接下來……」孟秀只看顏寧滿臉怒火不說話，不知接下來該如何做？

「我們就守在這裡，看看是什麼人來取信。然後跟著那人走，若有機會，我們就摸進北燕軍營去。」

若是拿到林天虎與北燕勾結的證據，就算楚昭業能脫開關係，林家也不要想好過。又是私通敵國，顏寧冷笑一聲，不再說話，趴下靜靜等候。

這次，兩人沒等多久，很快地又有一個黑影摸過來，穿著北燕人的服飾。

那人來到那石頭底下，摸到那封信後，也沒細看周圍，直接轉身走了。顯然，最近兩邊傳信多次，都很安全，這人連點遮掩都沒有，這倒方便了顏寧和孟秀。

他們遠遠跟在那人身後，看那人來到北燕軍營門口，手裡可能有權杖，晃了一下，守門的士兵就放他進去。

顏寧和孟秀可沒權杖，只好沿著營地，慢慢摸索。

北燕人是游牧為主，紮營所選之地，都是牧草肥美、地方開闊處。加上每次出征，北燕人總會按部落集合紮營，各個部落之間就會有空隙，這樣的地方要摸進去，還是能找到空檔的。

顏寧和孟良轉了大半圈，找到一處燈火稀疏、人也不多的地方。兩人趴了近半個時辰，看這邊巡邏的士兵也少，趁著一隊士兵剛過去時，摸了進去。

顏寧打量一下，最好找個落單的北燕人抓下來問問。她左右張望，可此時正是凌晨，大家都是好眠的時候，除了巡邏的士兵，居然沒見有落單的人。

這時，一個北燕將領打扮的魁梧大漢，帶著幾個人沿營帳周邊走過來，顏寧看了一眼。真是老天爺保佑啊，那個大漢居然是拓跋燾。

孟良也認出了拓跋燾，他沒見過荊楠碼頭燕東軍留下的魚龍玉珮，所以也不知拓跋燾主僕的身分。現在，在北燕軍營裡乍一看到拓跋燾，他驚訝地「啊」了一聲，反應過來，連忙摀住嘴巴，但已經來不及了。

拓跋燾轉頭往他們兩人的方向看過去。「什麼人？」

孟良真想給自己一個大耳光，剛想竄出去把人引開，也好讓顏寧脫身，顏寧已經看穿他的意圖，壓下他的肩膀，站了起來。她從孟秀身邊走過，吐出「伺機離開」四個字，隨後往前走兩步，低頭靠近營帳站立，也不說話。

拓跋燾覺得奇怪，當先走近幾步。「你哪個帳的？在此幹麼？」

顏寧此時穿著一身北燕少年的服飾，她看拓跋燾大步走來，距離自己大概三、四步遠時，壓低聲音道：「拓跋將軍，故人來訪！」

顏寧的聲音壓得很低，說的又是北燕語，拓跋燾一時也沒想到這是女子，只覺這聲音不像少年。

當他心中略有疑惑，顏寧抬起頭來。「拓跋將軍，有人託我把這東西交給三皇子殿下。」她拿起手中抓著的玉珮晃了晃。

拓跋燾身材高大，後面跟著的士兵都被擋在後面，他一看顏寧手中拿著的玉珮，眼睛都快瞪出來，張大嘴巴不知說什麼好。

「拓跋將軍，這東西要交給三皇子殿下！」顏寧看他呆愣的樣子，又說了一遍，著重說了「三皇子」幾個字。

拓跋燾清醒過來，他對後面的士兵擺擺手。「你們幾個，繼續巡邏；你，跟我來！」

孟良眼睜睜看著顏寧跟在拓跋燾後面走遠，壓住想跟過去的念頭。他到底不敢違拗顏寧的話，趁著那隊巡邏士兵走過去，從後面竄出去摸到營帳外，不敢走遠，只趴伏在那兒等待。萬一顏寧要衝出來，自己也好接應。

顏寧跟著拓跋燾，慢慢往前走。

拓跋燾轉頭打量好幾次，不確定地問道：「妳是……那個……那個救命的姑娘？」

見對方點點頭，拓跋燾再一想她竟然會北燕語，那自己當時和三皇子說的話，她不是全明白？一時不知是羞好，還是惱好。

顏寧看拓跋燾那臉色，這人倒是個直腸子的。「拓跋將軍，我當時可沒聽你們說話。」

聽了也沒辦法，拓跋燾轉過頭繼續走到一處大帳外。

這處營帳的帳頂有北燕皇族的標誌，只是營帳周圍只有寥寥幾座帳篷，顯然，是沒有多少護衛的。看這紮營的地方，也不在北燕軍營的中心。

蘇力紅顯然有些勢弱啊。不過，母族造反，他能保住命且能隨軍出征，獲得皇族應有的尊重，也算是有手段了。北燕國主，可不是會念父子親情的人。

拓跋燾讓顏寧站在帳門等候，自己走進去。過了片刻，從營帳裡走出兩個伺候的下人。那兩人只低頭猛走，走到大帳右面一處小帳篷內，將帳門放下。

拓跋燾走出來，稍微打開些帳門。「顏姑娘，請！」

顏寧也不客氣，直接抬步走進。

第四十八章

這座營帳裡面倒挺寬，只是擺設很簡單，營帳中央鋪著地毯。左邊帳牆上，掛著弓箭和彎刀，那彎刀刀柄鑲嵌寶石，可能是身分象徵多於武器的作用。右邊靠著帳牆，是一張桌子，桌子上點著兩盞牛油燈，應該是剛才拓跋燾進來後要人點上的。

此外，桌上還放著些書籍等物，顏寧眼尖，看到書籍下露出的一角，看著像是輿圖。

桌子再往裡就是行軍床，那床上被褥散亂，床沿坐著一人，正是燕東軍——不對，應該說是蘇力紅。

他身上只穿一件外袍，連頭髮都只是簡單披散著，沒有梳成髮辮，可能是被叫醒後匆忙起床。

還是那張眼窩深陷的國字臉，蒜頭鼻，臉色比在荊楠碼頭相見時好多了。他的薄唇緊緊抿著，一雙厲眼往顏寧這邊看來，眼睛裡有審視和警惕。

顏寧一笑。「燕先生，不，北燕三皇子殿下，久違了！」

蘇力紅卻沒有回應，只是威嚴地看著。

顏寧站了片刻，看他還是不開口，直接走到右邊的桌邊，往凳子上一坐。「三皇子殿下要看，我是不介意的，不過長途跋涉，有些累，我坐下，您慢慢看。」

蘇力紅倒是笑了。「顏姑娘，妳可真不像大楚的女子。」

蘇力紅心目中的大楚女子，是像自己外祖母那樣，長相秀美，說話輕聲細語，舉止優雅嫻靜，恪守閨訓規矩。

這顏寧，長相偏英氣，說話做事頗有幾分北燕女子的直爽性子，幸好不動武、不騎馬時舉止還算嫻雅有禮，還有點大楚女子的影子。

顏寧聽了蘇力紅這話，也不生氣。「大楚女子萬萬千，哪可能都一個樣？三殿下在大楚待的時日太短了。」

蘇力紅也不在這話題上糾纏。「顏姑娘到此，所為何事？」

「荊楠碼頭時救了三殿下一命，現在，我來救您第二次。」顏寧拿出那塊魚龍玉珮晃了晃，隨後就在手中把玩起來。

「救我？顏姑娘，妳該去救妳父兄才是。聽說顏明德只有半條命了吧？」蘇力紅挑眉，略帶諷刺地回了一句。

「這麼說，三殿下不認為自己需要人救？剛才進來時，遠遠看到三殿下這紮營所在……嘖，三殿下如今過得不好啊。」顏寧毫不留情地諷刺一句。「聽說三殿下才能過人，混成這樣，傳言就是傳言啊。」

「我家主人只是虎落平陽，顏姑娘，注意您的話！」蘇力紅還未怎麼樣，守在邊上的拓跋燾怒了，胸口起伏地說了一句，可能到底是顧忌著顏寧救命恩人的身分，或是怕動手被外面的人聽到，他那大拳頭捏了放，放了又捏緊。

「虎落平陽還罷了，若是變成隻死老虎，那才可憐呢。」

「顏姑娘，何不直說來意？」蘇力紅還是不動如山的樣子，抬手制止就要暴跳的拓跋燾，看著顏寧有禮地問道。

「我晚上得到一個信兒，所以冒險來找三殿下。」顏寧也不再賣關子，將看到的那封密信內容，一一說了出來，著重說了蘇力青對蘇力紅的安排。

她說完這些話，帳子裡出現了死寂，拓跋燾雖然是滿臉怒容，卻不說話了。

「三殿下，我冒了風險來報信，您說，我是不是救了您的命？」

「知道有什麼用？調兵遣將，都聽太子的。」拓跋燾嘟囔一句。

蘇力紅沒有再端著架子，自嘲地一笑。「顏姑娘，顏家父子都被困州牧府，聽說，大軍的帥印在林天虎的手中？妳來找我，是有什麼計畫嗎？」

看顏寧這風塵僕僕的樣子，應該是近日趕到兗州。她冒險來到北燕軍營，肯定不會只為了給自己通風報信，若是要救她父兄，大家倒是可以談談，他可不想死在蘇力青的陰謀中。

顏寧打量這兩人幾眼。蘇力紅在北燕軍中，空有皇族身分，連個調動權都沒有？

「我不僅可以救三殿下的命，還能送三殿下一場勝仗，條件是三殿下要做兩件事，一件是我父親所中之毒的解藥，第二就是您得將蘇力青與林天虎等人勾結的證據交給我。」

蘇力紅當然也知道顏明德中毒之事。「第二件事倒可以，第一件事，我不是大夫，如何能給出解藥？又不知顏將軍所中的是何種毒？」

「三殿下，您在軍營裡，總有些消息吧？明日……不對，現在已經過了子時，應該是今日啦。我父親若不醒，明日兩軍交戰，我大楚的主帥就是林天虎，那我也無能為力了，三殿下只能自求多福。反正我父親的毒，回到大楚京城，自有高明的大夫，可您麼，腦袋掉了可接不回去。」

蘇力紅沒想到顏寧一點討價還價的餘地都沒有，聽完她的話，他知道她說得有道理。身為北燕人，他是希望顏明德就此死掉。最好，顏家父子全死，那北燕再攻打玉陽關時就方便了。只是，顏寧擺明若自己不幫忙找解藥，她就對明日的仗坐視不理。

「顏姑娘，明日若按妳所說的，會那麼打的話，我一條命也罷了，只是，大楚的三里鎮，按我大哥的性子，可能就得雞犬不留了。」

「三殿下，我父親不醒，帥印就在林天虎手裡，我大楚的調兵遣將，就只好聽林天虎的，到時我無能為力啊。反正，我手裡有那封密信，還有人證，只好等回京後，再找林天虎算帳了。」她說得輕描淡寫，毫不在意。

顏寧說的，乍一聽也是實話，拓跋燾覺得很有道理，欲言又止地看著蘇力紅。

蘇力紅不像拓跋燾這麼好騙，他看著顏寧毫不著急的樣子，知道她應該是有法子將帥印拿回來的，只是他若不幫忙打聽解藥，她就不打算插手？

他聽說顏家父子的秉性都是一心為民，這顏家的姑娘對黎民百姓毫不在意？

蘇力紅覺得不會，只是他不能冒險。沒有顏寧的援手，明日的對戰，他就算能活下一條命，回到北燕皇城後，只怕日子也不會好過，更別提東山再起了。

「這樣吧，我這就讓隨軍太醫打聽一下，若有解藥，就讓顏姑娘帶回去，如何？」

「也好，若是解藥給我，我回頭還送三殿下一次軍功，讓您風風光光地回北燕。」顏寧加了個籌碼。
蘇力紅點頭應了，帶著拓跋纛走出營帳。
顏寧長吁一口氣。她只是詐一詐蘇力紅，沒想到居然成了！聽說顏明德所中之毒讓人腐爛不止，軍醫又不能解，她就在猜這毒是不是來自北燕？
畢竟林天虎可不是柳貴妃，這世上如纏綿這樣隱密的毒肯定不多。軍醫對北燕國內常見的毒，就算沒見過，也該聽過。
蘇力青與林天虎勾結，送林天虎一瓶毒藥也不是什麼難事。
蘇力紅沒讓顏寧失望，過了兩盞茶工夫，再回來時，帶回來兩個瓷瓶。「這瓶是內服，這瓶是外敷。內服的藥吃下後，人就能醒了。」
顏寧拿著那兩個瓷瓶打量一眼，瓶身上寫著北燕文字。「三殿下真爽快，那我先告辭了。今夜，我會送信給您的。」
蘇力紅讓拓跋纛安排，將顏寧送出去。
孟秀看到顏寧，高興地差點沒跳起來。「姑娘，您怎麼待那麼久，急死屬下了。」
「這不是回來了嘛。走，我們進城。」顏寧摸了摸瓷瓶，只覺心情大好。
此時，東方已經泛白，天亮了。
兩人進到兗州城，在城門口碰到自家侍衛，那侍衛一見顏寧和孟秀，什麼也沒說，連忙將兩人帶到客棧。

虹霓讓小二送上熱水和吃食。顏寧梳洗之後，覺得又神清氣爽，一邊吃著早飯，一邊問幾人有什麼收穫？

幾個侍衛互相看了一眼，一個侍衛高興地說找到北燕奸細在兗州城內的落腳處了。

虹霓卻是什麼都不說，只是一個勁兒催促顏寧快吃早飯。

顏寧也不再說話，低頭吃完一碗粥，又啃了一個大饅頭，接過虹霓遞過的手巾擦拭後，才鄭重地問道：「不要強忍著了，是出了什麼事？」

她看這幾人的神情，明顯是強顏歡笑，可能是怕自己吃不下飯吧。

「放心吧，天大的事，我都吃得下、睡得著。」

虹霓一聽顏寧這話，紅了眼眶。「姑娘，昨日二公子帶人想衝出來，被林天虎殺了……殺了一百多個人，也不知二公子怎麼樣了？」

其他幾個侍衛聽了，也不再強笑，低頭紅了眼睛。

「姑娘，死掉的兄弟們，林天虎下令，要放在州牧府門外……」

這是……要曝屍？人死債了，就算不能入土，竟然都不肯將這些屍身收殮？

就算沙場上兩軍對壘，大家到戰場清理時，哪怕是敵軍屍首，都會挖個坑讓他們入土為安，林天虎，竟然如此狠毒！

一個侍衛請求道：「姑娘，我們去殺了林天虎那狗賊吧！」

顏寧沒想到顏烈明知道州牧府外全是弓弩，還會帶人往外衝，她看著孟秀問道：「我二哥讓你回京報信時，是怎麼說的？」

「二公子說，他會守在州牧府裡，等我回信。」

還不等顏寧再說什麼，門外傳來一陣敲門聲。

虹霓打開房門，被派去守在林府外的一個侍衛焦急地走進房中稟告道：「姑娘、姑娘，林天虎帶人去州牧府了！」

「姑娘，這可怎麼辦？」虹霓急得不行，卻束手無策。

「都收拾一下，換上乾淨衣裳，走，我們去州牧府！」顏寧站起來下令道。

侍衛們哪有心思梳洗換衣，但看顏寧堅持，大家不敢抗命，只好都回到房裡，換上乾淨衣裳。

幾人出門後，知道州牧府在哪兒的侍衛當先帶路，騎馬趕去。

州牧府的門外，林天虎正讓人將滿地屍體搬開一條路，自己遠遠站在大街對面，讓人開始喊話叫罵。

他昨夜接到飛鴿傳書，三皇子告訴他顏寧來兗州了，讓他派人查看行蹤，還有顏家父子必須立即處死。

背著楚昭業，他敢做些小動作，但是要他直接違抗楚昭業的命令，他卻是不敢的。

林天虎心裡覺得顏寧來了兗州，也不過是多死一個顏家人而已。只是，楚昭業限他收到傳書一天內就得處死顏明德父子，他只好一大早帶人來到州牧府外。

「這法子有用？」林天虎聽著自己帶來的人開始叫罵，問出主意的幕僚。

「大人放心吧，屬下看那個顏烈性子急躁火爆，聽到辱罵，必定不能忍。只要他衝出來，就能放箭了。」那屬下得意地道。

「罵，都使勁罵！」林天虎覺得有道理，招招手，讓人抬了一筐銅錢。「來，先拿點賞錢，添點力氣！誰能把人給罵出來，老爺我重重有賞！」

他帶來的人，被漫天撒下的銅錢一激，叫罵起來更有勁了。

圍在外面手持弓弩的人，都是兗州本地的守軍，他們聽這些人辱罵得難聽，有些人臉上就有了怒氣。

「呂校尉，顏家可是一心為國的好人啊。」終於，有老兵受不了，低聲向上司道。

顏家軍在北面一向受人尊崇，即使是兗州這樣多年沒有戰事的地方，也有老人會說起十多年前虎嘯關失守顏家軍馳援的功績。

呂校尉擺擺手。「回去守著，都不想活了？」

他也不忿，卻無奈。軍令如山，他一個小小校尉，怎麼違抗得了！

眼見辱罵得越來越不像樣，他摸出身上的酒葫蘆，大口大口地喝了幾口，終於忍不住低聲道：「若是顏家人衝出來，你們的箭往上射！」

「這麼多弓弩，就我們這十來張弓不射，也沒什麼用啊。」有士兵抱怨。

「盡我們一分力吧，唉……」

那呂校尉不再多說，丟下酒葫蘆，又看著州牧府的大門，希望裡面的人不要衝出來。只是這樣的辱罵，有幾人能忍得住？

林天虎聽著越來越難聽的辱罵，也覺得應該沒幾人忍得住。可是，三炷香的工夫過去，州牧府的大門竟然沒有打開。

顏烈這麼沈得住氣？

「昨日他衝出來，是不是也被射死啦？」林天虎問幕僚。

「老爺，不可能，大家看他被人護著，完整地回到大門裡。」那幕僚肯地地道。

「估計昨日嚇破膽了。算了，讓人準備圓木，衝進去！」林天虎不耐煩了，直接讓人準備投石等物，打算硬闖。

「老爺，這地方硬衝只怕死傷會大……」那幕僚勸說道：「不如再等片刻？」

「好吧。」

那幕僚叫了幾個人過來，附耳吩咐幾句，那幾人走到大門口，更加大聲地喊道：「顏家人沒種啊，都是縮頭烏龜！」

「老烏龜帶著小烏龜，都縮殼裡呢！」

「哈哈，顏家人哪有種啊，還不是都靠女人！」

那幾人叫罵得正高興，沒聽到身後長街上，傳來一陣馬蹄聲響。

「老爺，那邊來人了！」有人看到那幾匹馬飛奔而來，提醒林天虎。

林天虎正坐在州牧府大門外的對街上，一個臨時搭的遮陽棚子裡品著香茗，聽說來人，他走出棚子，往長街那頭看去，果然有幾匹馬飛奔而來，那馬上的人卻不認識。

「讓人攔了，就說再過來直接放箭！」林天虎大聲下令，又回去老神在在地捧起杯子。

立時有兩人跑過去，對著那群人喊話。

那幾匹馬停了一下，隨後，當先一人從身上拿出包袱，捧在手裡。「聖旨在此，林天虎還不接旨！」

那聲音赫然是女子。

聽到這話的人都有些愣然。何時大楚讓女子來傳旨了？還是傳旨的太監聲音太細，跟女子一樣？

那捧著聖旨的人，卻是顏寧。她趁著大家愣神的工夫，又催馬往前走幾步，朝後面的孟秀等人示意一下。

幾個大老爺們跟在顏寧身後往前行，一邊拉直嗓子喊：「聖旨到！聖旨到！林天虎接旨！百官接旨！」

聽到「聖旨到」，林天虎唰地一下站起來。怎麼會有聖旨？昨夜三殿下的信裡沒提到有聖旨來啊！

待走近了，當先兩人銀衣箭袖，卻是女子，他立即想到了顏寧。

「你是何人？」他已經快十年未回京城，所以從未見過顏寧，此時也只能根據對方是女子，猜測這應該就是昨夜三殿下信裡提到的顏寧。

知道是顏寧，他心中不慌了。「大膽女子，竟敢假傳聖旨，來人，還不拿下！」

顏寧卻舉起手中包袱包裹的長條之物，包袱一角微露，黑色的包袱皮內，露出一截明晃晃的黃色。她舉起手中之物，大聲喊道：「我是顏家顏寧，奉命前來傳旨，還不跪下接旨！想造反嗎？」

林天虎當然不服，他眼珠一轉，就算是聖旨，只要她沒打開，這十來個人直接殺了，到時就說不知。所謂不知者不怪，京裡又有三殿下和林妃娘娘周旋，自己何必怕她！

他膽氣起來了，大聲喊道：「胡說，妳分明是矯詔！大楚何時讓女子來傳旨過？」

「事急從權，聖上體恤我心繫父兄。」顏寧大聲回道，又轉頭打量四周猶豫觀望的官兵一眼。「你們都不接旨嗎？還不擺下香案，跪聽聖旨？」

她說著，緩緩打開包袱，露出裡面的明黃緞子，離得近又眼尖的，看到那緞子上正是五爪金龍。

時人有幾個敢面對聖旨不拜的？

官兵們猶豫著，不知跪下好，還是聽林天虎的好？

虹霓哼了一聲。「有皇后娘娘和太子殿下，我家姑娘傳個聖旨又有什麼奇怪的？」她的聲音不大，卻也不小，剛好夠讓附近的一些人聽到。

那些人聽了，心中一動。是啊，有皇后娘娘和太子殿下在，顏家來個女子傳旨也可能啊。

「廢話什麼，快把這幾個矯詔的殺了！」林天虎寒聲道。「有什麼事，本官一力承擔！」

有忠於林天虎的人，想到自己手染了顏家家將的血，萬一顏寧是來算帳的，自己不就命不保了？再聽到林天虎說一力承擔，立時就蠢蠢欲動。

「上！咱們手上可染著血的。」有膽大的人開始竊竊私語。

剛才來時，孟秀等人喊得大聲，他們的聲音直傳到州牧府中。守在州牧府大門內的幾個顏家家將，連忙跑進正院，將顏寧來傳旨的消息告訴顏烈。

顏烈怒容滿面，正院一棵上了年頭的桂花樹已被劈了一半。剛才林天虎在外讓人辱罵，依他的性子，真想衝出去決一死戰，可一想到躺在床上的顏明德，顏烈只是氣得拿刀對著院中樹木狂劈亂砍，沒有衝出去。

到後來，其他家將們聽那些不堪入耳的辱罵，紛紛跑到正院來請戰。

這上百人聚在院門口，孟良和顏六急得滿頭大汗。「二公子沒下令，你們都回去！」

「孟大哥，你聽聽那些人罵的！」

「這要忍了，我們就不是人！」

「就是，人活一口氣，拚了！」

眼看群情激奮，正院院門吱呀一聲打開，顏烈滿臉怒容地站在院門內。「我知道兄弟們受辱了，但是這口氣，我們得忍！」

「二公子，死就死了……」

「胡說！我們的命，就這麼不值錢？再說，就算要拚，我們也得拉得著墊背的！現在出去，就是靶子，我們忍著！都回去，忍不住的，就找間房子去劈！要死，不死在沙場上？人家罵什麼，我們就成什麼樣了？」

顏烈往日衝動，如今這麼冷靜地說出這番話，倒是讓人刮目相看。

孟良和顏六乘機勸阻，大家忍氣退下。

現在，大家聽到外面來聖旨，又紛紛聚集到正院門口來。
孟良一聽，也高興了，拍著院門大喊。「二公子，姑娘來了！快開門！」
「寧兒來了？」顏烈拉開院門，看著大家。
「是姑娘，在外面，我們聽到聲音了，還有孟秀他們幾個！」那家將興奮地道。
「姑娘說是來傳旨的！二公子，我們怎麼辦？」
「傳旨？周圍防守的人繼續小心看著，其他人跟我走。開門，我們接旨！」顏烈大聲下令道。
顏家家將們都露出笑容，換上衣甲。州牧府的大門，緩緩打開。
林天虎看大門打開，門內的顏烈等人露出身影，心中著急，他下令「拿下逆賊顏烈」，也不再管顏寧手中的聖旨是真是假。顏家父子一定要死，不然，他怕楚昭業不放過自己。
說著，他也顧不上讓人動手，咬咬牙，自己直接拔刀向顏寧砍去。
顏寧也大叫「拿下林天虎」，一邊閃過那一刀。
呂參將離這邊有些遠，待他趕過來時，剛好聽到林天虎和顏寧的話。
周圍將領們沒想到眨眼之間，這兩人竟然就動手了？
孟秀直接揮鞭，抽了附近的幾人。「抗旨者死罪！」
呂參將就看到林天虎手中的刀，往顏寧身上劈去，只覺一股熱血往腦門上衝，他不自覺地拔刀，去擋開林天虎那一刀。
林天虎以前也學過拳腳功夫，只是這麼多年州牧做下來，日日養尊處優，哪裡是呂參將的對手？他的刀只是跟人一碰，就飛了出去。

「呂義，你敢抗命！」他話音剛落，長街另一頭卻又是一陣馬蹄聲響，林天虎一見，臉色大變。

那群人，少說也有二、三十人，騎著高頭大馬，飛速奔來，卻都是駐紮在南城外的援軍將領。

這些時日，林天虎對南城進出把守很嚴，普通百姓可進出城，但是不許往駐軍方向走，若是往那邊走，一律都要拿下。城外的駐軍迫於林天虎的帥令，只能駐紮城外等信，不能私自進城，所以這五、六日的時間，城外的援軍們壓根兒不知顏家父子被兵圍州牧府，現在看到州牧府外劍拔弩張，林天虎帶人將十來人團團圍住，都是驚詫莫名。

顏烈拉開州牧府大門，帶著人走出，大聲喊道：「林天虎抗旨不遵，視同謀逆！」

林天虎此時知道動手時機已去，他是可以再下令射箭，可是當著這些援軍將領的面，還有顏寧口稱聖旨的情形下，他沒有把握還能調動在場的官兵。

他猶豫的當口，呂參將已經將刀指向他，孟秀下馬，直接將他綁了。

林天虎緩過神來，大聲喊道：「我不服，我要看聖旨！」

顏寧看著援軍的將領們到來，又看顏烈只是嘴上長了水疱，臉色憔悴，人看著沒有受傷，心中欣慰。她對虹霓略微示意，虹霓會意，帶著一個侍衛下馬，走入人群中。

隨著林天虎這一聲喊，大家都無暇顧及其他，只看著顏寧的手上之物。

圍著州牧府的士兵們，看到呂參將的動作後，都放下手中的弓。他們大部分都親眼見過顏家父子在沙場上的英勇，心中佩服。

那些援軍將領們，一下馬紛紛圍著顏烈打聽起顏明德的傷勢來。

趁著眾人心中拿不定主意的時候，顏寧讓顏烈擺出香案，自己下馬，走到臺階上。其他人都紛紛下馬下跪，林天虎本就被綁，孟秀在他膝蓋處一踹，直接踹倒了。兗州的官員官兵們也跟著下跪。

顏寧慢慢打開手中的包袱，裡面沒有聖旨，只有一柄玉劍。

林天虎一見，強掙著站起來大叫。「顏寧，妳敢矯詔！」

顏寧緩緩道：「欽差在後面，我只是先幾天趕來傳信，讓大家注意接旨而已。」欽差後行，先讓傳令官趕來通知大家接旨，這種事也的確是有的。有時候，欽差怕接旨的人不懂規矩，或者來不及整理香案等物，會預先派人來指點，這也算是官員之間互相賣個面子的人情。

「那你竟敢說聖旨到，讓大家下跪接旨！」

「哦，我怕林大人你久在兗州，忘了接旨禮儀，讓您預先演練一下。您看，您帶的這些官員果然不通禮儀，聽見聖旨到，還敢刀兵相向。」顏寧義正詞嚴。

忠於林天虎的官員們不服，想要鬧，可惜他們一跪一停的時間，顏家家將已經從州牧府中湧出。

這些人，這幾日受足了氣，昨日又死了那麼多兄弟，看人要鬧，衝上去就是一腳踹翻。

顏寧看著林天虎。「聖旨雖然沒在我手裡，可我這柄玉劍，卻是欽賜之物。」她高舉玉劍，讓眾人都能看得清楚。「林天虎妄圖毀壞聖物，其罪當誅！趁主帥受傷之際，林天虎兵圍元帥行轅，派人誅殺，其心不軌！將林天虎關入州牧府大牢，待欽差到後再行論罪！」

林天虎大聲喊道：「顏將軍受傷昏迷，大軍不可一日無帥，我身負皇命，臨陣指揮，有何不妥！」

「放屁，指揮和殺人是兩回事！」有耿直的將領叫起來。

「顏將軍戰場上受傷，你背後捅刀子？」

這些將領們對林天虎執掌帥印本就不滿，再聽說他要誅殺顏明德和顏烈，都是又驚又怒。

顏烈沒想到，圍困多日，就這麼被顏寧給解了，只是他心裡還是惴惴，挪到顏寧身邊，低聲問道：「寧兒，妳膽子太大了，假傳聖旨，不死也得脫層皮啊。」

顏寧狠狠瞪他一眼。「二哥，你沒聽到我說的嗎？我只是先於欽差幾日到達而已。」

「老爺醒了，元帥醒了！」門內，墨陽高興地一路大嚷著衝出來。

顏明德怎麼會醒過來？

林天虎只覺身子有些發軟，他知道大勢已去了。

顏烈還好收拾，但顏明德是名正言順的一軍統帥，他直接拿了帥印，仗著的不過是顏明德無法說話。

有林天虎帶來的下人，偷偷鑽出人群，溜了出去。

眾人湧進州牧府的正院，顏明德剛醒來趴在床上，還是不能起身。

虹霓跟著侍衛進來，將藥交給軍醫，此時就守在房門外。看到顏烈和顏寧當先進來，她對顏寧點點頭，示意顏明德確實已經醒來且無礙。

顏寧顧不上身後跟著的一群人，自己跑進寢房，進門就聞到化膿的腐臭味，再看到顏明德趴在床上瘦骨嶙峋，只覺得滿心的痛。「父親，女兒來了。」她說著眼淚就流下來，跪伏在床邊，看父親形容憔悴，大口大口地喘氣。

顏明德想要伸手拍拍女兒的頭，卻牽動傷口，只好作罷。「寧兒，外面……外面如何了？」

「女兒把林天虎綁了，那些不服的也綁了。」顏寧恨聲道。

顏明德想說於理不合，只是到底剛剛醒來，力氣不足。再說，看到女兒和兒子滿臉擔憂地看著自己，他也訓斥不出口。「妳到外面，讓大家進來……」

「父親，等等，女兒還有事要說。」顏寧阻止顏烈，低聲將林天虎的陰謀說了一遍，只是瞞下她與蘇力紅聯手之事。

顏明德也好，顏烈也好，都是時刻記著忠君愛國之人，若是讓他們知道，自己居然也和林天虎一樣去與北燕皇子交易，只怕顏明德得活活氣死。

自重生醒來，顏寧心裡不再如前世一樣，時刻記著顏家忠君家訓。她不會為一己私利陷萬民於水火，但若是百姓的性命與父兄相比，那自然是父兄更重要。

前世，傳出顏家通敵叛國的消息時，那些愚昧百姓又有幾人還記得顏家世代守衛邊疆的苦勞？這種念頭，一直被她壓在心裡，因太過大逆不道，所以一直不敢去想、不敢去碰。昨夜，發現楚昭業與林天虎為了害死父親和二哥，不惜送出三里鎮一地百姓給北燕時，她只覺怒不可遏。既然楚昭業不在乎，她為何要在乎？

顏寧只說了自己去北燕軍營碰上北燕三皇子蘇力紅。蘇力紅感念救命之恩，加上怕被扣上通敵的罪名，所以幫顏寧遮掩著送出軍營。

這話聽起來有理，顏家父子都相信她不會欺瞞，當然也不會再多問。

「那些北燕細作還在城內？」顏烈第一想到的，就是得把那些北燕細作給拿了。

顏寧點點頭，又說自己已經安排人看住。

顏明德體虛，只覺剛一思索，腦子裡轟轟作響，看著顏寧問道：「寧兒，妳打算如何做？」

「父親，我想讓二哥守兗州城。林天虎誣陷二哥臨陣脫逃，二哥若不立些軍功，怎麼把這髒名給洗清？」

顏寧看顏明德贊同，又道：「父親，讓女兒帶兵去七里關邊的安城吧。」

「安城？」顏明德不知道顏寧為何想到這地方。

「安城是攻打七里關的北燕軍要經過的地方。」

「妳一個女孩子怎麼帶兵？胡鬧！」顏明德想也不想地駁回。

「那就聽父親的。」顏寧也不糾纏，轉而說起拿下北燕細作後要如何保密之事。

三人說了一會兒，計議妥當，顏烈出去將門外幾個將領叫進來。

在顏明德的病床前，顏明德說了自己中毒箭之事，顏烈又細細說了這幾日林天虎兵圍州牧府、昨日殺了一百多軍士等事。

從軍之人最重情義，聽說林天虎竟然這當口背後下刀子，都是憤怒不已。

顏寧待眾人停嘴後，上前幾步，打斷大家的話。「眾位將軍，此時不是說這事的時候。昨夜我已到兗州城外，意外獲悉有人勾結北燕，城中還有北燕細作，明日北燕將會攻城。」

「有這種吃裡扒外的畜生？」

「是誰？老子把他腦袋擰下來！」

通敵賣國是比背後陷害更令人不齒的行為，這是數典忘祖啊。

顏寧看大家憤怒叫罵，也不制止，此時，讓他們越憤怒也是好的。待大家漸漸安靜下來後，她對顏烈示意。

顏烈點頭，上前一步，道：「眾位將軍，我妹妹見了此人與北燕的密信，只是，此事太過重大，加上僅憑一封信做證據，也怕冤枉人。待我們拿下城中北燕細作後，讓大家一起來審可好？」

一起審北燕細作？大家當然不會反對。

顏烈見眾人同意，又道：「當務之急，還是先應對明日大戰。或許將計就計，我們可以一戰而勝。」

顏烈又將剛才計議的安排一一說出，大家都覺得大妙。

「若眾位將軍覺得可行，我們就先如此安排。明日會是兩場惡戰，我先帶人，去將城裡的細作拿下。」

此時已不早，大家要回營安排，看顏明德能睜眼說話，大家也都放心了。

顏明德剛剛醒來，體力不濟，又睡了過去。顏寧也不離開，守在顏明德房內，心裡將明日之事反覆思量著。

「姑娘，外面有個呂參將求見。」虹霓走進來，輕聲稟告。

孟良已經說了呂參將是誰，顏寧想到這人剛才的衛護，有幾分感激，她走到廳裡，見那呂參將年約四十來歲，紫紅臉膛兒，一看就是北方大漢。

他見了顏寧，抱拳行禮後，道：「見過顏姑娘。」

「呂參將見我何事？」

「顏姑娘，兗州出了這種事，末將可能再無機會殺敵了，求姑娘向顏元帥求情，接下來若有戰事，讓末將做個馬前卒。末將當兵，是為了殺敵的，十多年前虎嘯關被破，末將家人都死於戰火。末將當兵後，一直想與北燕人一戰，只是……」他說到這裡，不再說了。

顏寧當然明白他的意思。只是從他當兵後，這邊未再有大的戰事，而林天虎也從來沒有與北燕一戰的勇氣。

「好，我會向父親和二哥推薦呂參將的。」顏寧也不推辭。

呂參將大喜。「多謝顏姑娘。對了，昨日州牧府外的軍士裡，還有幾人受了箭傷未死，末將讓人將他們藏起來了，現在好了，姑娘命人接他們回來養傷吧。」

「呂參將，你剛才為何不說？」

「剛才有事求姑娘，末將怕說了此事，姑娘以為末將是挾恩圖報。」呂參將憨厚一笑。

顏寧看呂參將一臉正氣。這人倒是有趣，要一個上戰場搏命的機會，算是挾恩圖報嗎？

「呂參將，或許我們將與北燕有場大戰，不知您是想要軍功，還是想要殺敵？」顏寧試探地問。

呂參將有些驚訝，他皺眉沈思一下。「末將想要殺敵。末將家人都被北蠻子殺了，只有一個兒子跟著末將一起從軍。」

顏寧想了片刻。「你手下有多少人？」

「末將底下有五百多人。」

「好！今晚帶上你的人，跟我出城！」

呂參將也不多問，答應一聲，滿臉笑容地出去了。

第四十九章

顏烈帶人拿下了北燕細作，也來不及審問，都丟進州牧府大牢中。為了保險起見，將林天虎換了個地方關押，也免得串供。

整個兗州城外鬆內緊，以防林天虎被抓的消息透到北燕那邊去。

雖說北燕此時應該也忙著明日的備戰，加上城中細作都被抓了，蘇力青也未必能察覺。

想到明天的大戰，顏烈只覺熱血沸騰。來到兗州後，與北燕打了幾次，但是每次一交手北燕人就退，人家看著覺得大楚是乘勝追擊，顏烈只覺打得窩囊不痛快，現在他終於知道人家是在兗州等著自己呢。

一想到林天虎的圖謀，明天蘇力青發現林天虎的布局壓根兒不是那麼回事，會不會臉都氣綠了？嘿嘿，氣死了最好。

唯一不放心的，就是顏寧一定要去安城。他本來就說不過顏寧，現在更是只有聽話辦事的分兒。

顏寧只是告訴顏明德和顏烈，安城沒什麼危險，她守在那兒，只是萬一蘇力青想繞道七里關，她能阻攔一下。

顏明德對這片地形瞭若指掌，也覺得安城沒什麼風險。他以為是女兒一心要上沙場，平時顏寧弓馬嫻熟，兵法也讀得不少，雖然自己不打算讓女兒在戰場上打打殺殺，但是現在也無力阻攔。與顏寧比起來，他還更擔心顏烈一些，所以拗不過她也就答應了。

顏寧趁著夜色，點了一萬人，帶上呂參將，摸黑往安城去。

對外，只說是顏明德命呂參將帶兵守衛此處，顏寧跟隨其中，自然也沒人會多留心。就算有人對一個姑娘家混在軍裡有想法，大戰在即也顧不上了，何況，這還是顏家的姑娘。

安城，離兗州不遠。

顏寧拿著帥令叫開城門。這城裡有三千多官兵駐守，城內百姓近萬人。

顏寧帶人進城後，立即下令此城戒嚴，不許進出。

呂參將要不是軍令難違，其實是不太願意來的。

「顏姑娘，這裡沒戰事啊。」進到安城，他忍不住跟顏寧嘀咕。

顏寧看他一臉不甘，安撫道：「呂參將，今夜好好休息，明日自然有你立功的時候。」

「這裡？姑娘，十多年前北燕進關，安城都沒啥事。」

安城位置不好，既不臨近官道，又不是什麼咽喉要塞，地勢偏低，連藏糧的糧倉都做不了。若是附近兗州等處失守，只要將這城一圍，要不了幾天城中糧草斷絕，就拿下了。

呂參將覺得，北燕人只要不是腦子壞了，都不會攻打安城的。

「呂參將，我讓你來，可不是讓你來守城的。你下令，讓大家好好歇息。」顏寧也不多說，沈了臉色下令道。

對外，雖然呂參將是這一萬多人的統領，但是，呂參將知道，自己還是得聽命顏寧。

顏寧帶笑安撫他時，他敢抱怨嘀咕，一看顏姑娘沈了臉色，他不敢違拗。畢竟從軍之人，最遵軍令。

孟秀奉了顏烈之命，跟著來到這裡，他的職責是做顏寧的侍衛，保證顏寧安全。

第二日一早，顏寧登上安城城樓。

安城這裡的守軍是吳千總，少年從軍，一直鎮守安城。他看一個十多歲的姑娘家，一本正經地到處查看，只覺可笑，不過面上還是恭敬的。

顏寧看了這人一眼。吳千總生性正直，與林天虎不對盤，要不是他與武德將軍家有故，可能這安城千總早就做不下去了。這人估計是礙於自己出身顏家，又有帥令，只好忍著。

顏寧也不拆穿他的心思，只是指著北面問道：「那裡，是不是北燕軍營所在？」

那千總看了一眼。「是，北燕大軍就駐紮在那兒。」說著他又往南面一指。「那邊，就是兗州城，前面的官道，是通往七里關的。」

「七里關，是哪位將領駐軍？」

「哦，那裡也是位千總，林州牧四姨太的小舅子。」吳千總不屑地道，顯然那人只是靠著裙帶關係才能坐上千總之位。

「顏姑娘，北燕軍營那邊，看起來正在埋鍋造飯，戰事難免，妳不如去七里關？」吳千總好心建議。

安城離北燕軍營和兗州都不遠，他還想有機會請戰一下。這顏家的姑娘，最好躲到七里關去，那裡離戰場較遠。

顏寧心裡翻了個白眼。要不是知道他不知情，她都懷疑這人是想讓自己去送死了。

七里關的守將底細，顏寧早就知道了，所以看密信上北燕太子派蘇力紅去偷襲，她知道林天虎是想讓自己人立個大功啊，蘇力青肯定不會派多少精兵猛將陪蘇力紅去攻打七里關的。

林天虎只要在七里關安置幾萬人，斬殺蘇力紅這個北燕三皇子，這可是大功一件。現在麼，顏寧看著北方的黑煙，就讓蘇力紅去把這個千總給滅了吧。

顏寧回到千總衙門，沒等多久，探子來回報說北燕兵分三路，一路往三里鎮，一路往七里關，人數最多的，自然是往兗州而去。

吳千總聽說有北燕軍往七里關來，有些著急。七里關那裡有幾個大糧倉，鎮守的人又少，他想下令馳援，被顏寧給制止。

「顏姑娘，戰場之事不是兒戲，我沒工夫給您講解戰事。」吳千總有些惱了。雖然他對那位裙帶千總看不上眼，但是，七里關糧倉若有失，那可怎麼辦？

顏寧看他一臉怒氣，也不生氣，只是拿出帥令。「吳千總，權杖在此，你必須聽我號令。」

「妳……哼，聽說顏大將軍治軍嚴明，沒想到如此公私不分，戰場之事，豈是妳這樣的小姑娘玩鬧的？七里關要是失守，誰來擔當？」

「失守了，奪回來就是。現在，你和呂參將聽我號令，不然就是目無軍紀！」顏寧冷聲下令，硬生生壓住吳千總。

吳千總看了她手裡的權杖一眼，到底不敢公然違拗。

顏寧見他不再說話，才安排道：「呂參將，待兗州開始交手時，命你帶五千人，去北燕軍營劫營，動靜鬧得越大越好！」

她這安排一出，吳千總和呂參將都愣住了，然後，就是滿臉喜色。

對啊，原本這安城只有三千守軍，又只是彈丸之處，北燕大軍不放在眼裡。所以，北燕人沒想過要花心力來攻下此處，駐防時也未選個遠離安城的地方，平白給了偷襲的機會。

其實，這是吳千總和呂參將亂猜了。

北燕太子蘇力青也是一個多次上沙場的人，還頗有將才，怎麼會粗心地沒想到後防？他只是因為與楚昭業和林天虎結盟，覺得後顧無憂而已，所以蘇力青今日率領大軍攻打，壓根兒沒想過要防著安城這邊。

呂參將盤算了一下，從安城出兵到北燕軍營，不過幾十里路，輕裝簡從，要不了多久就能趕到。「顏姑娘，末將帶人去沒問題，就是五千人，會不會少了點？」

他想要將北燕軍營給一鍋端了。幾十萬大軍的駐紮處，就算此次蘇力青傾巢而出，剩下防守的人也不會少，而他只有五千人，可能比防守的兵力還要少啊。

「是啊，顏姑娘，不如帶一萬人去吧。」吳千總聽了顏寧的打算，語氣好了，態度也恭謹了。

顏寧搖頭拒絕。她與蘇力紅的協議裡，就是讓蘇力紅有個收服軍心的機會，更主要的是，如此局勢，想要將北燕大軍全殲滅是作夢，還不如劫營亂了北燕軍心，趁早將他們趕出虎嘯關。

「只能帶五千人去，人再多萬一被發現怎麼辦？再說還要隨時支援七里關，剩下的八千人中，若是帶人支持七里關，守城還得留人。」

顏寧這麼說，吳千總和呂參將都沒法反駁。兩人暗自可惜，呂參將真想抱怨，既然這樣，昨夜為何不多帶點人來安城啊？

沒等他扼腕，探子帶來最新情報，果然是蘇力紅帶了五千人攻打七里關。

吳千總聽到這消息，無話可說了。

呂參將帶兵離去後，過沒多久，就看到七里關告急的烽火。吳千總哪還有什麼猶豫的，他心裡惱恨那裙帶千總無能，還是點齊他麾下的三千人，趕去救援七里關。

顏寧看著漸漸遠去的黑影，鬆了口氣，她就不信北燕人這次不敗。想到北燕人一敗塗地，顏寧覺得有些得意，看著兗州城方向，也不知道二哥在兗州，能不能拿下蘇力青？

這可是二哥第一次做先鋒官，她還等著二哥拿個一等軍功呢，若是能生擒蘇力青，那就更妙了。

夜色漸晚，她聽探子說北燕軍營已經亂了，更是喜上眉梢。呂參將已經帶人到那邊交手，營地後防告急，蘇力青若是又被擒拿，那他肯定以為是林天虎騙了他。

對了，林天虎可不能死了，看那癡肥的樣子，應該熬不住什麼刑，要是他府裡有楚昭業留下的密令什麼的，那不是一舉就能將楚昭業打得翻不了身？

顏寧越想越高興，只覺人都坐不住了，就等著呂參將回來報喜。等了好久，卻沒聽到人回來的消息，顏寧覺得有些不對勁。

孟秀拖著一個斥候進門，大聲稟告說：「姑娘，有北燕軍正往安城來！」

「大概多少人？」怎麼忽然有北燕人來攻打安城？顏寧心中一驚。

「少說也有三萬人！」那斥候大聲回道。「姑娘，要不您快離開？」

三萬人，安城如今守軍只有五千人，若是自己走了，這些人怎麼辦？若是城破，這城裡的百姓們哪裡還有活路？

顏家，可以有戰死的人，不能有逃兵！就算自己違背家訓，私自與北燕皇子交易，但是在戰場上還是不能做逃兵！

顏寧心思千迴百轉，無數個念頭閃過，最後，她還是別無選擇。「讓人備戰，準備守城！」

她走出府衙，往城樓上而來。

廝殺來得很快，過了半個來時辰，就看到黑壓壓一片人影圍在安城下。

這些北燕軍也不多話，上來就擺開攻城架勢。

幸好吳千總駐守時，對安城的防衛很上心，所以安城的城牆還算堅固。

城牆上，很快傳來喊殺聲。

安城這裡，只有她從兗州帶過來的五千精兵。

顏寧內穿箭袖紅衣，外罩銀甲，手持青鋒寶劍，一站上城樓，城樓上的將士們都不由看過來。

銀盔之下，雖是女子面容，卻沒有一絲女子的嬌弱。

「只要守過一夜，明日就有援軍了！」顏寧為了鼓舞士氣，大聲道：「大家從軍，沙場建功，就在今日！」

那些將士們原本覺得敵眾我寡，心中沒底，聽說明日就有援軍，放心了些，再聽到「沙場建功，就在今日」，也不由熱血沸騰。

夜色籠罩下來，今夜卻是無星也無月，城樓上下火把的亮光照得猶如白晝。城樓下，黑壓壓的人頭，遠處，還有北燕軍在紮營。

北燕人數雖然多，但是安城城樓就這麼點地方，他們也沒法全湧上來，所以，安城暫時還是守得住的。再說，北燕人到底是長於騎馬，論起步兵攻城，還是差了點。

顏寧讓人將滾石等物備好，順便還燒了兩鍋熱油，這些東西一倒下去，北燕軍慘叫連連，一時挫了北燕軍的銳氣。

站在安城城樓上，看不到七里關的廝殺如何，吳千總若是看到安城告急，不知多少時間能回防？不過他手裡也才五千來人，回來也沒多大用處。

她還以為身在安城是在戰場之外，沒想到一下子變成圍攻之所。世事果然出人意料啊。

原本，蘇力青與林天虎約定是在七里關路上安排重兵偷襲，擊殺蘇力紅；顏寧與蘇力紅則約定，在蘇力紅帶兵來去路上不設伏，他憑本事去攻打七里關，無論是否能攻下，在北燕軍營告急時，他都會回防。

按這計畫，蘇力青兵敗，蘇力紅回到軍營，還能乘機收攏兗州和三里鎮潰敗的殘部。對顏寧來說，就能全力對付蘇力青手中的兵力。

現在，忽然安城被攻了。

夜色下，顏寧看不清攻打安城的人是北燕的哪個部落，只是無論是誰攻打，都不重要了，如何守住，才是重點。

這一場激戰，由傍晚直至黎明。

北燕軍輪番攻城，城樓上的大楚軍隊已經疲乏。顏寧也在城樓上揮劍殺敵，身上也分不清是別人的血還是自己的血。

安城的少壯都來到這裡幫忙，畢竟城破，家園也就不在了。

只有北燕人換人攻城時，城樓上的士兵們才能搬運傷兵和滿地屍首。五千人，一夜過後，幾乎折損了一半。

「姑娘，守不住了，屬下帶人護您先走吧？」孟秀跑過來，一腳踢翻一個北燕士兵，在顏寧身邊大聲喊道。

顏寧搖頭。「孟秀，走不了了，你看這四周，哪裡衝得出去？與其死在逃的路上，我寧願與安城共存亡！」

孟秀聽了她的話，四下打量。這可怎麼辦？老爺和二公子怎麼還不來救援啊？還有呂參將，怎麼還沒回來？

「姑娘，您看，又是北燕軍，是那個燕東軍，不對，是蘇力紅！」孟秀指著城樓下一個剛剛走上來的將領，吃驚地喊道。

顏寧轉頭看去，果然是蘇力紅。他一身甲衣也是染血，看來也是經過一番廝殺。

顏寧看向他時，蘇力紅在拓跋燾的提醒下，也抬頭看上來，城樓之上，紅衣銀甲的顏寧，分外顯眼。

「主子，那是顏姑娘。」拓跋燾說了一句。

他是直脾氣的硬漢子，心裡一直記得欠著顏寧的救命之恩，現在，殿下違背承諾，帶人來安城，他只覺心裡有愧。

蘇力紅能被蘇力青如此防備，自然手裡也是有兵馬的。他知道蘇力青的陰謀後，帶兵猛攻七里關，直到七里關燃起求救烽火時，卻帶人離開了。

聽到顏寧在安城時，他與自己人會合，讓人兵分兩路，他帶人去軍營所在救援，同時派人帶兵去攻打安城。

沒想到，這麼久了，這安城居然還沒拿下，他不得不帶人親自來看，若是到明日還沒拿下，他就得另外安排了。

顏寧和蘇力紅兩人遠遠地看了對方一眼。

「來人，給我拿弓箭來！」蘇力紅聽了他的話，只是往後伸手，拿過自己的弓箭。

顏寧在城樓上，看到蘇力紅後，自然全明白了。

蘇力紅想要蘇力青死，也想要趁此機會拿下兗州，他是想趁著蘇力青在兗州激戰時，漁翁得利。

他到安城來，是知道自己在安城？那是想生擒自己，還是想殺了自己呢？

「姑娘，這人不是在七里關嗎？」孟秀問道。

「他繞回來了。」顏寧看到蘇力紅拿弓箭，也拿起自己的弓箭。

一夜搏命後，她有些力竭，手也有些發抖，但是挽弓之後，那箭還是穩穩射了出去。

兩箭半途相遇，折斷落地。

蘇力紅一笑。他這一箭與其說想要射死顏寧，更多的其實是示威。安城，已經是囊中之物，這顏寧倒也硬氣，明明力氣不足，還要抗衡一下。

「可惜了，還未及笄，就要死在這裡了。」他惋惜了一聲。

顏寧也無暇再看他，忙著應敵。

「城破時叫我！顏寧若死也叫我！」蘇力紅一天幾處奔波，也體力不支了，留下一句話，他轉身離去，回營歇息，讓拓跋燾留下督戰。

等到巳時，安城一處城樓，終於破了一個缺口。

有人上城樓稟告時，孟秀只守在顏寧身邊，若是北燕人攻上來，自己只要還有一口氣，總是要護衛姑娘的。

顏寧聽到城破，卻眉頭都不皺一下。「孟秀，帶三百人去堵上那缺口！」

「姑娘……」

「這是軍令！只要我們還有一口氣，就不能讓北燕人進城亂殺！」

孟秀咬牙帶人下去。其實也沒多少人跑得動了，大家，都在撐著最後一口氣。

顏寧看看下方，暗嘆一口氣。居然趕不上嗎？

這一刻，顏寧忽然想起楚謨那張桃花臉。他在皇覺寺，逮到楚昭業的狐狸尾巴了嗎？他帶兵大敗南詔，而她居然要被北燕人殺死在安城了？

顏寧想想，就覺得有點不服氣。

天色又近晚時，一個士兵指著遠處的人頭，大聲道：「姑娘、姑娘，來援軍了！」

顏寧果然看到那邊一面斗大的顏字旗。「終於來啦！」

蘇力紅聽說大楚援軍來了，看著安城城樓半晌，只能領兵撤退。

「寧兒！寧兒！」顏烈衝上安城城樓。

顏寧看著他咧嘴一笑，只是滿臉髒污，哪認得出誰是誰，幸好顏烈和虹霓認出她那身衣裳，連忙走過去。

虹霓一把扶住顏寧。「姑娘，有沒有傷到？有沒有傷到？」

「沒有，我累了。」停下揮劍廝殺後，顏寧只覺得手腳痠軟，胳膊腿都不聽自己指揮了，靠在虹霓身上。

等她睡飽醒來，顏烈想到蘇力紅將妹妹困在安城，氣呼呼地道：「蘇力紅跑得倒快，看到我們過來就帶人跑了。不過，他也沒好日子，蘇力青打不下兗州，回去了，現在估計正和蘇力紅較勁呢。」

「幸好我留了一手！」顏寧撇撇嘴。

不知蘇力紅要是看到自己送他的禮，會是如何的感想？

顏寧沒有伏擊他，也沒伏擊攻打三里鎮的那路北燕軍。她只是將那隊人馬給嚇退，讓他們回撤時順手救了蘇力青。

蘇力紅以為蘇力青必死無疑，沒想到蘇力青沒死，還抓到他不遵帥令的把柄，甚至，劫營的事也可能算到他頭上。

「寧兒，幸好呂參將帶的五千人穿的都是北燕軍服。」顏烈慶幸了一聲。

顏寧閉口沈默了。她二哥還不知道自己與蘇力紅合作的事呢。

蘇力紅沒守信，她也沒信他。

若是蘇力紅守約，顏寧帶著安城這一萬人馬趕到兗州堵住蘇力青的退路，蘇力青腹背受敵，必死無疑，現在麼……想到蘇力紅正焦頭爛額，顏寧就笑開了花。蘇力青肯定會抓住這個機會，將此次兵敗的責任推到蘇力紅頭上去。

「對了，寧兒，父親能下床了，他打算召集眾將，乘勝追擊，盡快攻下虎嘯關。」顏烈說了一個好消息。

蘇力紅為了表示合作誠意，給顏明德弄的解藥，還是實實在在的。

北燕軍營裡，蘇力紅一身疲憊，回到自己營帳後就一屁股坐在凳子上。

他們回到駐地，就碰上蘇力青所率的大軍。為了避開大楚的鋒芒，只好帶人後撤到離兗州百里之外，安營紮寨。

一安營後，蘇力青就指責蘇力紅私自行軍、與大楚勾結，證據就是蘇力紅沒有按令拿下七里關，還私自回到軍營；蘇力紅則指責蘇力青不顧兄弟情誼，暗算自己，證據就是蘇力青與林天虎的信件。

雙方吵得不可開交，正是逃亡的時候，兩人誰也不能奈何對方。

拓跋燾扶著蘇力紅坐到行軍床上，蘇力紅此時也明白過來，自己算計顏寧，顏寧也留了後手。

她只是沒想到自己會去攻打安城吧？也是自己大意了，若不去攻打安城，而是趕緊帶人走，那蘇力青就必死無疑。現在，自己軍中暗藏的實力被蘇力青窺見了，若不能在回到北燕都城前弄死這個太子，回去後，自己真要死無葬身之地了。

「顏寧！」再一次叫這個名字，蘇力紅不知道自己該咬牙切齒，還是該佩服她的心思縝密。

拓跋燾只是木著一張臉，沒有開口。

蘇力紅看了他一眼，知道這人骨子裡是個知恩圖報的。昨夜自己撕毀諾言是為無信，攻打安城要殺顏寧是為不義，所以他心裡對自己這個主子是有怨言的。只是，拓跋燾從小跟在自己身邊，又是自己一手扶持他為將，他對自己的忠心也不容置疑，也知道他正陷在自厭的情緒中。

「阿燾，你讓人送信去兗州，就說我想要再見顏寧一面。」蘇力紅這幾步路的工夫，思索半晌，還是只能找顏寧合作。

「殿下，只怕顏姑娘不會見你。」拓跋燾皺緊一雙濃眉，甕聲甕氣地回道。

「傳信過去，見與不見在她吧。」蘇力紅也有些沒把握。這若是個男子，他還能猜度幾分，可這顏寧只是個十三歲的小姑娘。

聽她不顧七里關時，他以為這姑娘應該心狠手辣，可是她沒有棄安城而去，這樣說，還是個心慈的小姑娘。只要她還有慈心，那對盡早結束這場仗，應該是樂意的。

顏寧在兗州城的大街上，見到了蘇力紅派出的人。聽了蘇力紅想見一面的要求後，她搖頭拒絕了。

這種時候去見蘇力紅，她可不要找麻煩。

「顏姑娘，我家主子是誠意相邀。」

那人沒想到顏寧想也不想就拒絕，這可怎麼辦？太子與三皇子此時纏鬥不休，而太子既占了太子儲位，又有大軍統帥之權，三皇子支撐得很辛苦。

顏寧看那人一臉掙扎，心中一動。「蘇力青容不下蘇力紅？」

她直呼其名，那人有些怒氣，可還未忘記人在屋簷下不得不低頭。「太子殿下對我們三殿下很嫉恨。」

「你回去跟你們三皇子說，他這種出爾反爾的人，我可不敢再見。不過，我們大楚肯定會追擊，直至收復虎嘯關，讓他好自為之吧。」

那人聽了這話，尤其是「出爾反爾」四個字，不由有些惱羞成怒。「顏姑娘，您也不是守信君子。」

「你主子背信在先，還不容人還手了？當他是誰啊？」顏寧不屑地撇嘴，看這人還想再說。「路已經指好了，你家主子怎麼做，看他自己，你要再囉嗦，我就讓你走不了。」

那人到底不敢再留，忍怒離去。

蘇力紅聽到心腹回報顏寧說「路已經指好了」，不由苦笑。路，的確指好了。大楚會繼續追擊，自己與蘇力青又不和，最好的辦法就是兵分兩路，大家各自領兵退到虎嘯關。

現在，北燕還有三十來萬人馬，自己手裡掌握的約莫是十來萬，太子蘇力紅手中有二十來萬。要是兵分兩路，大楚可各個擊破，也可咬住一鼓作氣、窮追猛打。不論是哪種情況，等大軍到虎嘯關會合時，兵力已經大損，那再守住虎嘯關，就是癡心妄想了。

要不想陷入這種局面，還有一種就是自己或蘇力青有一方妥協，讓出兵權。北燕大軍只要軍心不散，就還可一戰。退至虎嘯關後，依據虎嘯關地形，要守還是能守的，如此一來就算最後退出虎嘯關，還是能以議和之姿，從大楚皇帝手裡換些利益。

顏寧，是逼自己在選，要顧全北燕大局，還是顧全自己的個人私利！

他身為北燕皇子，又從小就胸懷大志，當然不想北燕精兵受損。這次帶出來的人馬可是北燕的精兵猛將啊，折損了，可能得休養兩年才能再戰。

可這大局，他顧得起嗎？此時妥協，他是不可能活著回到北燕了，不僅是他，忠於自己的軍中將領，可能都會死。

蘇力紅越想，越覺得胸悶難言，只覺得被人給逼到夾縫中無法喘息。偏偏這個逼迫，是他派人去帶回來的，甚至，還算是顏寧給他的恩惠。

那心腹看蘇力紅氣惱，想到白日所見，不由獻策道：「殿下，屬下是趁她上街，低聲說了殿下的名字，她就把跟著的人都打發走，獨自跟屬下說話，顯見是有顧忌，不敢讓人發現她與殿下有謀。這女人既然不識好歹，要不要拿這把柄……」

這人不愧是蘇力紅派出去的心腹，觀察入微，就白日片刻的時間，已經看出顏寧的顧忌。

蘇力紅聽了他的話，忍不住一笑。「你觀察得仔細，很好。不過，這對顏寧威脅是威脅不到的。」

傻的怕橫的，橫的怕不要命的，這顏寧若是惹急了，就是敢跟你拚命的人。再說，她還拿著自己的魚龍玉珮。

當初留下玉珮時，拓跋燾以為他是想留下報恩線索，其實他是打算，除了留下身分線索外，還因為當時已經知道，他們是大楚赫赫有名的顏家——世代鎮守玉陽關，與北燕為敵的人。

若是他們家中，忽然出現北燕皇族的身分玉珮，那大楚皇帝還會對他們信任有加嗎？只要大楚君臣離心，顏家退出玉陽關的話，以自己的領軍之能，加上北燕兵力，說不定就能一舉攻克玉陽關，進軍中原。可惜，自己的一番盤算，回了北燕後，卻再無心思。

因為外祖謀反牽連，他又被蘇力青一再打壓，幾乎無翻身餘地。要不是他辛苦謀劃，可能父皇早把他給殺了，所以魚龍玉珮之事，不僅不能再拿來作文章，還得死死瞞著。

現在這玉珮不是他的利器，反而是他的把柄。事易時移，造化弄人啊。
蘇力紅鐵青著一張臉，在營帳中從左走到右，又從右走到左，越走越快，猶如困獸一般。
那心腹擔心地叫道：「殿下……」
蘇力紅呼出一口氣。「去，請拓跋將軍等幾位將軍過來，有事相商。」

大楚大軍休整兩日後，乘勝追擊。
顏明德身體未恢復，顏烈作為先鋒官，帶兵追擊北燕殘部。他也不負先鋒之名，幾乎是追在北燕兵屁股後面打，往往北燕軍剛紮營，後面就來報說大楚追兵來了。
這一路上，蘇力青苦不堪言。蘇力紅跟他兵分兩路，他這一路幾乎都沒喘息時間；他也知道，若是兩人繼續僵持，只能全軍覆沒。
這一路上，他也沒少讓人故布疑陣，想把追兵往蘇力紅那邊引，可這大楚的追兵，狗鼻子一樣靈，不論如何引誘，就是追著他陰魂不散。
他當然也知道肯定有蘇力紅的手腳，只是，卻想不出怎麼做的手腳？
蘇力青死都沒想到，大軍過處難免留下痕跡，蘇力紅只是留下更多的痕跡。
而顏寧教顏烈的是，越有大將統領的軍隊，軍紀嚴明，肯定不會有很多印跡留下，所以這一路上，顏烈讓斥候追查時，越是印跡少的他越注意。
顏寧讓顏烈追著蘇力青打，其實也有理由。現在北燕國內，蘇力青勢大，蘇力紅勢弱，要是這一通打，將蘇力青削弱點實力，那蘇力紅就可以繼續爭啦。

她可以不管什麼家國天下，可北燕若是內亂，無暇他顧，那大哥鎮守玉陽關就輕鬆了。

抱著這種心思，她讓孟良、孟秀和顏六等人都跟著顏烈，一方面是護著怕二哥受傷，另一方面就是時刻提醒二哥要追什麼人。

孟良這三個跟著顏寧久了，覺得自家姑娘簡直是神人在世，根本不問緣由，只要姑娘吩咐的，立即照做。

顏烈這幾日追擊，每日也只能睡幾個時辰，可一想到要是拿下北燕太子和三皇子，這可是難得的軍功啊！他帶的這批將領，也都懷著這種心思，都不知道累了。

蘇力青苦不堪言，等他好不容易繞道逃到虎嘯關時，二十來萬人剩下不足十萬。最糟糕的是，虎嘯關的關樓上，插上了蘇力紅的令旗。

虎嘯關駐守的將領原本是蘇力青的心腹大將，被蘇力紅給控制了。

顏烈追擊到此，在虎嘯關外歇息一日後，第二天又率軍猛攻，北燕軍此時哪還有什麼戰意？

顏烈單人獨騎，挑開了虎嘯關的關門，只用了兩日時間，就拿下了虎嘯關。

亂軍之中，蘇力青受了重傷，幸好心腹抵死護衛，護著他撤出虎嘯關；蘇力紅也帶著剩下的北燕軍退軍。

顏烈打得興起，還想繼續追擊，結果孟良硬生生把他拉住。顏明德派人手持帥令，召他回兗州，餘下追擊北燕的戰事，則交由其他將軍負責。

顏烈有些鬱悶，到底不敢違抗帥令，只好按照原本商定的計畫，留下吳千總鎮守虎嘯關，帶人返回兗州。

得勝凱旋，少年英雄，一戰成名。兗州城的男女老少圍在城外，看這少年英雄到底是什麼模樣？

顏寧站在兗州城樓上，看著自己二哥一馬當先，路邊百姓獻酒，他也來者不拒，接過大碗喝了。

她心裡覺得欣慰很多。二哥，不僅好好活著，而且有了這次的軍功，誰還敢小覷？不過，看顏烈那副嘴巴快笑到後腦勺的樣子，她又忍不住嘀咕：「太招搖了！一點也沒城府。」

虹霓看自家姑娘那副又高興又要忍著不想太高興的彆扭樣，忍不住轉頭偷笑。「姑娘，您不會是嫉妒二公子吧？」

「哼！不就因為他是男子嘛，有什麼了不起。」顏寧當然不承認，自己是真有點小小的失落。自小，她也想跟父兄一樣，領軍出征，上陣殺敵，可惜，就因為自己是姑娘家。

顏明德也很高興，坐在元帥行轅，看著小兒子來交還令箭，自豪之情湧上。

顏烈私下忍不住抱怨。「父親，幹麼召我回來？您要是不下令，我都能打到北燕國去。」

「你還不知足啊！」顏明德站起來，對著顏烈腦袋又是一巴掌。

「父親，兒子已經是將軍了。」

「將軍？將軍怎麼了？將軍老子就打不得你啊。」顏明德中氣十足地大喝一聲。

顏寧正從院外走進，就聽到父親的大喝，走進屋裡，二哥正委屈地揉著腦袋，一臉不服氣。

「父親、二哥，晚膳備好啦。」她一臉笑盈盈。

顏烈看到顏寧進來。「寧兒，父親讓我帶兵回來，妳怎麼也不勸阻他？」

「二哥，這次的援軍是各地抽調來的，你總得讓人家也立些軍功啊。」顏寧低聲道。看顏烈還一臉懵懂的樣子，她忍不住翻了個白眼。「別忘了回京還有得說呢。回頭這些人得了好處，就算不向著咱們說話，好歹也不會幫林天虎啊。再說，分些軍功給別人，聖上才會覺得父親這元帥治下嚴謹，一視同仁。」

「寧兒，妳心眼越來越多了。」顏烈聽了，反駁不了，嘀咕了一句。

顏明德又想一巴掌，牽動了傷口，只好把抬起的手放下。「你跟寧兒好好學學，這才是避禍長久之道。」

要不是顏寧提醒，他也想不到這事。畢竟，一軍之中，率軍衝鋒，當然應該是先鋒官在前。

顏寧提醒他，顏家有了顏煦這個少年元帥，顏烈不能鋒芒太露。奪回虎嘯關，已經是大功一件，也要給其他人一些揚名立功的機會，他才連忙下令讓顏烈回來。

想到走在後面的一雙兒女，顏明德有些感慨。怎麼女兒越來越精明，兒子好像越來越傻了？

顏烈當然不知道，自己立了大功，還被老子不待見。

一家人在兗州相聚這麼多天，今日才算是坐在一起，好好吃了一頓飯。

顏明德聽顏烈說起當日林天虎兵圍州牧府時，顏寧居然假傳聖旨，濃眉皺了起來。「寧兒，妳太大膽了。」

「父親，您可一定要給女兒記上軍功啊，到時女兒也好功過相抵。」顏寧不在乎地說。

「父親，光寧兒發現林天虎與北燕勾結，就是大功一件了；還有，寧兒還守住了安城，追擊北燕也是寧兒的主意。」顏烈在邊上幫顏寧算計功勞。他數了一會兒，忽然想起。「寧兒，林天虎通敵的罪證，還沒有！」

沒有罪證，就他們口說無憑，楚元帝會不會定林天虎的罪？

「我們可以去搜林天虎的府邸，肯定能找到證據的。」顏寧說到這兒，抬頭問顏明德和顏烈。「父親、二哥，有沒有派人去盯著林家人？」

「哎呀，把這件事給忘了！」顏烈一拍腦袋，懊惱地叫道。「光顧著對付北燕人，壓根兒沒想到要盯著林府啊。」

顏明德也一臉懊惱。當日昏昏沈沈醒來，聽了顏寧的話，下了幾個令後，就體力不支，又躺下了，也就這兩日，才能完全下床走動。

這裡一群人，從將領到士兵，上上下下，都忙著與北燕作戰，壓根兒沒想過林天虎的事。

幾日時間，只要林家人不是傻子，真有什麼書信，肯定早就連灰都沒了。

他們了。

顏明德和顏烈父子兩個上馬打仗都是好手，讓他們時時想著應付詭譎之事，還真是難為

「寧兒，林天虎與蘇力青密謀之事都有痕跡，這……這不是證據嗎？」顏明德想了一下，提議道。

顏寧搖搖頭。「父親，口說無憑，林天虎到時可以不認帳。」

「那……現在怎麼辦？」

「還是要搜，先去他府裡看看，搜不到，我們就從北燕細作身上下手。」還有活口，顏寧倒也不算很擔心。

「寧兒，妳說三皇子真的來過兗州？」顏明德想起顏寧曾提過的猜測。

「八九不離十，不過，就算來過，也找不到證據了。」這麼久，都沒接到楚昭恒和楚謨有信傳來，顏寧知道，楚謨肯定是沒在皇覺寺抓到楚昭業現行。

她從京城趕到兗州，都能只花兩日，楚昭業在得知楚謨到了皇覺寺後，也可以火速趕回啊。

「早知道，我們就在兗州內外布防。」顏烈更是後悔。

顏寧看顏明德消瘦的臉，鬢邊甚至多了白髮，不想讓他們擔心。「父親、二哥，快些吃飯，我們見機行事，如今人都抓住了，還擔心什麼？」

顏烈覺得有理，埋頭猛吃。

顏明德思慮半晌，不忍辜負顏寧的孝心，也挾菜吃飯。

第五十章

翌日一早，顏寧還來不及帶人去林府，城外飛馬來報——欽差來了。

顏明德連忙帶著軍中眾將，擺開香案，迎接欽差和聖旨。

顏寧不是軍中官職，當然不能去前面露臉，只好待在行轅聽信。這種時候，她也不好帶人去搜林府，這種時候來的欽差，萬一是楚昭業的人，她不就平白送上跋扈無禮的罪名？

她耐著性子等信，過沒多久，顏明德陪著欽差和欽差衛隊來到州牧府。

沒想到，居然都是熟人，欽差還是禮部陳侍郎，他因為去南州與南詔議和一事，與顏家倒是關係交好，如今自然算是太子一派。

可護送欽差的衛隊長，卻是濟安伯的兒子劉岑。這劉岑雖然號稱文武雙全，但一直走的都是科舉之路，現在做了欽差衛隊的衛隊長，這是改從武了？

顏明德設宴，叫了留在城中的將領一起作陪，招待陳侍郎。顏烈則陪著劉岑等人一起喝酒。

以劉岑的官職，當然不夠格和顏烈比肩，但，他是濟安伯的嫡長子，與顏烈也算自小相識，在劉琴嫁入三皇子府之前，兩人的交情還算不錯，所以顏烈還是要給這個面子的。

這一頓飯，吃了一個多時辰才算結束。

顏寧打發人在州牧府裡收拾地方，供陳侍郎等人歇腳。有劉岑在，陳侍郎自然也不能多說什麼。

「姑娘，陳侍郎說，聖上接到林天虎的戰報，說二公子臨陣脫逃擾亂軍心，原本旨意是要拿二公子回京問罪的，可是路上又接到老爺的戰報，說林天虎叛國通敵，所以聖上下令，要老爺帶著二公子和林天虎一起進京，對北燕戰事，交由周將軍指揮。」虹霓拉了孟良和孟秀打聽後，回來將消息告訴顏寧。

顏寧還未細問，顏明德和顏烈帶著一個小太監走進她的院子。

「表姑娘，奴才見過表姑娘。」那小太監一看到顏寧，就激動地上前問安，原來是招壽。

「招壽，你怎麼來了？太子哥哥有什麼信讓你帶嗎？」

「表姑娘，您就這麼跑來兗州，可讓太子殿下擔心死了。」招壽抱怨了一句。楚昭恒差點連到安國公府下定的事都推辭了，不過這話，他沒敢說出來，只說了顏寧離開後的事。

楚謨果然沒攔住楚昭業。那日康保還沒到皇覺寺，就在官道遇上了楚昭業，而林天虎的戰報是楚昭業帶回宮中的，據他說是自己在官道上遇到人廝殺，他救人後才發現是兗州送戰報進京的人。

「幸好楚世子讓人將太子殿下派在各處的人都引開，不然三皇子這麼一說，康公公要是讓人查看，這事太子殿下就說不清了。」招壽慶幸地感慨。

他說起來只是三言兩語，顏家三人當然知道，這中間該是多麼急迫。

有陳侍郎這個欽差大臣在，搜查林府，自然得由他來主持。陳侍郎既然上了太子這條船，自然答應。

此時，顏烈被顏寧指派看著劉岑這個欽差衛隊長，防著他們趁亂下手滅口。

顏烈想拉劉岑去喝酒，一個侍衛來說陳侍郎要去林府搜查，他連忙甩開顏烈，匆匆來到正廳，一定要跟著去。「屬下身為欽差衛隊長，自當衛護陳大人身側。」

「衛隊長何必這麼小心？陳大人身邊可少不了人護衛，我們也好久沒見了，不一起喝酒去？」顏烈跟著來到廳裡，勸道。

「靜思，差事在身，要辜負美意了。等我今日陪陳大人去過林府後，再一起喝酒如何？」劉岑說話，還是彬彬有禮的書生作態，配上他那身武職衣裳，讓人覺得彆扭。

顏寧看劉岑說了這話，顏烈無法阻攔，她索性走出偏廳，從門口跑進去。「父親，聽說要去搜查林府？林天虎通敵的罪證，是女兒先發現的，不如讓女兒也去看看吧？那夜有人與北燕細作接頭說話，女兒也去認認人，免得冤枉好人啊。」

大將軍的女兒就這麼闖進議事廳，可在座的將領們沒人覺得不妥。自從顏寧帶人守衛安城後，這些將軍們提起顏寧都會豎著大拇指，誇一句虎父無犬女。

一個十多歲的姑娘家帶著五千人與三萬北燕人對抗，尤其是顏寧對敵悍不畏死的英勇，更是讓人佩服。

「胡鬧，怎麼不讓人通稟一聲？」顏明德呵斥一句，不過看他臉上一絲怒意都沒有，大家都知道大將軍這話，也就是一句場面話罷了。

顏明德說完這句，就看著陳侍郎。

陳侍郎看顏明德沒有否定顏寧的話，只是看著自己，等自己作主。

顏大將軍愛女是出名的人，太子殿下對顏寧的縱容也是有目共睹，加上在南州時，顏寧有意無意還幫過自己的忙，光這幾點，他樂得做個好人。

陳侍郎笑著點頭贊同。「如此甚好。就有勞顏姑娘和我們一起去看看吧，我們總得儘量還林州牧一個清白。」

這話，自然也就是說得漂亮。

劉岑張了張口，本想反對，但是聽了陳侍郎的話後，不敢再多說了。他官小職微，在座的除了顏寧，就數他官職最小，陳侍郎又表態了，他再有不滿，也只好閉緊嘴巴。

顏寧也要去，那顏烈自然更要陪著去了。

顏明德索性又叫了三個軍中將領同往，搜查的人，顏寧提議請呂參將帶一些兗州的守軍，劉岑派幾個欽差衛隊的人，大家一起搜查，以示公正。

這安排，正大光明，又很合劉岑之意。

「我們只是欽差衛隊，參與搜查這事……」

「劉公子是不願嗎？」

「雖然於禮不合，但是，若我們一起，能讓顏姑娘放心的話，當然義不容辭。」劉岑本來還想推辭幾句，顏寧一句「不願」問出來，他連忙調轉話頭，一句推辭的話都不敢說了。

當初劉琴曾跟他說，顏寧做事大大咧咧，不循規蹈矩。

萬一他一句客氣話出去，顏寧順水推舟將他們排在外，那呂參將既然會被顏寧推薦，自然是顏家信得過的人，當中做些手腳栽贓陷害，也不是不可能啊。

顏寧看劉岑轉了話頭，也不再糾纏這話。

一行人來到林天虎的府邸。

林天虎夫人馬氏已經接到報信，大家到了林府門前時，林府正門打開，林天虎的大公子在門口迎接，馬氏則帶著其他子女和林天虎的妾室，在正門內等候。

顏寧打量一眼，林天虎的這些妻妾子女們都沒有什麼害怕驚慌之色，尤其是林大公子臉上反而有種自得的神色，林家的僕婦們倒是有驚恐之色。

馬氏聽說出自北方大族，她的臉上倒是沒有自得之情，臉上神情凝重，帶著關切。看到顏明德等人一進府，她就走上前來見禮。「顏大將軍、陳侍郎，妾身馬氏有禮了。論理本不該貿然出來見各位大人，只是我家老爺被顏大將軍拘禁，妾身也只好拋頭露面了。」

她話裡帶刺，但顏明德是個男子，不好和她辯駁。

陳侍郎咳了一聲。「林夫人，本官奉皇命來兗州，要請林州牧和府上各位回京，顏大將軍也會一同回京。」

馬氏滿臉欣慰地點頭。「妾身多謝陳侍郎，到了聖上面前，我家老爺必定能沈冤得雪。」

顏寧實在受不了她這副作態，看著馬氏道：「林夫人，林州牧是沈冤得雪，還是罪有應得，還是等到京之後再說吧。」

馬氏看了她一眼，對顏明德道：「早就聽說顏大將軍愛女如命，沒想到公務也帶著顏姑娘啊。」

顏寧不等其他人說話，已經大怒。「本姑娘是來做人證的，不讓我來，是不是妳作賊心虛啊？看這院中僕婦，妳都威脅過了？欺瞞朝廷，其罪當誅。」

林大公子看母親被顏寧指著鼻子罵，忍不住也火了，擋在馬氏身前。「顏寧，別人怕妳，小爺我不怕妳！」

「不怕我？那你有本事來和我動手啊！」還嫌氣得不夠，顏寧又添了一句。「你那拳頭，就打死螞蟻吧？你要不敢出拳，就是烏龜王八蛋。」

林大公子在兗州長大，也學過武，身材倒也壯實，從小到大，誰敢對他無禮？

馬氏聽顏寧挑唆自己的兒子動手，叫了一聲「大郎」，想要喝止。

劉岑下馬後還沒進府，被顏烈拉著查看林府門房，等他看到這情形想要飛身阻攔時，顏烈的手拍在他肩膀上，一把將他拉住。

林大公子的拳頭打出來，顏寧略微側身，一手就捏住他的拳頭，再一擰，離得近的人甚至聽到了「咔擦」骨頭斷裂的聲音。

大家再細看，顏寧已經站回原地，好像沒動一樣，林大公子左手扶住右手手腕，發出慘叫。那隻右手不自然地下垂，也不知是被擰脫臼，還是被捏斷了骨頭？

「大郎，你怎麼樣啊？」馬氏撲上前，臉上終於沒有那股端莊神情，滿臉憤恨地轉頭叫道：「陳侍郎，你就看著顏寧行凶嗎？」

「林夫人，妳不讓我們搜，是不是府裡有什麼見不得人的東西？」顏寧根本不讓其他人說話。「妳讓林大公子和我糾纏，是不是還有什麼東西來不及藏好？」

「妳……妳……」馬氏真想甩一個巴掌到顏寧臉上，只是她一向自詡貴婦，從沒親自和人動過手；當然，看顏寧下的狠手，也沒人敢上前。

林天虎的其他幾個兒女，看林大公子慘叫的樣子，臉上終於有了懼色，不自禁後退幾步。

「林夫人，妳若不讓我們搜，那就不用搜了，反正今日之事陳大人看到了，回京後如實上奏，聖上自有公斷。」

馬氏咬牙。她不怕顏明德這些人搜府，剛才接到報信後，為防萬一，她把所有貼身跟著林天虎的人都打發了，現在這府裡的人，都是信得過、拿捏得住的人。

「搜！你們搜！回京之後，我們要向聖上鳴冤！」馬氏厲聲大叫。「誰都不許攔著，讓他們搜！」

「真要問心無愧，為何不讓府中下人都出來，站這裡呢？」顏寧閒閒地加了一句。

馬氏一噎，負氣對管家吩咐。「去，把府裡的下人們都召集來！」

「內宅讓人搜可不適合，我去看吧？」顏寧看著林家的下人陸陸續續來到前廳，很善解人意地說。「林夫人，您看，我來還是有好處的吧？要是讓男子進了內院，您肯定不樂意吧？」

馬氏哼了一聲，不再作答。她看出來，顏寧就是來惹事的，想氣自己，自己何必和她一般見識?反正老爺的書信之物都查看過了，就不信他們還能搜出什麼來。

顏寧看她不再反對，直接跟劉岑道：「劉衛隊長，您點幾個人，跟我一起去內宅看看吧?」

劉岑指了幾個人，顏寧又領了呂參將派的幾個人，一起往內院而去。

呂參軍和劉岑帶人搜前院，顏寧帶著人搜查內院。

過了一個多時辰，顏寧回到前院，只見呂參將紫紅臉膛兒上，帶著惱怒之色。原來馬氏看到他們沒搜出什麼，正在那裡抱著林大公子哭著，言詞裡句句指著呂參將扒高踩低、挾私報復。

呂參將這種人，為人忠正，嘴皮子就不行了，聽著馬氏的話，心中惱怒，無奈又不能跟個婦人一般見識。

馬氏倒也識相，看顏寧回來，擦擦眼淚，不說話了。這裡的男子們不能和她婦道人家動手，這顏寧卻是下手狠辣，她還真有點怕。

「顏姑娘，您拿到我們老爺通敵的罪證了?」馬氏看顏寧也是一無所獲的樣子，忍不住諷刺一句。

顏寧也不理她，抬頭仔細看了站在院中的人，忽然她眼睛一掃，看到了一張明媚的臉——林天虎的九姨娘。

想到那次聽到九姨娘說的話，她直接指著林天虎這幾個妾室道：「這幾人，我要一個個搜身!」

「妳憑什麼？」

「林夫人，妳要再阻攔，我就搜妳！」顏寧擺出一副蠻橫架勢。

馬氏到底是誥命在身，怎能容忍被人搜身？她抬眼看了看站著的這些人，只見顏明德和陳侍郎裝聾子，呂參將更是不會阻止，劉岑則被顏烈纏著。

她暗自忍怒。人在矮簷下，不得不低頭，顏寧臉上的神情，擺明了「我就是欺負妳，妳能怎樣」，她偏偏真不能怎樣。

想到京裡傳來的信，她只能忍！反正府中這幾日，她親自盯著，一張紙片都沒遺漏，會惹人懷疑的都燒了，留下來的，都是林天虎與京城林家父子的書信問候，或者是公文往來。

「顏姑娘，妳想怎麼搜身？」

「這樣吧，先讓她們一個個到這房裡來說話。」顏寧走進正廳旁的廂房。

那些妾室們不敢擅自行動，都紛紛看著馬氏。

「看著我做甚？都過去，一個個進去！」馬氏撒氣似地叫了一句，那幾個妾室才走到廂房門外。

陳侍郎心裡，是一萬個希望顏寧能查出些什麼來，畢竟，他今日跟著來搜府，林家人當然記恨他，若是林家能翻身，他不是要倒楣了？

顏寧坐在廂房裡，讓那些姨娘們一個個進來，有些進來後她就讓虹霓搜身，甚至有些飾物都被直接摘了留下，有些只是問幾句話就讓她們出去。

那些姨娘們不知顏寧這是為何，但她們身分不如馬氏，不敢違拗放肆。

很快，就輪到九姨娘走進去。

林天虎的女人還真不少，聽說這九姨娘是最年輕的一個。其他妾室走進廂房，難免帶著怯意，她倒神態如常，那雙嫵媚的丹鳳眼，反而更見神采。

顏寧看她一進門，就熱切地看著自己，有些好笑。「九姨娘，我可不是金銀財寶，妳這麼直瞪瞪地看我做甚？」

「奴家何氏見過顏姑娘。」九姨娘正經地福了一禮，臉上沒有上次顏寧匆匆一瞥時看到的媚態，身姿挺拔，多了幾分端莊之意。

顏寧有些好奇。這九姨娘看樣子不像是小戶出身，沒了那層做作的媚態後，倒是有分文雅氣質。她心裡記著當時混進林府時，在這書房外，九姨娘和林天虎說的話，有心想要拷問一二。

那九姨娘看顏寧不開口，又道：「顏姑娘，又見到您了。上次見到您，您是丫鬟打扮，如今卻不是了。」

顏寧收起臉上的漫不經心，有些驚訝地看著她。

這九姨娘認出她了？當時她一直是低著頭，應該沒人看到她的臉啊。

「我是第一次來兗州，九姨娘難道以前到過京城？」

「顏姑娘喚奴家何氏吧。奴家自小在北地長大，從未到過京城，只是上次在林府書房外，見過姑娘。」她倒也不遮掩。

顏寧看了她一眼。「妳當時怎麼知道我不是林府的丫鬟？」

「奴家的奶娘親眼看著您打暈丫鬟混進府裡。顏姑娘，奴家知道您想找什麼，奴家也能幫您，只是，有條件。」

她奶娘親眼看到自己打暈丫鬟混入府裡？顏寧看她的神情應該不是胡說，那麼，書房前她帶人來，是有心幫自己解圍？

何氏直接應承道：「奶娘看到您來到前院書房後，奴家就帶人過來了，果然，幫您解圍了。」

「妳為何幫我？妳當時就知道我是誰？」

「奴家不知道。奴家只是覺得，您既然會偷溜進府裡，總是與林家有仇的，只要與林家有仇，就與我同病相憐，看您年紀還小，幫您一把而已。沒想到，顏姑娘身分尊貴，不是奴家這樣的人可比。」何氏臉上露出幾分自憐之色。

「妳跟林府有仇，還給林天虎做姨娘？」顏寧脫口而出，說完又有些懊悔。「那個……我沒其他意思。」

何氏看她神情吶吶，剛才她譏諷馬氏時可沒半分猶豫，忍不住一笑。「奴家知道顏姑娘沒有惡意。奴家的父親是兗州治下的一個主簿，林天虎一次到縣裡來，見到奴家，就強要奴家做妾。家父不願賣女求榮，抵死不從。過沒多久，一次全家出門時竟然在官道遇上歹人，將我家人都殺了。林天虎救了奴家，就要我做妾。奴家沒有顏姑娘的本事，知道家人之死必定是林天虎下手，卻無力報仇，只能在這裡熬著，等著老天開眼，讓林天虎償命。」

顏寧看她說得悲憤，忍不住同情。主簿好歹也是個朝廷命官，就這麼被殺了？

虹霓在邊上聽著，更是有些紅了眼眶。她沒進顏府前，跟著家人見過豪強巧取豪奪之事，她遞過手絹，想讓何氏擦擦。

何氏也不接帕子，忍了悲色，繼續道：「那次看顏姑娘能獨自進出林府，奴家就想您是個有本事的人，若真與林天虎有仇，聽到他與北燕勾結之事，必定會注意的。後來聽說顏姑娘在州牧府外將一干官員都拿了。奴家這身分，不能離府，而奴家親信的奶娘和丫鬟都被夫人抓走了。

「幸好，奴家還是見到顏姑娘了。」何氏說到後來，有些哽咽，臉上的神情，卻是高興至極。「奴家手裡，有一封林天虎與北燕人的書信，奴家還能作證，看到林天虎與北燕人密謀。」

「那妳想要我幫妳做什麼？」剛才何氏說過她有條件，顏寧想聽聽她有何要求？

「奴家想求顏姑娘救救奴家的奶娘和丫鬟。」

何氏的奶娘和丫鬟是從小跟著她的，後來一起到了林府，她有心讓她們離開，兩人不願拋下她一人，這幾年裡三人也算相依為命。

「好，只是這府裡都搜過了，不知她們關在哪裡？」

「兗州城外，有馬氏陪嫁的一個莊子，奴家聽說，府裡這次凡是不放心的奴才，都關到那裡去了。」何氏倒是打聽得清楚。

有了地方，就好救人！顏寧當然沒有拒絕之理。

「奴家還想到京城後，能出面作證。顏姑娘，通敵賣國，是要全家處斬吧？」何氏雖不能手刃仇人，但是由她出頭作證，讓林天虎罪無可逃，不就等於是她親手報仇了嗎？

「要看聖上的意思了，全家處斬還是輕的，重者誅九族。妳出首作證，是有功之人，到時我會幫妳說情的。」顏寧忍不住許諾。

「處斬的時候，奴家想要最後一個死，奴家要親眼看著林天虎死！」何氏卻沒聽顏寧的話意，她的臉上有種瘋狂。

這種恨不得食其肉、啃其骨的仇恨，前世顏寧也有過，她不再多說，只是問道：「那封密信，在哪裡？」

何氏轉身，拿下身上的肚兜，然後，從肚兜裡拿出一頁紙。

她看顏寧和虹霓有些愕然地看著自己，有些羞澀地低頭。「府中所有人，不論男女老少，都被搜身過了。不過，奴家聽說林天虎被抓後，就把這東西貼身藏了，日夜不離身。」

她又自嘲一笑。「奴家是林天虎最寵愛的姨娘，馬氏原本是不想讓奴家活的，又怕此時府裡死人會被發現端倪，所以讓奴家暫且活著，不過奴家除了身上這一身衣物，就沒其他的了。」

顏寧知道，她這句話裡，辛酸無限，也不忍再多問。她拿過密信看了看，這信是蘇力青寫給林天虎的，感謝林天虎讓出虎嘯關，表示自己一定會信守承諾云云。信的末了，還提到林天虎所說的火燒糧倉之事，一定照辦。

兗州的糧倉，十倉九不滿，太子哥哥正打算讓戶部清查各地糧庫。林天虎是怕這麼多的虧空無法填補，所以讓北燕人趁著入關的時候，將糧倉都燒了，這樣一來，再有人說兗州糧倉不足的問題時，他就可推到戰事上。

還真是個脫罪的好主意。只是兗州這麼多糧，都去哪兒了？

顏寧來不及再多思索，拉開廂房門，走了出來，何氏則跟在她身後。

「陳大人、父親，找到了蘇力青寫給林天虎的密信。這位……」顏寧本想說這位姨娘，又想起何氏對九姨娘這稱呼的厭惡，轉口道：「這是何氏，她見過林天虎與北燕細作密談，可以作證。」

馬氏看到九姨娘跟著出來，恨聲道：「這個賤人對老爺和我多有不滿，她的話，怎麼能作證？」

顏寧懶得與她廢話，虹霓直接扶了何氏往外走，馬氏想要上前阻攔。

顏寧站到馬氏身前。「林夫人，我可是沒個輕重的，您還是留步吧。」

呂參將看顏寧攔住馬氏，直接對帶來的士兵一揮手，攔在幾個蠢蠢欲動的林府僕人身前。

顏明德和陳侍郎聽了顏寧的話，大喜過望。

陳侍郎下令道：「呂參將，麻煩你安排人守住林府，將林府眾人看押起來，十日後一起押送回京。」

有了證據，他底氣也足了。

馬氏還想多說，被一個士兵一把推回去，她蹲坐在林大公子身邊，臉色有些灰敗。

「陳大人，呂參將到底是兗州守軍，難免與林州牧有舊。」

呂參將聽到顏寧這話，急了，就想開口，顏寧對他搖搖頭，繼續道：「為示公正，最好還是麻煩劉衛隊長派些人，將馬氏、林大公子這幾個要犯看住了。」

「劉衛隊長，我以前聽劉側妃說過，您做事細膩，相信有您的安排，外面再有呂參將帶人守著，林家這些人一定能活著進京的，您說是不是？」

呂參將聽了這話，知道顏寧的意思了，點頭附和道：「剛才林夫人說林州牧曾對末將有提攜之恩，末將雖然不記得有沒有這恩情，因為這幾年都是哪兒有惡戰，末將就被派去哪兒打仗。但是顏姑娘說得對，末將還是避嫌的好。」

不直接說沒有，反而說不記得有沒有這恩情，又說哪裡凶險就被派往哪裡，擺明就是說林天虎要他送死。

其他人還忍得住，顏烈卻是噗哧一下笑了。「呂參將，這可是大恩啊。你看林州牧那個什麼姨娘的兄弟，守在七里關做千總，就沒什麼機會立功，林州牧這是器重你啊。」

顏寧也不理顏烈的取笑，只是看著劉岑問道：「劉衛隊長，早上您還說要幫忙的，現在不會拒絕吧？」

「哪裡，只是聖上派我前來，主要是為了衛護陳大人這個欽差。」

「無妨、無妨，本官接下來就待在顏將軍的行轅，安全必定無虞。林天虎的家眷是重中之重，劉衛隊長若能帶人守護，本官也能放心得多。」陳侍郎一臉大義凜然。

劉岑只能點頭答應。「陳大人吩咐了，那屬下遵命。」

顏烈看劉岑吃癟，高興得眉開眼笑，對顏寧擠眉弄眼，顯然是覺得劉岑不夠難受。

「劉衛隊長，您可要看好了，朝廷欽犯，死了、傷了，都是責任啊。對了，顏六呢？」顏寧也沒打算讓劉岑就這麼好過。

顏六正守在院門處，跑進來聽令。

「劉衛隊長接下來辛苦了，肯定要親力親為守在這裡。以後，一日三餐，由你安排帶人送過來。」

「顏姑娘，我的行蹤，不用你費心。」劉岑一聽顏寧打算就這麼把自己看死在這府裡也急了。

「不費心、不費心，反正大家都要吃飯的。」顏烈卻拍著他的肩膀，一副不要見外的樣子。

劉岑只覺一口氣悶在喉嚨裡，待要再說，顏明德和陳侍郎已經走了。

半月後，顏明德帶著顏烈、顏寧，還有顏府的家將下人們，將行李裝車，準備回京。州牧府外，顏家帶來的人守著兩輛蒙著黑布的馬車，只等顏明德出來，就可出發。

孟良神色有些激動地過來稟告。「老爺，外面……外面來了兗州城的人，求見您。」

顏明德看了顏烈和顏寧一眼，有些納悶。剛好陳侍郎過來，想問何時出發，聽說兗州城人求見顏明德，也是一臉疑惑。顏明德索性請陳侍郎一起，到外面看看。

顏寧跟著顏烈，也到外面去看。

州牧府外，幾個鬚髮皆白的老人領頭，後面黑壓壓跟著幾百人。

這些人看到州牧府裡一群人出來，其中一個老人上前行了一禮，問道：「敢問哪位是顏大將軍？」

「我就是，不知幾位老人家找我何事？」顏明德打量幾眼，都不認識。

那幾位老人一聽他就是顏明德，上來就是跪下大禮，嚇了顏明德一跳，忙不迭扶起他們，顏烈也忙上前幫忙攙扶。

原來這幾位老者，是兗州城內外素有威望之人。大家聽說京城裡來了聖旨，後來不知怎麼，就傳成是因為顏家父子捉了林天虎，所以皇帝要將顏家父子鎖拿進京，不禁急了。

「老朽等人蒙眾鄉鄰不棄，推舉我們前來，呈上萬民摺，想請欽差老爺代呈聖上。」一位老人摸出厚厚一疊紙。

陳侍郎接過一看，紙上寫了兗州百姓感激顏家父子為國征戰，其後列舉了林天虎在兗州種種惡行，上萬個手印證明林天虎罪有應得，顏家父子冤枉。

這些紙上，每條林天虎的罪狀之後，就是百姓們的證言，林天虎就算通敵叛國之罪不能定，光這些罪證，這官也當到頭了。

「本官一定將此萬民摺帶回京城，親手上交聖上。」陳侍郎向京城方向一拱手，保證道。

幾位老者紛紛感謝，又對顏明德道：「顏大將軍，要不是您打退北燕蠻子，兗州就要慘了，虎嘯關那邊，聽說都被屠城了啊！這些天殺的蠻人……」

兩國交戰，原本不該罪及平民，可是虎嘯關落入北燕手中後，蘇力青怕關內還藏有大楚探子，凡是遇上覺得可疑的青壯，一律殺了。整個虎嘯關，百姓被殺了幾萬，虎嘯關外的荒山，天天都有屍體丟出來，血都滲入土中幾尺。

顏烈帶人攻打虎嘯關，親眼見過虎嘯關的慘狀，聽了百姓們的話，想起當日所見情景，還是覺得心痛難當。兗州百姓們，都慶幸顏家父子當日守住了兗州城，若是兗州城被破，虎嘯關的慘事或許又要重演。

顏明德聽顏烈提過虎嘯關慘狀，此時聽父老們感激之言，慚愧道：「顏明德謝過大家的厚愛。從軍本就為了保衛家國、護衛百姓，是顏某來晚了，不能救下更多的虎嘯關百姓。」

「顏大將軍，我們都知道，您要不是受傷，早就帶人奪回虎嘯關了。」

「是啊，要不是林天虎圍住州牧府，您早就帶兵了。」

虎嘯關逃出的百姓，有逃到兗州附近的，說了那邊的慘相。百姓們是淳樸的人，他們只知道誰帶人守住了城，就感謝誰。當日兗州被圍時，顏明德帶傷上了城樓指揮，顏烈帶人在城外鏖戰，打退北燕大軍。

「欽差大人，顏家父子都是真心為國之人啊，您一定要告訴聖上，若是有人說顏大將軍有罪，兗州百姓願意上京城，為顏大將軍作證鳴冤。」

「諸位放心，聖上慧眼如炬，不會受人蒙蔽的。聖上是請顏大將軍回京，將林天虎之事說明一番的。」陳侍郎看百姓們越說越激動，連忙安撫道：「本官在此保證，若是回京後，有人誣陷顏大將軍，本官一定將今日大家的話說出來，為大將軍作證。」

百姓們聽了陳侍郎的保證，放心了，往兩邊讓出道路。

顏明德也收拾好東西，上馬後抱拳感激。「顏明德謝過眾位父老，告辭了。只希望，此生不再踏入兗州。」

這話，就是希望兗州永遠不要有戰事。要知道，顏明德是帶兵的大將軍，他除了常駐玉陽關，就是帶兵救援其他有戰事之處。

百姓們夾道送人，很快，顏明德一行人到了林府外面，那裡停著的幾輛馬車中正坐著林天虎的家眷們，劉岑帶人看著他們收拾上車。

有百姓曾見過馬氏的，一下就叫了起來。「那是林天虎的女人！」

「這些天殺的，終於要滾出兗州了！」

「老天開眼了！」

說話間，甚至有人還忍不住往那些馬車上砸東西，劉岑這群御林軍守得狼狽，他們本想上前揮鞭驅趕扔東西的百姓。

只見顏烈一催馬，跑到劉岑身邊，跟大家說道：「父老們，這些是聖上派來鎖拿林天虎家眷的御林軍，大家可不要砸錯人啊。」

他嘴裡說著，顏家的家將們紛紛上前，幾乎是幾人夾著一個御林軍走，劉岑就算有心想制止，也沒這機會。

馬氏等人出門一向前呼後擁，被人看管著還是第一次，再聽到百姓們的言詞，不由羞惱交加，林大公子恨不得讓人將這些賤民給鎖了，狠狠鞭打。無奈形勢比人強，到底不敢造次。

百姓一路送出城，顏明德再三辭謝，他們才止步。沿著官道走，沿途不時還有百姓設了香案拜謝，這一路走得很慢，顏明德和陳侍郎不得不經常下馬，感謝、安撫百姓。

最讓陳侍郎哭笑不得的是每次一聽他是欽差，就有百姓橫眉豎目，還有拉著他控訴林天虎惡行、為顏大將軍喊冤的人。直至快到伏虎山附近，周邊村鎮少了，大家才能加快行程。

顏烈這幾日被人磕頭感激，弄得有些不自在，此時才算鬆了口氣。「寧兒，再被謝下去，我真想一頭撞死了。虎嘯關那些百姓死得慘，我們都沒能救下來。」

「二哥，父親和你已經盡人事了。」顏寧知道顏烈心中是真覺得慚愧，安慰他道。

第五十一章

到了伏虎山，因為武德將軍周伯堅已經接過帥印，趕赴虎嘯關去主持戰事，這裡只有副將作主，看到顏明德和陳侍郎一行人，眾人不敢怠慢，讓人收拾驛站，供大家歇息。

伏虎山這邊的驛站只有兩個大院子，要住下這麼多人，難免狹小了些。

最後，馬氏帶著林家家眷們住一個院子，顏明德和陳侍郎這些人住另一個院子。

看到林家人如此舒服，照顏烈和顏寧的脾氣，當然不答應。只是顏明德攔著，讓他們別給陳侍郎找麻煩。

顏寧滅了心思，轉而勸顏烈也歇了念頭。馬氏卻不肯消停，才剛安頓好，就派管家過來求見陳侍郎。

那管家看到陳侍郎後，下跪問安，說了馬氏的意思。「我們夫人說，我們老爺只是疑罪，不該被當犯人關押，求陳大人行個方便，讓我們幾個去貼身服侍老爺。」

「林夫人太過多慮，本官這裡已經安排人照顧林大人，不用擔心。」陳侍郎直接推辭。「你們代我向林夫人問安，若在驛站有住得不妥當的，可找本官說。」說完，端起了茶碗。

那管家看陳侍郎幾句話說完就趕人，有些意外。夫人說看這欽差的安排，處處留有餘地，明顯是顧忌林家啊。

馬氏身處內宅，想事情也簡單，她覺得陳侍郎對自己一向禮待，不敢得罪自己，定是因為顧忌林天虎身後的林妃娘娘和三殿下。

劉岑看守林宅時，也曾暗示三殿下已有安排，讓他們勿憂，唯一要做的，就是與林天虎通氣，所以馬氏覺得自己派人伺候的要求，陳侍郎會答應。

「還不走？來人，將他們送回林夫人處。」陳侍郎看那管家還在猶疑不走，直接下令趕人。

那管家一聽這話，不敢再糾纏。

劉岑此時正守在陳侍郎身邊，看林家管家無功而返，他沈吟片刻，問道：「陳大人，如今讓顏家的下人照顧林大人，是不是不妥啊？」

「哦？有何不妥？」

「顏家算是原告，林大人是被告。」劉岑說了個理由。

「衛隊長多慮了，反正本官接到的聖旨，就是把林家眾人平安帶回京城就是，路上的事，只要平安就好。」陳侍郎不鹹不淡地敲打了一句。

劉岑想再多說，就看到顏烈過來，他現在一看到顏烈就頭痛，連忙閉嘴。

這一路上，顏烈一有空閒就找他比武，找他賽馬，還找他一起值夜守衛，林林總總沒少折騰，讓他苦不堪言。也因為被顏烈纏著，他無法做別的事，至於他帶來的幾個御林軍親信，也被孟良幾個纏住手腳。

別的還好說，一連三天找他值夜喝酒到天明，天明後又要繼續趕路，劉岑差點睏得摔下馬背。

顏烈這邊卻好說，反正他有顏寧這妹子在，那幾天白天，一到上路時辰，顏寧就叫顏烈坐馬車「養傷」。

他這欽差衛隊長，只能騎馬上路，估計他在馬上打盹時，顏烈正在馬車裡補眠呢。

到第四天顏烈再相邀時，劉岑找藉口躲了。自那以後，他幾乎是看到顏烈就躲。

「劉岑，好幾日未一起玩了。走、走，我帶你看看這伏虎山關樓去。」顏烈一看到劉岑，眼睛都亮了。

「不了，我還得安排守衛的事呢。」劉岑連忙推了。「大人，屬下先去安排了。」

劉岑跟陳侍郎說了一句，也不管陳侍郎什麼反應，閃人了。

陳侍郎本來還以為劉岑肯定要遊說一番，沒想到顏烈一來，就走了。他看看顏烈那神情，哈哈一笑。「靜思啊，你做事不僅有勇，還有謀啊。」

「嘿嘿，陳大人見笑了。」顏烈毫不遮掩，得意一笑。

第二日，當一行人離開伏虎山時，劉岑和林家人發現，原本兩輛黑布馬車，變成了六輛，陳侍郎告訴大家，為防有人暗害，護送林天虎的人將先行。

林家人和劉岑自然不願，無奈陳侍郎擺下臉孔，一副公事公辦的模樣，林家人想不識時務也沒辦法。他們可以跟陳侍郎鬧、跟顏明德鬧，跟顏烈呢？還有顏寧呢？

顏烈還罷了，到底是個男子，所謂好男不跟女鬥，他不能跟林家女眷起衝突，可還有顏寧啊！

那顏寧，簡直是個女煞星，根本不管什麼男女尊卑，誰撞她手上就吃苦頭。

男的鬧事直接挨揍，林大公子一看顏寧盯著自己的手，就覺得斷骨之痛又來了；林家女眷鬧，整治的招數更是千奇百怪。林天虎一個姨娘要去給林天虎送吃的，院門口碰上顏寧，顏寧看人家娉娉嫋嫋的樣子，不知從哪兒抓了條蛇丟食盒上，那姨娘嚇得丟下食盒就跑。

林天虎的女兒想找她理論，還沒開口就看到一枝羽箭射過來，硬把一個千金小姐給嚇暈在地；其他丫鬟婆子就更不敢湊過去，人家擺明只講拳頭不講理啊。

馬氏想找顏明德評理，十次去，有九次顏大將軍在養傷睡覺，偶然碰上了一次，他聽完馬氏的話，苦笑著嘆氣。「小女被她母親和姑母寵壞，管不了啊，慚愧、慚愧。」

嘴裡說著慚愧，那臉上卻明明是自豪之情。

馬氏若論內宅手段，也是稱王的，只是碰上這樣的人，她縱有千般理由、萬般手段，也沒法施展。

劉岑倒想開口，顏烈插嘴說了一句：「衛隊長還是護好欽差為要吧。」

顏寧烏溜溜的眼在他身上打轉，他只好啞口無言。

這日夜裡，劉岑在驛館處又送了一封信出去。他看著鴿子飛出，心裡有些著急。

信鴿放出去這麼多，京城卻一直沒回信，照理說，三殿下早該回信了啊。

離京時，三殿下交代讓他儘量不要與顏家人起衝突，若知道林天虎的罪狀名目，立即傳信回京，若不知罪狀，則設法接近林天虎傳話。可是他能跟其他林家人照面，林天虎則一個照面都沒有。

劉岑來軟的，人家壓根兒不睬；要硬來，萬一與顏家人鬧僵怎麼辦？

眼看著信鴿飛上天，他匆匆返回欽差下榻處，就怕讓人抓到把柄。

他不知道的是，那鴿子前腳飛出驛館院牆，後腳就被一枝箭給射下來。

孟秀將鴿子撿回來，顏烈、顏寧帶著虹霓、孟良等人，正在院牆外貓著。

顏烈從鴿子腿上的竹筒裡，取出捲成一團的信，信上寫著：林、何不知行蹤，前事盼令。

顏烈和顏寧相視一笑，有點得意。何氏這個重要人證，早就安排先進京了。

「二公子、姑娘，這鴿子還是老規矩？」

「嗯，老規矩，去燉湯，給父親補補。」

「姑娘，老爺說一直清燉吃厭了，奴婢讓廚下換個做法。」虹霓傳達顏大將軍的抱怨。

顏寧看著她一笑。「嗯，好。孟良，你護送這鴿子去廚房吧。」

虹霓被她取笑慣了，也不忸怩，白了顏寧一眼，起身就走。孟良有些不好意思，嘿嘿一笑，到底捨不得錯失親近佳人的機會，捧著鴿子追上虹霓，不一會兒，兩人邊說邊走了。

「這一路多虧有這些鴿子，父親才能每天補補啊。」顏烈慶幸地嘆了一句。

孟秀和墨陽幾人都沒憋住，噗哧笑了出來。

離開兗州時，劉岑約莫隔天放隻信鴿，可能因為一直沒京城的回信，如今是每天放隻信鴿。

姑娘每晚張弓搭箭地射，射下來就送到廚下，讓人收拾了燉湯給將軍喝。這鴿子可是食補佳品，都說「一鴿勝九雞」，天天鴿子湯喝著，顏大將軍的臉色一天好過一天。

可憐劉岑望眼欲穿，每天都盼著京城回信呢！

顏寧有些為楚昭業著急，居然派了劉岑這樣的活寶來，他手底下得多缺人啊。劉岑書生性子，遇事優柔寡斷，還拿不了主意，若是換成一個有主意的，他們這一路，還真沒這樣清閒。

不過楚昭業也是沒法子，要接觸到林天虎，必須是明面上的人，而能光明正大來兗州的人，只有跟著陳侍郎的御林軍們。

衛護欽差來的人，官職不能太高，他手下像錢雲長這樣身居要職的人，當然不能來做一個小小的衛隊長；而家世普通的御林軍只有聽吆喝的分兒，說不上話。最後，濟安伯舉賢不避親，說他有心讓自己兒子從武職。劉岑從未出仕，往日待人接物很有分寸，在伯府裡料理事務，也算井井有條。

楚昭業只需要派一個人來傳訊而已，想著劉岑乃濟安伯嫡長子，剛入御林軍，想要搏個身分，自告奮勇當了欽差衛隊長，在楚元帝面前也說得過去。

只是他沒有想到，劉岑的性子，做事瞻前顧後，難免畏首畏尾。

劉岑沒和顏寧打過交道，到了兗州後，發現事情與他所想有異。應付暴烈的顏烈，他還能有法子，可顏烈忽然轉了性子，不再暴躁如雷，反而見他就一副哥倆好的樣子，這副面孔卻令劉岑陌生。

偶爾幾次，顏烈明明被激怒，他以為顏烈要動手了，可關鍵時候，顏寧來轉一圈，顏烈就忍下了。

那廂，劉岑束手無策，而京城裡，楚昭業還在等他傳訊回去。

劉岑沒到兗州前，幾乎每天都有信鴿往返，最後一封信說自己受命看管林家家眷，自那以後，再沒音信。

有人帶回兗州的傳言，現在兗州那一帶百姓都在傳，欽差鎖拿顏家父子進京，與林天虎對峙，還有百姓狀告林天虎在兗州的種種罪行。

若是追究林天虎在兗州的種種，那林家，他是否還能保下？

李貴走進書房，楚昭業手裡拿著公文，頭也不抬地問道：「劉岑還沒有信來嗎？」

「殿下，沒有。我們要不要送信過去？」

楚昭業放下手裡的公文，搖頭道：「不用送了，送過去也到不了劉岑手上，他送出來的信，只怕被截了。」

李貴也知道，那些信約莫都落入顏家人手裡，只是到底是劉琴的娘家哥哥，他只好裝不知道。「殿下，那可如何是好？」

楚昭業看了他一眼，只是下令。「你去一趟林府，請舅舅以擔心孫輩為由，以外祖母的名義派人去路上迎一迎。另外，派人日夜兼程趕到兗州去，打聽林天虎的罪名到底是什麼？」

楚昭業說完，繼續埋頭看著手頭的公文。這些公文是去年楠江大水後賑災的情況，如今春耕已過，當地官府將此次賑災花費、以及招募了多少兵勇之事，一一陳報。

從皇覺寺回京後，楚元帝未再提劉琴闖宮之事，只是命他繼續管著戶部。

楚昭業上次在皇覺寺抄經之後，特意帶回住持方丈加持過的佛珠。

楚元帝最近的身體越發差了，可能由於病弱，他往日不屑的神鬼佛道，如今也信了不少，聽說還用起了金丹。在金丹一事上，楚昭業難得和太子楚昭恒想的一致，都跪勸楚元帝不要服用，無奈楚元帝壓根兒不聽。

楚昭業不知楚昭恒是何想法，對他來說，他需要楚元帝這個父皇活著，他才能從容部署。若是父皇倒了，太子繼位，他要怎麼應對呢？

楚昭業看著李貴退出去，放下公文，忍不住揉了揉額頭，只覺有些疲憊。他拿起另一份公文，是兗州戰報的抄錄，裡面寫了顏家父子的英勇，還提到顏寧帶領五千人守住安城的功勞。

顏寧，好久未再想起這名字，如今看著，眼前好像閃過了那張略帶英氣的臉。可惜，她終究與自己漸行漸遠，若是她能助自己，那是不是這條奪嫡之路會平坦點？至少，不會這麼孤寂吧？

劉琴闖宮一事，因著皇孫沒了，濟安伯跪在金鑾殿上哭訴陳情，汪福順瘋得說不了話，顏家的顏烈又上戰場去了，這事也就稀裡糊塗結了。楚元帝不再提起，大家也都當自己忘了。

林妃也因為替聖上日夜祈福暈倒，而被解了禁足，眼下的他看似處境轉好了……

李貴接了楚昭業的命令退出去，在院子裡遇上劉琴派來的丫鬟。那丫鬟手裡提著一個食盒，看到李貴，行禮道：「李總管，我們側妃擔心殿下忙於公務，特地準備了點心，煩您通報一下吧。」

李貴進門還未說話，楚昭業已經聽到外面的聲音，直接道：「拿進來，讓她回去。」

李貴從丫鬟手裡接過食盒。「殿下讓我拿進去，特意吩咐，讓妳回去告訴劉側妃，實在辛苦她了，讓劉側妃閒時也要注意身子。」

那丫鬟聽了這話，遞過一個荷包，塞到李貴手裡。

李貴掂了掂荷包，又壓低聲音，道：「殿下這幾日就是忙，閒時肯定會去探望劉側妃的。劉側妃的哥哥在為殿下辦差，殿下記掛著呢。」

那丫鬟聽了這話，高興地回去了。

李貴低頭看了看荷包，心想，劉琴出手倒是越來越大方了，管家側妃，到底不一樣啊。他輕蔑一笑，將荷包塞進袖袋裡，到林府辦差去了。

李貴前腳離開三皇子府，楚謨帶著清河和洛河，來到三皇子府拜訪了。

三皇子府當班的門房一看，又是這位楚世子。「快，你快去稟告，楚世子又來了。」他支使了一句，自己已經上前磕頭行禮。「奴才見過楚世子。」

「免禮免禮，每天都見，不用每天都磕頭的。」楚謨笑道。「你們三殿下在府裡嗎？今兒找他一起去逛逛。」

門房的人只點頭哈腰，不敢亂說話，就等著上面傳信下來。

楚謨也不急，手裡拿著摺扇，站著打量三皇子府門前的石獅子，看得專注，好像那石獅子忽然長花了一樣。

楚昭業聽到門房的人傳報楚謨又來了，看看案頭的食盒，往邊上推了推，站了起來。「有請。」

他理了理衣裳，大步走出去，在影壁前迎到楚謨。「致遠今日又有空來看我啊？」

「見過三殿下。想來想去，還是殿下這裡最好，又清靜又舒服，忍不住又跑來了。」楚謨也是一臉熱絡的笑意，羨慕地看了看周圍的花草。「三殿下這裡的布置，簡潔文雅，不落俗套。」

楚昭業也看了看四周，展顏一笑。「沒想到這布置，居然能入致遠的眼。」清河和洛河在楚謨身後，低著頭不敢看。這什麼布置啊，一塊石頭外加幾叢竹子，連個花都沒有，能不簡潔嗎？

「致遠別見笑，這府邸當初擺設更少，後來劉氏進門後，才添了些。你若羨慕，不如早日娶個世子妃，保證你就不會天天跑我這兒賞景了。」

楚謨聽到楚昭業說「世子妃」三字，目光瞬了瞬。「三殿下怎麼又提這事？佳人難得，我還是再等等吧，您要是定了三皇子妃，可要先告訴我一聲啊。」

「我可不像你，好歹有側妃了。致遠，佳人芳華不可辜負，你若看中誰，不如告訴我，我幫你跟父皇說說？」楚昭業溫文地說。「雖說皇叔遠在南州，但是，你看中的皇叔必定滿意。」

「三殿下莫拿我取笑啊。我最近無心其他，除了喜歡三殿下這裡，就喜歡醉花樓的歌舞。」楚謨笑了一句，岔開話題。

楚昭業順著楚謨的話頭，說著些閒話，心中暗嘆可惜。他是有心拉攏楚謨的，沒想到他還是投入太子那邊了，楚謨與顏寧，這兩人真的看對眼了？

楚謨看上顏寧倒不奇怪。鎮南王人丁單薄，尤其是鎮南王病了後，父皇從北地調了不少將領去南方任職，若是與顏家結親，楚謨在南方軍中，地位更加穩固。而且鎮南王府若想與太子關係牢固，跟顏家結親也是首選之策。

顏寧呢？她為何看上楚謨？是真心喜歡，還是藉著婚嫁兩家互相提攜？

想到顏寧會拿婚事算計利益，楚昭業只覺心中一陣煩躁，陪楚謨喝完一杯茶後，便開口道：「致遠，我還有公務在身，要去戶部一趟，你先自便？」

「忘了三殿下事務繁忙，打擾了、打擾了，我也走了。也不知靜思什麼時候回京，還能找他打獵去。」

「快了吧，不是說他們已經是返京路上了？」

「原來已經在返京路上啦！」楚謨驚訝地說了一句。「那應該快回來了。」

「是啊，顏大將軍帶著顏烈、顏寧一起返京，路上應該要不了多久。」楚昭業說到顏寧時，語氣略加重了一下。

楚謨卻不再接話，說起夏日打算去哪裡賞花等雅事，又耽擱了盞茶工夫，才告辭離開。

楚昭業也不再提，送他出了府門，收拾好書房的公文，往戶部而去。

清河和洛河有些不明白，自家世子天天跑這兒來幹麼？

「爺，咱們去兗州的人已經回來了，事情很順利，你為何還天天來三皇子府啊？」清河一看四下無人，忍不住湊近楚謨問道。

「來看看三皇子啊。」楚謨拿摺扇敲著手心，散漫地回了一句。

清河噎住。不肯說就不肯說，何必這麼敷衍自己？

洛河看他還要問，拉了拉他衣袖，讓他不要再開口。

楚謨的確無心說話。他心裡，正盤算著剛才楚昭業的話。

在楚元帝下旨，要陳侍郎將顏明德父子和林天虎全家帶進京城時，他就派人去了兗州一帶，兗州內外百姓們聽到要治罪顏家父子的謠言，就是他有意傳播的。

他的本意，是希望為顏家父子在兗州造點勢。顏家父子一方是為兗州百姓血戰，林天虎一方卻是殘害百姓之人，那楚元帝就算有心袒護林家，也得收斂些。

再一個，等顏寧回京後，他還可拿此事博佳人一笑，也好抵過皇覺寺未能抓楚昭業現行的錯啊。

沒想到，謠言的效果大大超出他的預料，尤其是聽說兗州百姓上萬民摺時，更是吃驚。果然，公道還是在人心的，顏家父子為國征戰，兗州百姓們倒是沒有辜負他們的血汗。只是顏家父子獲得的聲望越大，他這心裡就越不踏實。

楚元帝若覺得顏明德太過會收買人心，或者疑心是顏家父子故意挑唆百姓的，從而起了防範之意，那他與顏寧的婚事，不是更受阻礙了？

南詔議和已經圓滿結束，楚元帝卻隻字不提他回南州之事，看來是想要留他在京了。幸好父王的身子已經好了，他也讓人送了家書過來，讓自己安心在京城待著，莫掛念南州之事。

既然是留在京城，他的婚事就會被擺上日程，好像每個待在京城的鎮南王世子，回到南州時，都是帶著世子妃回去的。父王當年帶了母妃回去，母妃過世後，又被指了現在的韓氏做繼室。

顏皇后洩漏過口風，聽說林妃娘娘不止一次與楚元帝說起歷代鎮南王都是結親較早，讓楚元帝莫要耽擱了他。

有些捨不得女兒入宮的京城權貴，鎮南王府這門親事就成了上上之選。

他每日來三皇子府，真要說心思，不過是為了出氣罷了。

你楚昭業讓我不痛快，我就天天到你府裡來礙你眼。

楚謨不得不服楚昭業的城府。明知如今拉攏自己無望，又每天跟他閒扯，每日見到自己，楚昭業都能一團和氣，那張剛正的臉上，今日的笑，與自己第一次上門時的笑一模一樣。

楚謨離開三皇子府，帶著清河、洛河，腦子裡亂七八糟轉著念頭，信步閒逛到醉花樓。還未上樓，有底下人找來。

「世子爺，可找到您了，萬歲爺召您進宮呢。」

楚謨匆匆進宮，楚元帝卻沒在勤政閣，而在御花園。

御花園中百花盛開，太和池邊的涼亭上，輕紗半垂，隔斷了暑熱。亭子四邊放著幾個冰釜，外面水波微蕩，涼風習習。

楚謨走進亭子，看到楚元帝靠坐亭中，林妃隨侍在側，晉陽大長公主居然也在。

晉陽大長公主收養了宋知非後，每年的賞花會辦得熱鬧，但除了賞花會外，一年裡，還是經常住庵堂清修，今日怎會到宮裡來了？

「還是皇伯父眼光好，選的納涼地方都舒服。」楚謨心下納悶，行禮問安卻是絲毫不錯，拍了楚元帝一句馬屁，才向晉陽大長公主和林妃問好。「見過晉陽姑祖母，見過林妃娘娘。」

晉陽大長公主看到他，笑道：「一直聽人說致遠長得好，這親眼見了，才知道，長得是真好。聖上，你看致遠長得比他父王可要好看，想必是像王妃多些。」

「姑祖母笑話姪兒。姪兒倒是一直想去姑祖母那兒要點見面禮的，幾次上門，姑祖母一直在靜修參佛。」

晉陽大長公主的話，說得好像今日才能見到，這若讓人多想，不就是說自己不敬尊長，到了京城，都不去拜見一下長輩？

楚元帝聽了晉陽大長公主的話，想起當年楚洪在京時的事，倒有些感慨，也取笑道：「阿洪那長相，居然有這麼俊俏的兒子，倒是難為他了。」

隨後，又轉頭對楚謨笑道：「剛才林妃娘娘說起你，你姑祖母說還未見過，我才召你進宮來。你不說送些東西孝敬一下長輩，還盤算著要見面禮？」

「皇伯父，您居然也不幫姪兒說話。」

聽了他這話，晉陽大長公主掏出一串迦南檀香佛珠。「姑祖母也沒什麼好東西，這佛珠倒是新近得的，是大師開光加持的，送給你吧。」

楚謨笑咪咪地接過來。「謝姑祖母。」

林妃看氣氛融洽，讓人送了果品點心上來，請楚謨在一旁坐下。她禁足這麼久，容顏不見憔悴，好像還更容光煥發了些。

楚謨是見過顏皇后的，現在再見林妃，不由感慨。若論溫柔小意，顏皇后怎麼比得過這位林妃娘娘啊；就容貌來說，林妃看著就是嬌弱玲瓏的美人，更兼一股弱不禁風之態，楚元帝是鐵血帝王，應該更憐惜這種美人吧？

他摸不準元帝召見自己的用意，索性專心賞景吃東西。

楚元帝問起晉陽大長公主的養子，晉陽大長公主打開話匣子，說起宋知非乖巧之處，感慨道：「幸好聖上賞我這臉面，讓我收養這孩子，如今才覺膝下不虛，日子也過得有意思多了。」

「這孩子既是個好的，就好好栽培他，將來也能為朝廷效力。」楚元帝對晉陽大長公主還是滿意的，和顏悅色了幾分。

「說起為朝廷效力，我倒想起宋政通來。」晉陽大長公主接過話頭說起宋家旁支。「嗯，宋政通幾年考績皆優，今年調了吏部侍郎。」

「宋政通有個女兒，今年與致遠同歲，才貌雙全。」

楚謨一聽這話，心裡咯噔一下。晉陽大長公主是想作媒，讓他娶宋政通的女兒？

「妾身也聽說過這位宋姑娘，聽說是個難得的，還是文武雙全呢。」林妃在邊上接話。

「哦？宋政通一個文官，女兒居然學武？」楚元帝有些好奇。一般閨閣千金，都講究貞靜賢淑，也就顏家是代代女兒都習武吧？宋政通是兩榜進士出身，照理說，養個女兒肯定是照著女誡教養才是啊。

「宋政通這女兒，小時有些體弱多病，後來宋夫人一狠心，讓人教女兒習武，身子才強健起來。」晉陽大長公主接過話，解釋道。

林妃娘娘在邊上感慨。「哎呀，那不是和楚世子一樣，也是文武雙全的？」

林妃話音一落，楚元帝看了兩人一眼，心裡已經有些明白了。

晉陽大長公主則臉色含笑地看了林妃一眼，對於林妃如此知情識趣，非常滿意。

楚元帝帶了一絲笑意，看著楚謨說：「說起來，致遠也十六了吧？當初你說要是看上了誰，再找朕賜婚，現在，有沒有看上誰啊？」

「皇伯父，這世上的姑娘太多，姪兒有些挑花眼。前段日子，父王來信，也提到了這事，他跟姪兒說起皇伯父當年的話。」

「哦，阿洪說我什麼了？」

「父王說，當年皇伯父娶皇后娘娘前，挑遍了京城名門千金。」

「哈哈，大膽！竟敢調侃朕。」一聽楚謨提起當年，楚元帝哈哈大笑。當年他第一次見到顏明心時，獵場上顏家姑娘一騎飛塵，後來他順勢求婚，理由就是一見傾心。

此時聽楚謨提起這話頭，楚元帝倒不由想起當年的事來。當年他處境艱難，楚洪卻是死心塌地扶持他，後來娶了顏明心，又有了顏家支持。他的登基，楚洪和顏明德功不可沒。

「姪兒羨慕得緊，想著娶妻，也一定要娶個一見傾心的。」

「那要怎樣的長相？你說說，朕幫你參詳參詳？」

「姪兒原本沒想好，剛才聽林妃娘娘說那宋家姑娘文武雙全，姪兒倒是想明白想娶什麼樣的了。皇伯父，姪兒想要文武雙全，還得能勝過姪兒的。」

「要能勝過你？」楚元帝有些驚訝。「文勝過你？還是武勝過你啊？」

「文武都行，總得有一樣勝過姪兒吧。」楚謨越說越有興致。「皇伯父，姪兒有個辦法，不如您幫幫姪兒？」

「你倒是跟你父親的性子全不一樣，選妻還要有什麼辦法？你倒說說看，什麼法子？」楚元帝笑問道。

「姪兒回頭說。」楚謨忽然轉了一副羞澀樣子。

晉陽大長公主和林妃正豎起耳朵打算仔細聽聽，楚謨卻忽然煞住了。

楚元帝也被吊起了胃口。「好，那你跟朕去勤政閣，朕倒是要聽聽你的法子。」

楚謨說有選妻之法，楚元帝也提了自己曾答應楚謨由他選妻，晉陽大長公主倒不好直說，想給楚謨和宋政通之女宋芊芊作媒了。心裡難免有些惋惜，剛才應該直白開口才是。

宋芊芊嫁了楚謨，她和宋家就與鎮南王府在一條船上了，在朝中也能多分依靠。

宋政通自己更是盯著鎮南王府這門好親事，說女兒見過楚世子一面後就芳心暗許。

本來晉陽大長公主覺得宋政通的官職門第低了些，可宋政通說：「下官是不算什麼，可有大長公主您的面子啊！知非一天天大了，知非和芊芊，總能同氣連枝的。」

這話把大長公主打動了。宋知非是她的養子，將來養老送終都靠他，總得為宋知非的將來打算一二。再說，她沒有子女，宋知非將來若能光耀門楣，也算對得起駙馬了。

她也盤算過，吏部侍郎的嫡女，說起來是高攀了鎮南王府的門第。但是，抬頭嫁女，低頭娶婦，幾代鎮南王娶的王妃都是身家清白、家世不顯的姑娘，照這條件來說，宋芊芊也搆得上。

晉陽大長公主覺得有戲，特意進宮，又有林妃唱和，想乘機讓楚元帝將婚事定下來。在她看來，楚謨說要文武勝過他之語，不過是推脫之言。少年慕艾，宋芊芊的容貌，她親眼見過，算得上上之選，她想著，或許該找個機會讓兩人見上一面。

楚謨聽了楚元帝的話，趕緊陪楚元帝去勤政閣，遠離晉陽和林妃這兩個女人。

楚元帝帶著楚謨走了，晉陽大長公主不再多留。「林妃娘娘，我出來也久了，先告辭了。」

「妾身送大長公主。」林妃虛扶著晉陽大長公主，將她送出御花園後，回到亭中，她看著底下人收拾東西，盤算了片刻，叫來一個小太監。「你去找三殿下，將楚世子的事跟三殿下說說。另外你問一下三殿下，林天虎到底怎樣了？」

林家到底是林妃的娘家，她和林文裕也是一母同胞，自己這個哥哥，三個兒子，如今可只剩下林天虎這一個了。

楚昭業保證會想法子保住林家，多日過去卻無音信傳來，她也不敢去楚元帝面前打聽，只好指望楚昭業這邊有信了。

那小太監取了出宮權杖，一路找到戶部，總算找到了楚昭業。

楚昭業正在戶部處理公事，看到這小太監來了，讓李貴帶到戶部的一間廂房去。那小太監不愧是林妃挑中的人，口齒伶俐，說話索利，很快地將剛才涼亭中的事說了個清楚。

楚謨的婚事，楚昭業與林妃提過，讓林妃在楚元帝面前有機會就提提。

楚謨成了京城豪門的佳婿之選，有楚昭業推波助瀾的功勞，但是，晉陽大長公主也來湊熱鬧，卻是他始料未及的。轉念一想，晉陽大長公主是既想有從龍之功，又不想太旗幟鮮明啊。鎮南王世子如今偏向太子一方，可晉陽大長公主是透過林妃來見楚謨的，向自己也賣了好。萬一太子失敗，反正是宋政通的女兒，晉陽大長公主要撇清關係也方便。

那小太監看楚昭業半天沒有說話，又道：「娘娘還讓奴才來問殿下一聲林州牧的消息。」

楚昭業一聽這話，問道：「母妃有沒有去其他地方打聽？」

「沒，娘娘掛念林州牧，只讓殿下有信了就告訴她一聲。」

「好！你回去告訴我母妃，讓她在宮裡好好享福過日子，不要胡亂打聽，尤其林家的事，不論消息好壞，讓她都不要管。對了，若有機會，可以和我父皇說說鎮南王府和顏家的重要。」楚昭業說這話時，臉色還是一如既往的淡然。

那小太監卻只覺得有股寒意。讓林妃娘娘不要管林家的事？只怕林妃娘娘做不到吧。

「李貴——」楚昭業看這小太監猶疑的神色，猜到他的疑慮，叫了一聲。

李貴剛跑完一趟腿，正守在門外，聽到傳喚，跑到楚昭業面前。

「你帶著這小公公，去府裡拿南方新送來的果品點心送到宮裡去，把我剛才那些話跟我母妃說一遍，就說這是我的意思，讓她務必不要多事。」

林妃娘娘看著柔弱，性子裡其實也是高傲的，讓一個奴才說「不要多事」這話，她還不得打死自己啊？

「爺，就這麼說？」

「嗯，就這麼說，你就說是我交代的。林家的事如今牽扯多了，不是她能管的，讓她安心在宮裡，等我消息。」楚昭業到底還是緩和了幾分語氣。

李貴放心了，帶著那小太監去三皇子府取東西，準備送進宮裡去。

楚昭業有些好奇，楚謨能想出什麼選妻法子？不過，不管是什麼法子，只要最後結親的對象是顏寧，相信父皇都不會被輕易糊弄。自己當務之急，還是要看看林天虎有哪些罪名，又有什麼證據？

又過了十來日，天氣已經入夏，一天熱過一天。

這日，楚昭業沒有出門，在府中小憩。這裡是三皇子府中一處敞軒，邊上就是一池荷花。

三皇子府裡的布置，一直很簡單，因為楚昭業可沒打算在皇子府中終老。既然只是暫居之地，何必花大功夫布置？而這一池荷花，是劉琴入門後，為了顯示管家側妃的威勢，讓人開挖種植的。

劉琴還算是個聰明的女人，這些日子裡表現得算聽話溫順，上次鬧宮之事後，楚昭業對她倒是多了幾分寬容。

楚昭業坐在躺椅上，閉目養神；劉琴正守在邊上，看著人給楚昭業打扇，自己在邊上為他剝荔枝。

在劉琴心裡，對楚昭業是又愛又怕，所以哪怕是他在閉目休息時，還是不敢放肆，只敢坐了小半個凳子，挺直上身。

她透過敞軒的門，看到李貴往這邊走來，知道必定是來找三皇子的，俯身在楚昭業耳邊輕叫。「殿下，李總管來了。」

楚昭業也沒動彈，只是停下了搖椅，右手揮了揮，讓敞軒中的幾個丫鬟往後退開些。

李貴走進敞軒，低聲稟告。「爺，劉衛隊長來信了。」

劉岑來信了？

楚昭業睜開眼睛，坐了起來。「走，去書房！」

「爺——也不知哥哥是否安好，妾身很掛念。」劉琴嬌滴滴地說了一句。

「放心吧，他自然安好，若有消息，我讓李貴來告訴妳。」楚昭業知道劉琴邀功的心思，說了一句。

劉琴有些失望，她還以為楚昭業會說親自來告訴自己呢。不過，只要哥哥受重用，自己就不用擔心。於是她懂事地點頭，送楚昭業離開。

楚昭業來到書房，打開放在書桌上的紙條，終於接到劉岑的信。

可這紙條的內容……他看著眼前那寫著「林府通敵，密信為證」的紙條時，只覺一股涼水從頭澆到腳，饒是他素來冷靜自持，還是忍不住閉眼再睜開，將這字條看個仔細。

怎麼會有密信留著？林天虎留著密信幹什麼？

楚昭業腦中有些發僵，當初早就叮囑任何密信都要燒毀，怎麼還有信留下？若說是蘇力青兵敗潰逃時，他那裡的書信被搜到，那也罷了，只能說天意弄人。可是，這信卻是從林府搜出來的！

從他獲悉顏寧要去兗州時，他就讓人送信告誡林天虎，盡快殺了顏家父子，將該毀的東西都毀了。可這林天虎竟敢違抗自己的命令，將用在顏明德身上的毒藥，換成非見血封喉的，還用什麼慢性毒藥！後來林天虎被顏寧抓了時，兗州那邊傳來消息，說馬氏已將府中所有信件都處置了。

他惱恨林天虎的自作主張，可如今他鞭長莫及。

林家已算富貴，為何還要通敵？稍微想想，就會懷疑到自己身上來。如今在朝中，太子固然仗著儲君之利，但自己憑著賑災之功，加上往日苦心經營，也並非是毫無希望。

自古至今，有幾個皇帝是從太子位置熬出來的？又有幾個襁褓即被封太子的人，最終登上了皇位？

只要楚元帝還活著，楚昭恒這太子能不能做皇帝，還是兩說。說白了，有時候，太子只是個靶子而已。

但若傳出自己私通敵國，那就真的完了。

讀書人講究風骨，武將講究忠君衛國，稍有名聲的大臣，都不會保一個私通敵國的皇子為君。

楚昭業拿著那紙條看了良久，讓李貴請林文裕過府一敘。希望這個舅舅，不要讓自己失望吧。

林文裕來得很快，顯然是在家被李貴找到，身上還穿著一件圓領夏布常服。

林文裕看到站在窗前的楚昭業，剛想行禮問安。

「舅舅，不用多禮了。」楚昭業止住了他，伸手虛扶。「您看看吧。」他將手中捏著的紙條，遞給林文裕。

這紙條捏的時間太長，都有些汗漬了。

林文裕接過紙條看完之後，也是手腳冰涼。通敵叛國，禍延九族，這是要滅掉林家啊！

這次楚昭業秘密趕赴兗州，他也知道。後來獲知林天虎自作主張，竟然沒能殺了顏明德父子時，他的心裡一直隱隱不安，如今，自己的擔心，果然應驗了。

「殿下，這密信會不會是假造的？」他抱著一絲希望問道。

「劉岑信中既然提到密信，那應該是真的。」楚昭業不知道顏寧與蘇力紅之間的事，他所猜到的，就是顏明德等人對林天虎與北燕勾結有所猜測。

有這猜測並不難，知道林天虎應敵舉措後，都會覺得不對勁。隨後顏明德、陳侍郎等人搜查林府時，湊巧得了這密信，從而確認了通敵之事。

林文裕得到了肯定答覆，半晌無語。他心裡想到了好多處置辦法，卻又好像一個都不能用。林天虎，到底是他親生兒子啊！

「殿下，這……這可如何是好？天虎一條命不足惜，只是……只是林家還有老老小小幾百人啊！」

「舅舅，若能找到那封密信毀了，口說無憑之事，還能轉圜。」

「臣知道了，我……臣這就回去讓人傳信，務必要毀掉這封信。」林文裕有些混亂了，他知道楚昭業說的，是最後一根救命稻草，也忘了告退，直接轉身，匆匆離府。

楚昭業看林文裕的腳步有些慌張，他心裡知道，林家是要完了。顏家人肯定將那密信藏得妥當，哪會這麼容易就損毀呢？而要想將這批人在路上除去，光顏家家丁家將的人數，除非能派出兩、三千人。可他在盯著太子和楚謨的一舉一動時，他們也肯定在盯著自己。

「殿下，剛才咱們的人來說，陳侍郎他們一行人已經到了京畿道。」李貴送林文裕走了之後，將最新的密報告訴楚昭業。

已經到京畿道了？楚昭業再看手中的紙條。那這消息就是故意讓自己知道了？

「李貴，快點將舅舅叫回來，讓他不可輕舉妄動！所有劉岑那裡傳來的信，都不用看了。」

楚昭業沒想到劉岑居然如此無能，簡直是讓人玩於鼓掌。

第五十二章

顏寧將紙條送出後，等了兩天，路上居然一直平安無事，不由有些失望。本來以為楚昭業好歹會沈不住氣，可人家一點動靜都沒有。

這是打算捨棄林家了？還是有什麼後招？

這幾日行程緩慢，比她當初趕到兗州時可舒服太多了。

顏烈也有同感。他當初可是帶傷騎馬啊，每天傷口裂了又長，長了又裂，現在每日騎馬，熱了就換乘馬車，若不是還有林家人同行，真是有出遊的愜意。

顏明德的傷口也長好了，精神亦不錯，每日想跟顏烈、顏寧一起騎馬。但顏寧擔心他身體，每次騎馬沒多久，就把他趕回去坐馬車。顏明德對於女兒的堅持，只好無奈地妥協。

走上京畿道的官道時，他們遇上林府派來迎接家眷的管事。

那管事很懂規矩，見到眾人後，先給顏明德和陳侍郎行禮問安，隨後說了家中老太君掛念小輩，讓自己來迎迎孫少爺及姑娘們。

這管事絕口不提林文裕夫婦，只提老太君如何掛念兒孫。老太君的年事已高，眾人不能過分阻攔。

那管事見到馬氏後，又將老太君的意思說了一遍，隨後請示道：「老太君的意思，是想讓夫人帶著公子和姑娘們回府去住，求夫人示下。小的先派人回府，跟老太君報個平安。」

馬氏看著陳侍郎道：「這我可作不了主，得聽陳大人吩咐了。」

陳侍郎苦笑道：「夫人言重了。下官這就派人回京請示聖上，不如就與貴府回去報信的人同行吧。」

馬氏臉色僵了一下。「陳大人是拿我們當賊防嗎？」

「下官不敢，也是出於皇命，實在身不由己。」陳侍郎拿出皇命說話，馬氏也不能再胡攪蠻纏。

那管事派了一個下人，陳侍郎讓劉岑派一個御林軍拿著自己寫的摺子回去。顏寧也讓孟良帶了四個侍衛跟著回去，給家裡報個平安。

京畿道到京城路程不遠，等送摺子的御林軍回來，與他同來的還有孟良和招壽。兗州回來時，顏寧讓招壽也先行回來，這次來又帶了太子口信。

那御林軍先傳了楚元帝之令，讓林天虎一眾人等先回林府去。

這個吩咐下來，馬氏喜形於色，帶著林家上下磕頭謝恩，連呼聖上聖明。

陳侍郎有些摸不準路數。難道叛國的罪都不足以讓林家人下天牢？而且，林天虎已經被顏家先派人押送了，這要怎麼送回林府？

「顏大將軍，聖上都說讓我們老爺和我們一起回家中，您將我們老爺送到何處去了？」

陳侍郎正想著，馬氏這邊已經開始發難。

「夫人莫擔心，林州牧一路照顧妥貼，我們這就傳信，送林州牧回府。」顏寧看顏明德被問住，她出面說道。

馬氏應了一聲，不再多言。有聖上的口諭在，諒他們也不敢關押刑囚。

顏寧看馬氏不再說話，拉著招壽到自己的馬車裡，問道：「太子哥哥讓你又帶什麼信來了？」

「姑娘，太子殿下說，京裡有喜事，聖上年紀大了，喜歡喜慶，不想讓喜事給沖淡。」

顏寧明白了，這就是說楚元帝不想這時候殺人？萬一林天虎回家後，直接自盡了呢？還是楚元帝就等著林天虎自盡，讓這事不了了之？

不會，楚元帝從不是心慈手軟的帝王。顏寧想明白了這點，心裡安定了不少。

路上也沒什麼事，還有小半日就能到京城，她索性拉著招壽打聽京城最近有什麼新鮮事？顏烈也不騎馬了，湊到馬車來聽熱鬧。

招壽在別人面前謹言慎行，在顏寧、顏烈面前卻是知無不言。先從顏寧離開京城後說起，話匣子一打開，就合不上了。

「姑娘、二公子，今年還有幾樁喜事呢。太子殿下大婚您二位是知道的；秦尚書來京上任了，聽他上次來拜訪太子殿下時提起，有意等太子殿下大婚後，就讓封先生和秦家姑娘成親。」招壽想到東宮的喜事，說得眉開眼笑。

顏烈不由連說回京後得找封平喝酒。

招壽又說了楚昭恒下定之事，可是難得的盛事。據說當日，皇家送聘禮的長隊，將安國公府門前的街道都堵住了。

安國公為太子搏過命，姑母安排如此盛大的下聘，也算是給李錦娘長臉，投桃報李的意思了。

「對了，表姑娘，這幾天京城還有一樁大熱鬧。」

「哦，什麼熱鬧啊？」

「是楚世子的，您回到京城就能看到了。」招壽想起這樁最新熱鬧，有些好笑，看大家胃口都吊起來了，他就是不說到底是何事，反而說起了楚謨選妻緣由。

顏寧聽說晉陽大長公主有意為宋家姑娘說媒，有些不悅。這晉陽大長公主辦個賞花會也罷了，還熱衷於作媒？她腦中對宋芊芊毫無印象，不知是怎樣的姑娘？

前世，宋政通倒是人如其名，在仕途上通達得很，難道也是因為晉陽大長公主與林妃搭上線，所以宋政通才獲得楚昭業信任的？

被招壽吊起胃口，大家都想早些回京了，顏烈直接開口催促走快些。

到了京城北門外，這裡的人居然多得堵住城門口。

顏烈不耐煩地掀開車簾，探出大半個身子，想查看是怎麼回事？一個熟悉的聲音忽然傳過來，大聲喊道：「二公子！顏二公子！」

顏烈循著聲音傳來的方向看去，原來是清河。

也不知城裡有什麼事，竟然堵到了這裡。

清河一路用力，還是花了近一炷香的工夫，才擠到顏烈面前。

這時，顏明德也來到馬車邊。

「二公子，你們可算回來啦！」清河看到他們，就感慨了一句。「快點，快點進城去！」

顏寧聽到清河的聲音，不禁也往車門邊挪了挪。

招壽在顏寧前面，從馬車裡探出腦袋。「清河，你家世子還在招親啊？」

清河剛看到顏寧也在車裡，正高興地張大嘴打算說話，招壽這句問話出來，他一口口水嗆住，咳咳地嗆咳起來，連連擺手，一時說不出話來。好不容易止住咳嗽，他瞪大眼睛說：「招壽公公，您可別亂說話。」

什麼叫世子還在招親啊？這話聽著味兒怎那麼怪呢？

他叫了一句，又對顏寧哭喪著臉。「顏姑娘，您可得幫幫我們世子爺，那些女的，嚇死人啦。」

招親？嚇人？

顏寧重生以來，難得有些瞠目。這是哪一齣？難不成就是剛才招壽所指的熱鬧？

此時，馬車終於進了北城門，顏家家將們在前開路。本在圍觀熱鬧的百姓們，聽說是顏大將軍父子回京，轉而圍觀起顏家這群人來。

大家分於街道兩旁，一邊議論顏明德此次領軍大勝，一邊又打聽跟在後面的那群女眷是誰？

顏家這裡幾百號人，林家連主子帶奴才也有上百人，看著還是挺壯觀的。

有消息靈通的，說起林天虎的家眷跟顏家父子一起回京，這些女眷肯定是林家的女眷。

林天虎最近在京城的傳言可不少，一聽是他的女眷，圍觀的百姓們不由指指點點議論起來。

還有人玩笑說：「聽說林家女兒不少，是不是也衝著楚世子來的？」

馬氏聽了，又羞又惱。進了北城門後，他們徑直繞道往林府去，而陳侍郎要趕回禮部交差，還要跟楚元帝覆命，也先離開了。

顏明德和顏烈騎馬，顏寧坐著馬車，一群人來到北大街鎮南王府別院邊，那邊果然立著一座新搭的擂臺。

顏明德和顏烈看到擂臺上四個大字，都驚訝得張嘴。

「這……這是什麼？」顏明德指著那四個大字，生怕自己看花了眼。

顏烈閉眼又睜眼，一字一頓讀著「比試招親」，讀完忍不住大笑起來。

顏寧也驚訝地探出頭看過去，那座擂臺造了上、下兩層，下層供車馬停放，上層外面左右各有一個比試臺，靠內則是紗帳隔間。

那座擂臺正中大梁上，掛著「比試招親」四個燙金大字的匾額，顏寧看那字跡，好像是楚元帝的字。

匾額兩旁還掛著兩行字，赫然是楚謨的筆跡。

左邊寫著：文也行，武也行，能贏就行。

右邊寫著：你叫好，他叫好，我定就好。

這意思還真直白，一分無賴，九分霸氣。

「清河，你家世子這是幹什麼？」顏寧有些好笑地問道。

京城裡有過比武招親，有拋繡球選婿，還有金榜題名時榜下捉婿，不過這些都是女子啊！楚謨一個世子，來擺擂臺招親選妻？難怪這麼多人，這真是百年難遇的熱鬧啊。

「顏姑娘，這不是沒法子嗎，我家世子只好弄了個比試招親。不過，您看我家世子寫清楚了，管他輸的贏的，他說好才是好。」清河是知道自家世子心思的，當然要隱晦地為世子爺澄清一下。

顏明德和顏烈沒想到，「我定就好」居然是這麼個意思，這不是騙各家千金們玩嗎？

「那些都是參加比試的？」顏寧指了指左邊臺階下的幾個姑娘。

「是啊，這些看不出身分的，都是來參加文比的。您看臺上下來的那姑娘，就是文比輸了下臺的。」

顏寧順著清河指的看過去，果然，臺上正走下來一個姑娘，戴著黑色帷帽，帷帽下還有白色面紗，一件銀色披風將身形包住，旁邊的丫鬟也是一樣的打扮，絕對看不出這是哪家千金。

武比這邊的姑娘，倒是都穿著勁裝，也是戴著帷帽根本沒法動手。

現在，文武兩邊的比試臺都空著。一位黑色勁裝的姑娘，坐在兩個比試臺中間的椅子上，顯然是贏了正在那兒等其他挑戰者。

顏寧仔細打量一下。那姑娘長相還不錯，可臉色冷冰冰的，看著不像是哪家千金，倒像是江湖人。

楚謨在臺上看到顏寧這一行人，忍不住站起來，兩眼放光地看著臺下這邊。那後面的簾子裡，好像還坐了一個人，看不出是誰。

楚謨眼神熱烈地盯著顏寧，顏寧接觸到他的目光，愣了一下。

邊上有路人，認出是顏寧的，也在竊竊私語。

「那是顏家的姑娘啊。」

「是啊，不知她和臺上那位姑娘誰更厲害？」

「臺上那位這幾天都不肯下擂，坐那兒扎根了。」

「也許是臺上那姑娘厲害，那可是江湖人啊，聽說江湖上有名的。」

顏明德聽到路人的話，笑著跟顏寧說：「寧兒，妳若想上臺比試，為父覺得妳肯定能贏。」

顏烈看了那女子兩眼，也點頭。「就是，寧兒，妳肯定不會輸給她。」

這不是輸贏問題，這是她要不要去參加招親的問題啊！顏寧對於父兄只盯著她能不能贏這點，有些無語。若是她上臺，楚元帝知道顏家有意和鎮南王府結親，會不會讓楚元帝對顏家更加忌憚？若不上去，看著楚謨那期待的目光，她真要讓他娶這些女子嗎？

顏寧有些猶豫不決，她本坐在馬車裡，猶豫之下，不停看著擂臺上的人，不知不覺人已經探出半個身子。

「寧兒，去，為父在臺下看妳打！」顏明德爽朗地道。

「父親，這不是輸贏的問題。」顏寧想跟父親說，這關係到楚元帝對顏家的看法，關係到楚元帝會不會忌憚……可是，又覺得什麼都說不出。

顏明德卻拍了拍她的腦袋。「多想什麼？顏家的功勞，是一代代流血流汗換來的，遇到事情，顏家人可不猶豫。怕什麼，喜歡就去！我顏明德的女兒，喜歡什麼就該去爭，哪有這麼多有的沒的。」

父親是知道她心有顧慮？顏寧有些驚訝地轉頭看向父親。

顏明德看到女兒驚訝的目光，得意地一笑。「哪有女兒能想到的，為父會想不到的理？妳放心吧，問心無愧，天地自寬。」

顏烈就站在顏明德邊上，暗自腹誹：吹牛！什麼「女兒能想到的，為父會想不到」，在兗州，怎麼沒見父親英明神武，反而躺床上靠自己救呢？

顏明德不知道兒子在想什麼，他正打量臺上的楚謨，摸了摸下巴，喃喃低語道：「好像長相太娘了點。楚洪長得不好看，兒子怎麼還這麼娘？不過，五官還行，搶回來，也不算太丟臉。」

顏寧忍不住撇撇嘴。什麼搶回來啊！顏家是武將世家，又不是山大王。

「致遠長得……好像比寧兒還好看？」顏烈聽到父親的低語，也打量臺上的楚謨和身邊的妹妹兩眼，難得公正地嘀咕。

「什麼好看？寧兒這叫好看，臺上那樣的叫瘦弱，記住沒？」顏明德一氣，習慣性又是一巴掌拍顏烈腦門上。

「我家世子爺這是英俊瀟灑。對，瀟灑！」不過，到底是顏姑娘的父親，清河也只敢小聲嘀咕著反駁，聲音太低，壓根兒沒人聽見。

清河在邊上看顏寧還猶豫，指著文比那兒空著的椅子說：「文比那邊有個姑娘也贏了兩場。顏姑娘啊，我家世子爺這擂臺，是特意選在這條街的啊。你們一回京，就能看到。」

重生一年多，做事總是有些前瞻後顧，就任性一次又何妨？

顏寧跳下馬車，拍了拍衣裙。「能拿兵器嗎？」

「能、能，不過不能出人命啊。」清河聽到這話，大聲回道。

話一出口，不對，萬一顏姑娘束手束腳，打輸了怎麼辦？

他又加了一句。「不死就行，傷了大不了讓孫神醫來治。」

「靜思，過來！這邊來！」擂臺另一邊，武德將軍家周玉昆和周玉侖也在看熱鬧，看到顏烈，大聲喊道：「靜思，你賭誰贏啊？快過來！」

顏烈一聽那話，大聲回了一句。「我押寧兒贏！快給我下注！」

他的聲音叫得大聲，被邊上路人聽到了，還真有好賭不怕死的，竟然湊上來說：「我押臺上那姑娘，押十兩銀子！」

顏烈一聽，瞪圓了眼睛。

孟良和孟秀連忙拉住顏烈。「二公子，姑娘肯定贏！這不是您贏錢的機會嘛！」生怕他當街揍人，拖著往周玉昆兄弟倆那邊走去。

那個好賭的摸摸脖子，嘴裡噴出一口酒氣。「怎麼不賭了？老子還想贏點酒錢呢。」

旁邊的路人連忙往邊上躲遠點。當顏家人面賭別人贏，不怕死啊？

「快，快看，顏家姑娘要上臺比試！」

「她不是纏著三皇子嗎？」

「三皇子都娶妃了，你不知道？」

「你才不知道呢，那是側妃！知道不，皇子妃是正妃！」

「好了好了，別爭了。快看，走過來了！」

「讓開，快讓開！」

「對、對，快讓條路出來！」

圍觀的百姓們，推推搡搡間，硬是擠開一條一人寬的路，直通擂臺。

很多京城人看到過顏家姑娘策馬飛奔的英姿，卻沒幾個有眼福，親眼看過她練武。兗州安城一戰，顏寧帶領五千人守住了安城，天下都在傳虎父無犬女、巾幗不讓鬚眉。現在，顏家姑娘要上臺啦！京城人簡直沸騰了。

顏寧往擂臺前走去，清河早就推開人群擠到臺下的臺階邊，非常諂媚地大叫。「顏姑娘、顏姑娘，這裡！」

楚謨看顏寧走過來，再看清河這樣子，知道顏寧要上臺了，也是眉開眼笑。

有兩個矜持著、正在猶豫要不要參加比試的蒙面女子，一看他那顛倒眾生的笑顏，立時放棄矜持，也要上臺比試。

臺上那個坐著的姑娘，聽到清河這一聲喊，往臺下看過去。她那本來稍嫌冰冷的臉上，難得閃過一絲好奇，待看到一身紅衣勁裝的顏寧後，她從椅子上站起來，往臺子中間走了幾步。

清河跟顏寧低聲解釋。「顏姑娘，左邊是文比臺，比試什麼詩詞歌賦的，這沒什麼意思，我們爺說都是些無病呻吟的東西；右邊是武比臺，兵器隨意。」

為了討好未來的世子妃，清河將文比貶低了一通。

顏寧看向右邊，單手從虹霓手中拿過寶劍，雙腳一蹬，上了擂臺。

霎時，擂臺上下，鴉雀無聲。

顏寧往擂臺中間走了幾步，看著那位黑衣勁裝的女子，只見對方一臉愕然地看著自己。

清河忽然發出一聲慘呼。「世子爺，饒命啊！」

顏寧沒聽見清河的慘叫，她看那黑衣女子不動，忍不住奇怪地看向楚謨那方向。

楚謨居然也是一臉驚訝地看著自己。

那黑衣女子直接走回椅子上，坐下了。

「顏姑娘，左邊！左邊！」清河趴到擂臺邊，大聲喊道。

卻有一個還在等著比試的戴著帷帽的女子，嬌聲道：「既然上了文比臺，就得比了才能下去！」

文比臺？

顏寧轉頭，看向臺下的清河。

清河在自家世子殺人般的目光下，慘呼著低下頭，再也不敢抬起了。他一直站在臺上，面向擂臺，所以左邊的是文比臺，右邊的是武比臺。可是，他跟顏姑娘說話時是在臺下，完全相反了。

清河使勁抓住洛河的手，痛哭流涕。「洛河，我的私房錢都換成銀票，藏在我房中的鞋底裡，你幫我帶回南州給我爹娘吧。」

洛河甩開他的手，陰惻惻地道：「顏姑娘要是輸了，你以為你那點私房錢，世子爺會給你留下？」

顏寧才恍然大悟，自己所站的居然是文比臺。

難怪臺上臺下一片寂靜，大家都等著見識顏家姑娘的超群武藝啊，顏家姑娘竟然上了文比臺！

周玉昆那邊，一群京城貴族子弟們正在下注，周玉昆和周玉侖被顏烈威逼著，掏出身上所有的錢，押了顏寧贏。現在，看到顏寧站在文比臺上，兩人直接傻眼。「銀子拿回來！我們要押另一個！」

「落注無悔！落注無悔啊！」另一邊的人眼疾手快地抓過他們的銀子。

兩人對著顏烈抱怨。「被你害死了！我們兄弟的月例銀子都在這裡啊！」

顏烈自己也是張大嘴巴看著擂臺。「寧兒要文比？是不是趕回來時天氣太熱，中暑啦？」

孟良和孟秀聽到顏烈的話，連連點頭。姑娘一定是中暑了！不然，怎麼會去跟人比文啊！太陽從西邊出來了？

等著上文比臺的女子還有好幾個，不過，她們現在可不介意顏寧先比。誰不知道顏家姑娘不通文墨啊？

文比臺後，有個嬌柔的聲音道：「顏姑娘，我們在帳內比試吧。」

那聲音，柔柔弱弱，讓人一聽就覺得酥到骨子裡。

楚謨瞪得清河越來越矮，很快，就比桌子還矮，瞪不到了。他一轉頭，也聽到帳內的那個聲音。楚謨眨巴著眼睛看著顏寧，不知道要不要就此耍賴？反正自己白紙黑字寫清楚了──「我定就好」。

他張嘴剛想說話，遠遠傳來儀仗清道的聲音，原來是太子儀仗出行。

他眼珠子轉了一下，轉頭對臺下大聲道：「這擂臺擺了多日，京城內外的姑娘們也見了不少。武比的第一已經有了，文比的第一，本世子決定不如有意參比的都來，由太子殿下來選個第一。」

隨著太子儀仗走近，北大街的百姓們被分成左右兩列，大家下跪磕頭，喊了「太子殿下千歲千歲千千歲」。

楚昭恒一路來到擂臺前，下了馬車，就看到顏寧拿著寶劍站在比試臺上，邊上，楚謨滿臉求助地看著自己。

他先扶起顏明德。「舅父免禮，舅父為國征戰，辛苦了。」隨後，又對所有百姓們說道：「諸位免禮，我也是聽說鎮南王世子的比試招親很熱鬧，特地來看看的。」

從聽說顏家父子今日能進京城後，他就等著他們，直到陳侍郎進宮向楚元帝覆命，提起顏家人滯留在鎮南王別院的擂臺前。

他知道楚謨對顏寧的心思，也知道顏寧對楚謨也有意。難得有了看熱鬧的心思，趕過來了。

招壽從顏家這角跑出來，一溜跑到楚昭恒身邊，磕頭問安，低聲道：「太子殿下，剛才楚世子說，讓您來定文比的第一。」

「哦？」楚昭恒有些訝異，拖長尾音，示意招壽繼續說。

楚謨這個文武比試，武比自然是武功論高低，文比一直由楚謨來選，怎麼忽然要讓自己來選？

招壽指了指臺上的顏寧，又悄聲道：「表姑娘，上錯擂臺，跑到文比臺去了。」

楚昭恒抬眼往上看，楚謨正滿眼期盼地看著自己，而顏寧也一臉無辜地往自己這邊看來，一雙點漆大眼，眨巴眨巴著。

她？文比？

楚昭恒忍不住笑了一聲。看顏寧對自己瞪起眼睛，他咳了一聲，以手握拳，抵在嘴邊，再咳了好幾下，才算忍住這股笑意。

楚謨是想讓自己幫顏寧找個臺階下，還是想靠自己壓服眾人，讓顏寧直接得個文比第一啊？

這時，擂臺的臺階早就清空了。楚昭恒慢慢走上臺階，來到擂臺上，他擺擺手，示意臺上跪著的人站起。

「寧兒，妳要賽文？」

顏寧沒忍住，翻了個白眼。「清河跟我說，這是武比臺。」她說著，看著臺下的清河，捏了捏拳頭。

剛探出半個頭的清河，又蹲回桌子底下去了。

楚昭恒又咳了一聲。「如此，比試開始吧。致遠，這比試怎麼比啊？」

楚謨引著楚昭恒到了紗帳隔間的中間位置上坐下。「太子殿下出題，請比試的姑娘們賦詩一首吧。」

清河和洛河按楚世子的話，將擂臺上收拾一下，擺上一排桌子。

那位武比第一的黑衣勁裝姑娘，退到擂臺一角，反正文比如何與她不相干。

洛河又將剛才楚謨的話，大聲在臺上說了一遍。

聽說是太子殿下出題，即席賦詩，有些自覺力有不逮的姑娘們退出了，最後，臺上只剩下五個姑娘。其中四個全是黑帷帽、白披風、白紗罩臉，只有顏寧一個紅色勁裝，站到一張桌子前，她將寶劍往臺下虹霓的手裡一扔，自己上前拿起了筆。

楚昭恒看楚謨對自己彎腰作揖，知道這是要讓他幫著作弊圓場。出個什麼題，寧兒才能作出詩來呢？

楚昭恒有些沒底，想了片刻，看到擺在自己面前的一盤葡萄，眼睛一亮，說道：「就以葡萄為題，三炷香內，大家賦詩一首吧。」

大楚是不產葡萄的，這盤葡萄是西域的西昌國進貢來的。

楚元帝賞賜一籃給楚謨，楚謨知道顏寧今日能到京，特意讓人洗了冰鎮著，等顏寧回京，想讓她嚐嚐呢。

楚謨聽到楚昭恒出了這題，覺得有些難，狐疑地看向楚昭恒。

楚昭恒卻還給楚謨一個安心的眼神，示意他不用擔心。

這題有什麼特別的嗎？楚謨狐疑地看向顏寧。

可顏寧壓根兒沒看他們，聽到這題後，臉上是一副回憶的神情。

楚謨覺得安心了些，就在楚昭恒的下首陪坐，端起茶喝了一口。

臺上四位姑娘裡，有一位就是文比第一，剛才邀請顏寧入紗帳比試的人。她選了顏寧邊上的位置，看到顏寧還輕輕招呼一聲，行了個福禮。

顏寧想了一遍，覺得那聲音陌生，不是她認識的京城閨秀的聲音。她略微偏頭，想看她的身形認認，這一看不由失笑。自己真是糊塗了，這幾位姑娘全身都裹住，根本看不出身形來。

眾家姑娘們既怕輸了難看，又覺得拋頭露面參加比試難堪，所以都想方設法地藏住身分。算了，顏寧索性不去想這是誰了。

清河很狗腿地跑到顏寧邊上，低聲說：「顏姑娘，這個就是宋政通的女兒宋芊芊。」

原來是晉陽大長公主作媒的那個啊？

其餘四位姑娘認出清河是楚世子身邊伺候的人，看他獨獨對顏寧如此周到，不由看了過來。那位宋芊芊姑娘也看著顏寧，輕聲道：「看來顏姑娘與楚世子早就熟識呢。」

這話，有些意味深長。

顏寧懶得費口舌，看了一眼身後的桌子。「那香已經點上了啊。」

她聲音不低，四位姑娘聽到後，來不及再想其他的，忙著低頭斂眉沈思。沒多久，有人開始動筆了。

再過片刻，臺上除了顏寧一人拿著筆在那兒轉著，其他人都已經動筆了。

楚謨心裡沒底坐不住了。「太子殿下，您這題……這題有什麼說法不？」

楚昭恒低聲道：「放心，前年在宮裡，以葡萄為題賦詩。我幫寧兒作了一首，雖算不得上佳，應還過得去。」

原來已經寫過了啊！

楚謨終於放心了。楚昭恒的詩文，他自然是信得過的。

這比試完，顏寧的詩第一，再拿個武比第一，這樣一來，不就是顏寧技壓群芳，文武冠絕京城？妙！太妙了！

他想出比試招親這法子，就是想起當初顏寧說顏家祖上曾有一女比武招親。

他今年十六，楚元帝肯定會要他盡快娶親，晉陽大長公主作媒這種事，能推一次、兩次，但不能次次推脫啊。再說，若一直藏著、掖著，他和顏寧不就一直得拖著？

他想到顏寧已經快回京，索性在北城來個比試招親。

原本就想比武招親，轉念一想，自己堂堂鎮南王世子，怎能落俗套？所以，直接決定——武也比，文也比。

到時，顏寧進京時上臺跟人比試武藝，那自然是必贏的。文比這邊也好辦，到時自己直接把人批得狗屁不通，還怕哪家姑娘不服來跟自己辯駁嗎？

所以，拿定主意後，楚謨立時跟楚元帝說了。

楚元帝對他這幾近兒戲的選妻之法，也是愕然。但是，這又不是自己的兒子，姪兒要胡鬧，就成全他嘛。抱著這種心思，楚元帝御筆一揮，寫了「比試招親」的匾額，又讓人清了這塊地方出來。

楚謨督促工匠，日夜趕工，在鎮南王府別院邊上，搭起這座擂臺。他有心要為顏寧揚名，特意聲明不限身分的適齡女子皆可來比試。

這樣，顏寧到時贏了，實至名歸。沒想到清河這個笨蛋，竟然指錯地方，讓顏寧上了文比臺。

幸好，太子殿下來得及時。他拉太子來做考官時，是想藉著太子殿下的勢壓壓人，沒想到，太子殿下如此知趣，出的題還是顏寧曾經作過的，那他還擔心什麼？

楚謨拿起桌上的葡萄，慢慢剝皮，塞了一粒進口。這葡萄清香可口啊。

等顏寧贏了，他就去與楚元帝說，顏寧是被清河激將上臺的，因為他對顏寧早就有意，但是她不願，所以趁著比試招親的機會，故意讓清河去激將。這樣一來，楚元帝要忌憚也就忌憚鎮南王府了。

回頭他就親自帶人去顏府下聘。嗯，還得快些寫信給父王，告知他這消息。

楚謨越想越美，滿面含笑。

一笑傾城，見到他笑容的女子，都不由春心萌動。

第五十三章

擂臺雖然做了遮陽的棚子，但是夏日炎熱，那些裹著披風的姑娘們，還是覺得暑熱難擋，有一個甚至都汗濕了背上一塊。

顏寧也熱，不僅熱，還很煩躁。

什麼破題啊？她磨了磨牙，暗恨楚昭恒出的好題，她看著很熟，也記得當年寫過。可是，她能背出兵書，能一眼記住輿圖，這詩詞上實在不擅長啊。

三炷香時間將過，有兩位姑娘已經寫好，將自己作的詩謄寫好，交到太子座前。

宋芊芊也很快寫好了，她看顏寧面前還是白紙一張。「顏姑娘，時間快到了呢！我先交上去了。」

交就交唄，還特意告訴自己一句！

顏寧拿起筆，蘸了滿滿的墨水，恨恨地在紙上點了個大黑點，又轉頭，恨恨地看了楚昭恒一眼。視線回轉間，看到楚謨笑得一臉高興。

哼，看到自己寫不出，這麼高興嗎？

她磨了磨牙，提筆在紙上唰唰寫了起來。

三炷香不到的時間寫一首詩，這難度可不小，這些閨閣千金們，又不是學富五車的書生，也沒人會苛責她們的詩詞如何。不過，平心而論，這幾首詩寫得都不錯。

太子楚昭恒和楚謨看著手中的四張紙，心裡盤算該說什麼。
楚謨咳了一聲，說：「太子殿下，要不您先從這四首詩中選個第一？」
楚昭恒明白他的意思，先趕走幾個也好。
他看了片刻，指著宋芊芊的這張道：「這首詩不錯，可算這四首中最佳的了。招福，你拿過去給幾位姑娘看看。」
招福拿了宋芊芊所作的詩，給其他三位姑娘看一眼。
只見那張紙上，一手娟秀的小楷，寫著——
盈盈瑪瑙色，紫珠落金盤。入口生甘甜，餘香繞齒間。
那三位姑娘既然敢來比試，自然都是文采不俗、有些自負。她們心中本有不服，看完之後，也不得不承認，宋芊芊寫得不錯，比她們的略勝一籌。
再說這是太子殿下評的，除了當今太子，也沒人敢質疑這評得不公吧？
而楚謨這邊，楚昭恒話音一落，他已經忙著讓清河、洛河送她們下去了。
那三位姑娘都是官宦千金，何曾被人趕過，一時面子上有些下不來。
「姑娘，本就是為看個熱鬧，出來也久了，不如回去吧？」有個機靈的丫鬟，勸慰自家姑娘。
對啊，好在也沒人知道自己是誰，輸了也不算丟臉。
那三位姑娘匆匆向太子殿下和楚謨行禮告退後，坐上停在臺下的青布馬車。
臺上臺下的人，都盯著臺上的宋芊芊和顏寧。

顏烈、周玉昆他們所在的一角吵得不可開交。除了顏烈，還有被顏烈給坑了的周玉昆、周玉侖兄弟，其他人都是押注宋芊芊贏。

此時，三炷香燃盡，顏寧終於寫好了，她將紙放到楚昭恒面前。

楚昭恒拿起那紙。不同於閨閣千金們常寫的簪花小楷，上面果然還是熟悉的龍飛鳳舞的字。

雖然知道顏寧會寫哪四句，他還是裝著專注的樣子，看過去。

仔細一看，紙上是四行字，可是，這……這是詩嗎？

那張紙上，赫然寫著——

一顆兩顆三四顆，五顆六顆七八顆。九顆十顆上百顆，顆顆都是大葡萄。

顏寧撇嘴，完全是破罐子破摔的神情。

以前寫過的詩呢？他挑眉，本來心中無奈，看到她這神色，莫名想笑。

碰到楚昭業的視線，顏寧難得有些不好意思地偏轉頭，看著右邊的欄杆。

楚謨等了半天沒見楚昭恒開口，催促道：「太子殿下……」

楚昭恒又咳了幾聲，將那紙遞給楚謨，意思很明顯，你自己看吧。

楚謨一手接過，另一手端起桌上的茶，抿了一口，要誇人嘛，先潤潤嗓子。

看到那四行字，一口茶含在口中，吞也不是，嚥也不是，憋得一張俊臉有些發紅。

「太子殿下、致遠，顏姑娘寫了什麼，讓我也看看吧？」臺下，忽然傳來楚昭業的聲音。

這位三皇子殿下，也不知是何時來的？

楚謨總算將口中的茶嚥下去，將顏寧的那張紙翻轉倒放在桌上，起身含笑招呼。「三殿下何時來的？」

「剛到不久，看到顏姑娘作了一首詩呈上，我一時好奇，也想看看。」

他嘴裡說著，不待楚謨相邀，已經走上擂臺。

顏寧覺得，這人就是來看自己笑話的；楚謨也覺得，楚昭業是來找碴的。

只是，他都開口了，怎能不給他看？若是給他看了，顏寧這詩……咳，壓根兒就不是一首詩，順口溜都比她這個通順點。

太子殿下不是說，她以前有吟詠葡萄的現成詩詞嗎？

楚謨是不在乎顏寧是否文采過人，只是，他不想讓顏寧丟臉。大庭廣眾之下，正是得勝榮歸之時，他希望這擂臺是顏寧的揚名之地。

楚昭業已經走到他們面前，宋芊芊和顏寧向他行禮後，退到一邊。

楚昭業看了顏寧一眼，向太子殿下行禮，也不急著去看桌上的紙，而是和楚謨說：「致遠啊，看來今日，你這招親就要有結果啦？」

「是啊，四日擂臺，足矣。」

「天下才女不少，才四日，可能不少女子都來不及趕到京城呢，致遠不再等幾日？」

「不了、不了，才四日已經有幾家千金中暑暈厥了。最難消受美人恩，我可不敢再讓千金們受累。再說，弱水三千，一瓢足矣。」

「哦？就不知致遠是指哪一瓢啊？」

楚昭業的眼睛，從臺上顏寧和宋芊芊身上滑過，在黑衣勁裝女子身上打了個轉，恍如漫不經心地問了一句。

「致遠，你這擂臺既然擺了，可得按規矩來啊。」楚昭業又意味深長地說了一句，伸手向桌上的紙伸去。

顏寧根本不是寫詩論文的人，他想看看，她寫了什麼？

「致遠，武魁首有了，文魁首再出來，不如都娶了，也是一段佳話啊。」楚昭業說著，向桌上的紙伸手。

他拿定主意，待顏寧詩文落敗，他就拿話壓著楚謨，逼楚謨將宋芊芊也收了，就當為宋政通作一次主，而晉陽大長公主也會記得自己這份人情。若是能激得顏寧轉身離去，再不與楚世子談婚，那也算意外收穫。

楚昭恒笑道：「三弟，顏寧的詩，是這張。」

他抬手向宋芊芊那張指了指，手收回來時，衣袖一擺，不小心將楚謨那杯茶給帶翻了。

「太子殿下，小心！」楚謨連忙去扶茶杯，剛才放在茶杯邊的顏寧那張詩作，本就墨跡未乾。

楚昭恒碰翻了茶盞，水一倒上去，那紙廢了。

楚昭業在臺下，看到楚謨將顏寧所寫的詩放在杯子邊，所以他理也不理太子所指的方向，徑直伸手向這邊探來。

可這邊太子打翻茶杯，楚謨直接側身來抓杯子，硬生生將楚昭業探出的手給阻了阻。

「哎呀，字跡糊掉了！」楚謨讓開位置，一手扶正杯子，一手抓起桌上那張墨跡斑斕的紙。「殿下，您倒是小心啊！顏姑娘好好的一首詩作，被您給損毀了。」

「給我看看。」楚昭業直接將手伸到楚謨面前。

楚謨猶豫了一下，將那紙遞過去。那張紙上大部分的字都看不出了，可起首的「一顆」兩字卻還在。

楚昭業低頭看了一眼。「幸好還能修復一二。」他說著，直接掏出一塊帕子，將紙上的水吸掉。

楚謨和楚昭恒沒想到他會做這種事，眾目睽睽下，不能直接去撕吧？

吸了片刻後，楚昭業惋惜道：「可惜，看不全了，只能看到四、五個字。」他又一臉惋惜地看著楚謨，笑了笑。

「幸好顏姑娘寫的時間不久，應該還記得的，不如再寫一遍？」他說著，看向顏寧這邊。

顏寧當然不會上這個當。毀都毀了，自己還要當眾丟臉？當她傻嗎？

「三殿下，臣女寫的時候緊張，現在忘了寫什麼了。」

「太子殿下，您自小記憶過人，父皇也曾多次稱讚的。剛才您看過顏姑娘的詩了，不知是否還記得？」楚昭業又轉向太子楚昭恒。

楚昭恒一笑。「倒是記得的，不如我幫顏寧重寫一張吧。招福，去拿紙筆來。」

楚謨卻接過招福送來的紙筆，說道：「我剛才也看了，倒也還記得，還是我來寫吧。」為顏寧捉刀代筆這種事，怎能再讓外人做？楚謨拿定主意，這種好事，一定不能落別人手上。

楚昭恒看楚謨那堅持的神色，對招福點點頭。

「楚世子，奴才幫您研磨。」招福立即很有眼色地遞上筆，將硯臺放下。

那張桌子已經濕了，清河和洛河又抬了張桌子過來，重新鋪上桌布。

他們兩人知道，世子爺要下筆了，所以，那動作是盡可能精細周到，能幫自家世子爺拖點時間也好啊。

「致遠，你也三炷香時間？」楚昭業手裡，還拿著剛才顏寧所寫的紙，上面赫然能看出前面的「一顆兩顆」幾個字。

「只是將顏姑娘剛才的詩再謄寫一遍，何須三炷香時間。」楚謨自然不會在這麼明顯的漏洞上上當，他提筆蘸墨，來到桌前，在白紙上落筆。

「讀出來聽聽啊！」臺下有人起鬨大叫。

看熱鬧不嫌事大，一時更多人跟著叫起來。

楚昭業對李貴點點頭。他不知道顏寧剛才寫了什麼，不過，光開頭幾個字，楚謨要如何改寫得不一樣，那就有意思了。

李貴會意，笑道：「奴才斗膽，幫人讀出來吧。」說著，走到楚謨桌邊。

楚昭恒拿起新上的一杯茶，慢慢喝了一口。楚謨既然敢下筆，總有幾分翻轉的把握吧，他可不想讓顏寧當眾丟臉，所以趁著喝茶的工夫，他心中已經拿定主意，萬一楚謨寫的不能為顏寧長臉，自己就說他記錯，再幫寧兒寫一首好了。

李貴大聲讀道：「一顆兩顆三四顆，五顆六顆七八顆。」

「哈哈，這是詩嗎？」

「就是兒童數數啊。」

擂臺下眾人聽了這兩句，大笑起來。

顏寧真寫了這個？

楚昭業覺得有些好笑，忍不住向顏寧那邊看去，見她一張俏臉上有些汗漬，紅撲撲的，一雙黑葡萄一樣的眼睛，顧盼之間，多了幾分羞澀之意。

忽然，他就覺得有些興味索然，只是箭已在弦上。

顏寧，為何妳變了呢？心中，忽然滑過這句話。

「九顆十顆顆顆甜——」李貴還在大聲讀著。

「這也叫詩？老子一天能寫上兩百首。」臺下，有個紈袴大聲喊道：「哎喲，誰砸我？」剛叫完，腦袋上不知被何物給砸了一下。

「誰？有種……哎喲，呸——」他轉頭大叫，結果又一物打進他嘴裡，吐出來一看，竟然是泥巴。

「狗嘴裡原來吐不出象牙，能吐出泥巴啊！」虹霓指著他吐出來的泥脆聲說。

這下，沒人敢叫囂了。他們忽然清醒過來，這臺下可還有顏家人，還有顏烈在啊。

臺上，楚謨已經停筆，自己大聲讀道——

一顆兩顆三四顆，五顆六顆七八顆。

九顆十顆顆顆甜，葡萄緣何落楚盤？

這詩，還是很俗，可眾人卻未再笑了，就連剛才那紈袴，也不敢再誇口說自己能寫個兩百首了。

顏寧沒想到楚謨片刻之間，居然能將自己那亂寫的幾句改成這樣。

楚謨看她看過來，很自傲地抬了抬頭。

笑話，本世子文武雙全，就改這麼幾個字算什麼？

顏寧看他那自得的神情，忍不住笑起來。

重生一世，還得讓人捉刀代筆寫詩啊？算了算了，反正她這輩子，都做不了才女！

楚謨的文才倒是出眾，楚昭恒也是佩服，他看向楚昭業問道：「三弟，寧兒這詩，你說寫得還行不？」

楚昭業當然知道，這詩末兩句，肯定不會是顏寧作出來的。只是，他也不能當眾說太子和楚謨撒謊，於是笑著誇了一句：「士別三日當刮目相看，沒想到顏寧去兗州一趟，武功名揚天下，連文才都好了。」

楚昭恒又轉向宋芊芊，問道：「這位姑娘，妳覺得妳這首和顏姑娘這首相比，何首為佳啊？」

這，是要逼宋芊芊自己退下了。

宋芊芊心有不甘，說顏寧這詩比自己的好，那自己的打算怎麼辦？父親想讓她嫁給楚世子，晉陽大長公主也要她抓住機會。她自小苦學琴棋書畫，為的不就是得一佳婿嗎？只是，若不認輸，在這擂臺上誰能為自己作主？看楚世子那神情，跟那顏家姑娘明顯有私啊。

她正猶豫著不知如何回覆，外面又來了幾個騎馬之人衝到擂臺下，當先的人居然是康保。

康保遠遠就看到顏家這一大群人，這擂臺下，顏家這群五大三粗的家將，太招眼了。他也不敢托大，一下馬，先走到顏明德身邊，拱手問安。

顏明德連忙扶住他。「康公公，您這又領了什麼差事啊？」

「顏大將軍，聖上聽說顏寧來比試，要奴才來看看結果呢。」

「呵呵，原來是小女這事啊。呵呵，康公公，不好意思，讓你見笑了。我這女兒，唉——」顏明德搖頭嘆息一聲。

康公公一張老臉笑開了花，低聲說：「顏大將軍不用為難，聖上聽了這消息，讓奴才來傳口諭呢。」

他說著，走上臺向幾人請安。

「康公公，你怎麼來了？」楚謨問道。

「聖上聽說顏姑娘參加文比，對這比試很關心呢，讓奴才來，將顏姑娘所作的詩拿進宮去看看。」康保笑咪咪地道。

他沒說的是，楚元帝聽說顏寧上了文比臺時，那一臉錯愕訝然。

道。

「這樣啊，那這擂臺就拆了吧，我陪康公公一起把詩送進宮去。」楚謨大手一揮，下令

「等等！」一直站在擂臺一角的黑衣女子，忽然出聲。

她站得太安靜，眾人幾乎都忘了還有這麼一個比武第一在這裡了。

楚謨看著那女子，問道：「怎麼，姑娘有話說？」這語氣，明顯有些不高興了。

那姑娘卻無視他的不高興，直接看著顏寧道：「顏姑娘，聞名已久，安城一戰，天下女子莫不以顏姑娘為傲。小女不才，想跟您討教一二。」

這女子說著，往臺中間走了幾步。「小女子守著這擂臺守了幾日，就想與顏姑娘這樣的人比試一下。前面那些女子，都是些花拳繡腿。」

顏寧看這姑娘一臉認真執拗，武比她可不怕。

「好，請賜教！」她說著，退後幾步。

看到兩人要比武，連康保也不急著走了。

楚謨看顏寧答應，只好讓人收拾擂臺，看宋芊芊還站在臺上不動，對清河抬了抬下巴。

清河一看，將功贖罪的機會來啦，連忙跑到宋芊芊身邊，低聲勸說，可那宋芊芊居然不動，清河有點急了。

宋芊芊嘴巴一動想要說話，碰上楚昭恒淡漠的眼神，有些猶豫。

招福走過去，跟宋芊芊低聲說了兩句，宋芊芊抬頭向楚昭恒這邊看過來，隨後，低頭行了福禮，告退離開。如剛才那三位姑娘一樣，這時也無人注意宋芊芊的離去，大家都忙著看

臺上的比試呢。

顏寧與黑衣姑娘空手過了幾招。

那黑衣姑娘說道：「顏姑娘拳法練得扎實，我要拿劍了！」

臺下的虹霓一聽，也將自家姑娘的寶劍扔上去。

顏寧接過寶劍，拔劍出鞘，兩人鬥在一起，速度快時，只見臺上紅衣黑影交錯，都看不出臉了。

最後，那黑衣姑娘叱叫一聲，倒退到擂臺邊，顏寧的劍正指著她喉間三寸處。

那黑衣女子嫣然一笑，這一笑，一直稍嫌冰冷的臉上，恍如雲破月來，多了幾分少女的生氣。「顏姑娘，好武功！小女子甘拜下風！」說著，跳下擂臺，就這麼走了。

顏寧看這人來去匆匆，難道江湖人都這麼——這麼張揚嗎？她搖搖頭，收劍入鞘。

清河大聲喊道：「顏姑娘武比第一！第一！」

若說剛才詩詞高低有分歧，那現在的比試卻是毫無疑問的。

看完剛才那場打鬥的人，被清河這一喊才回過神來。

這武功，太好了！

周玉昆和周玉侖高興地扯著對家要錢。「賠錢！賠錢！顏姑娘文比第一，武比也第一！」

康保心滿意足地拿起桌上的詩作，走到臺下，對顏明德道：「顏大將軍，聖上召您一起進宮呢。」又轉頭對顏寧說。「顏姑娘，皇后娘娘很掛念您。聖上說，讓您回府稍事歇息，也進宮去給皇后娘娘請個安，免得皇后娘娘心懸著。」

顏明德和顏寧不敢怠慢，都答應了。

顏明德先跟著康保進宮去，顏寧則叫了顏烈，一起先回府去收拾。

楚謨跟著康保離開，上了馬後又轉回來，指著清河下令道：「爺從宮裡回來時，這擂臺得拆完！不然，你就滾回南州去吧！」

清河看看身後兩層擂臺，大聲哀叫。「世子爺，這擂臺太結實啦！」

可惜，楚謨壓根兒不聽他叫什麼，打馬追上康保那行人，走了。

康保帶著一行人回到宮中，楚元帝正在泰文殿。他向楚元帝稟告太子等人正在外候見，又說了楚世子已經讓人拆擂臺之事。

楚元帝呵呵一笑。「看來致遠是等到了啊。」

他這話意味深長，康保不敢接，只把身子又躬下了點。

楚元帝也不指望他接話。「讓他們進來吧。」

康保帶著楚昭恒等人走進來。太子楚昭恒和三皇子楚昭業問安之後，站到旁邊。

楚元帝對楚謨說：「致遠，聽說你讓人拆擂臺啦？」

「稟皇伯父，是的。今日武比第一和文比第一都有了，姪兒這麼幾日看下來，也看厭了。您知道的，姪兒當日就說過想娶個文武勝過自己的，現在有這麼個人啦。」楚謨喜孜孜地道。

「你是說顏寧？」楚元帝慢騰騰地問道。

「是啊，皇伯父，姪兒一直知道顏家姑娘身手好，今日一見，才知道果然高強，姪兒求皇伯父成全。」楚謨毫不否認。

楚元帝不置可否，只問道：「你說顏寧文比也是第一？」他轉頭對康保說：「把顏寧的詩唸給朕聽聽。」

康保連忙將收著的紙拿出來，楚謨指著顏寧的那張，康保大聲讀出來。

「哈哈——這是顏寧作的詩？」楚元帝聽完大笑起來。他剛才聽人說顏寧上了文比臺，沒忍住笑了起來，如今聽了這首詩，卻是有些驚奇。「倒像她能寫得出來的。這詩格律不通，不過這氣勢倒是不錯，不愧是將門虎女啊。」

「葡萄緣何落楚盤？嗯——不錯、不錯，西昌當年可也和北燕一樣，與大楚年年交戰。後來，先皇帶兵一舉攻克，西昌才臣服。自那之後，年年進貢，不敢稍有慢待。太子，你來說說，葡萄緣何落楚盤啊？」楚元帝感慨了幾句，忽然轉頭，問楚昭恒道。

「父皇，大楚君明臣賢，內有文臣安邦，外有良將定國，西昌的葡萄自然要年年送到大楚的桌上來。」楚昭恒緩緩道。

「是啊，大楚強了，這些周邊小國才不敢侵犯。說得好，顏寧這詩也寫得好，難為她能寫出來。康保，你把這詩送去給皇后，等會兒顏寧去給皇后請安時，讓皇后好好賞她。」

「奴才遵旨。」康保拿過桌上的詩作，送到後宮去。

楚元帝又拿過另一張。「這是另一個姑娘寫的？倒還不錯，氣勢上差了些。不過，閨閣女子嘛，倒也難得了。」

楚謨不屑地道：「皇伯父，這種詩作，也就庸脂俗粉了。姪兒將來要為大楚去守南疆，若能讓南詔的荔枝也年年落楚盤，那才是平生快事呢。」

「好！有志氣！」楚元帝讚了一句。「這到底是你的終身大事。這樣吧，回去跟你父王寫信說去。」

當初建擂臺時，楚元帝曾說比試第一的姑娘，若楚謨看中，他就給他們賜婚。現在，他卻未再提這話，拿鎮南王說事。

楚謨也不急在一時，答應了。「皇伯父，那姪兒先告退，回去給父王寫信。」

「呵呵，怎麼，這麼急？」

「皇伯父，您不知道啊……」他張口欲言又不說了。

「恒兒、業兒，你們先退下吧。」楚元帝將太子楚昭恒和楚昭業給打發走，又對顏明德說：「明德，你先去後面的明心閣等朕，一會兒與朕一起喝幾杯。」

楚昭恒三人告退下去。

楚昭業走了幾步後，略停一步，還是跟著楚昭恒出去了。畢竟楚元帝未提林天虎，也一句都未問他，他留下也不能說什麼。

「好了，沒別人了，你有什麼話，說吧。」楚元帝看幾人都走出去，才催楚謨。他倒想聽聽，這姪兒會掰點什麼話？

「皇伯父，顏寧沒看上姪兒，顏大將軍也不樂意與鎮南王府結親。」楚謨直接說。

「哦？顏寧沒看上你，如何會去打擂臺？」

「是姪兒讓人去激她的。皇伯父，當初在南州，姪兒見了顏寧後，就覺得這樣的女子才可相伴一生啊。鎮南王府人口簡單，姪兒也喜歡簡單率真的女子。」楚謨毫不掩飾自己的想法。

「原來如此。你先寫信回去，問問你父王的意思。」楚元帝不置可否，含糊催促。楚謨只好告退離開。

楚元帝看著他的背影，臉色有些晦暗不明。

顏家與鎮南王府結親？

當年，他先有了鎮南王楚洪的支持，後來又娶了顏明心，坐穩了太子之位，順利登基。想到剛才暗探稟告說太子出題之事，難道太子是想透過顏寧，拉攏楚謨？

自己還沒死呢，他就忙著建構勢力了？

楚元帝又搖搖頭。太子對顏寧的心思，他早就看出幾分，當初他警告顏家不要妄想再出一個太子妃，顏家後來未再有這心思。

太子當初對顏寧的心思，應該是出於真心，那現在楚謨對顏寧的心思呢？

楚元帝想著，喉中一癢，就大咳起來，邊上的小太監連忙送上參湯。

楚元帝喝了一口，將這咳嗽壓下去。「今日的金丹，還沒好嗎？」

「聖上，太醫院說還要煉製，晚間才能送來。」

楚元帝苦笑一下。想起楚昭恒勸說自己金丹害人，但是，他才在位十幾年，雄心壯志剛起，卻已經力有不逮了？

手邊的桌上，放著的是陳侍郎呈上來的萬民摺。林天虎在兗州，居然鬧得民怨沸騰？楚昭恒威望日高，自己日漸衰老，三兒子楚昭業有才幹，也有野心……

楚元帝只覺得各種事都不能順著自己的心，太多事隔著迷霧無法看清，他不由苦笑。為君不易，想做個有為明君，更難。

「來人，吩咐御膳房，準備一桌酒菜，送到明心閣來。」楚元帝推開面前的東西，往明心閣走去。

待楚元帝到了明心閣，酒菜已經擺上來。

顏明德當然不敢就座，正站在院外等著，他也不看那些花草，正無聊地望天。

楚元帝慢慢走進，看顏明德這樣，笑了起來。「明德，覺得這明心閣景致如何？」

「哦，好，這花開得不錯。」顏明德回了一句。

「哈哈，朕問你景致真是白問了。走，喝酒去！」楚元帝率先走進閣中。「坐！今日就如當年一樣，把酒言歡吧。」

顏明德也沒猶豫，一屁股坐下來。「當年聖上沒少賜臣美酒。」

「當年你和阿洪兩人，兩天一小鬥，三天一大鬥，朕每次要跟你們說和，就拉你們喝酒。」楚元帝回憶起當年，笑容多了幾分真心。當年奪嫡艱險，日子難過，但是顏明德和楚洪沒少惹事，也沒少為他解圍。

「嚐嚐這酒，這也是西昌送來的，是葡萄酒。」

顏明德喝了一口，皺了濃眉。「甜的？」

「哈哈，怎麼？不喜歡？」

「聖上，這酒臣不喜歡，還是烈酒好喝。」

「這次你帶兵去兗州解圍，顏寧帶著五千士兵守住了安城，顏烈帶人追敵數百里，一舉奪回虎嘯關。明德，朕這時候把你召回來，你是不是有怨言？」楚元帝不再提酒，直接問道。

「聖上有旨，臣只知領旨。要說怨言麼，聖上，說實話，臣當然是有的。不過臣打仗也不只是為了軍功，而是為國守土開疆，您不讓臣打，不能從北燕手裡拿點土地回來，臣心裡不舒坦。」

顏明德直陳有怨，楚元帝倒是更放心了些。「知道朕為何給你喝這葡萄酒嗎？別看這酒是甜的，後勁卻不小。」他緩緩給自己倒了一杯，又擺手讓閣中伺候的太監宮人退下。「明德，朕這一年來，身體日差，只怕沒幾年活頭了。」

「聖上——」顏明德嚇了一跳，抬眼看楚元帝，只見楚元帝臉色有些蠟黃，眼皮耷拉，是有些精神不濟的樣子。「聖上，您正值壯年，臣還等著您帶臣打下北燕呢。」

當年，楚元帝登基時，送顏明德去玉陽關鎮守，親口說總有一日要從玉陽關往北，打下北燕。

楚元帝也想起了當年的話。從他登基後，忙著填補國庫，忙著富國強兵，打下北燕的壯志無一日或忘，只是，有生之年，還能上馬嗎？

楚元帝從未上過沙場，卻一直希望御駕親征，將北燕變為大楚的北疆。他搖了搖頭。「打下北燕這事，朕可能做不了啦。」

「聖上龍體安康，會長命百歲的！」顏明德有些哽咽。

「跪什麼，起來！朕今日找你，可是喝酒來的。」楚元帝扶起顏明德。「朕登基以來，抄了封家、宋家，還滅了不少人九族，有人說朕殘暴不仁，但朕也輕徭役、減賦稅，聽說也有百姓說朕是仁君。朕自己想了想，還是有事沒做完啊。」他的聲音越來越低，最後一句，恍如耳語。

但顏明德習武之人，耳聰目明，只是他還是神色不動，恍如未聞。

楚元帝卻不再說了，讓人換了烈酒上來，拉著顏明德喝酒吃菜。「這酒，就當是朕為你擺的慶功酒了。」

顏明德謝恩之後，也不推辭，酒到杯乾，一輪下來，已經有些酒酣耳熱。喝掉兩壺酒後，顏明德停下來，打了個酒嗝。「聖上，臣不能喝了，再喝就要醉了。」

「你當年可是能喝三大罈酒的。」

「好漢不提當年勇，臣如今可老啦。」

「有人說顏家擁兵自重，意圖不軌。明德，你怎麼說？」楚元帝忽然掉轉話頭，問了一句。

顏明德瞪大虎眼。「什麼人胡說八道！」他有些搖晃地起身，醉態微露。「聖上，您說臣冤不冤？年輕時候手握重兵，不想著謀反，如今臨到老了，天下太平，臣一身傷病，倒有人說臣要謀反了。」

顏明德說著，一手拉下自己的外袍。夏日炎熱，他本就只穿了內衣外衫，這一拉，襟扣鬆了，露出大半個胸膛和肩膀，身上傷痕累累。心口一處刀傷，明顯是舊傷，可那刀疤卻不褪。

兗州此次中毒的箭傷，因為爛了一大塊肉，如今新肉還未長好，肩膀那裡凹了一塊下去。

「到底什麼小人冤枉我，我找他評理！聖上，您說說，臣要謀反，還不得惜命啊，沒命了臣謀反個屁啊！」顏明德拍著心口喊。他嗓門本來就大，如今這一喊，院外守著的侍衛不知發生何事，嚇得衝到閣門口，試探地叫了一聲「聖上」。

「退下！」楚元帝呵斥一句，連忙拉住顏明德，順手幫他拉好外袍。「你這暴脾氣，還是沒改啊！顏烈和顏寧估計就像了你，朕還不知道你嘛。」

顏明德拉好衣衫，梗著脖子道：「聖上，沒功勞臣不委屈，被人誣告臣也認了，誰讓顏家手裡有兵呢？只要聖上明白顏家的忠心，臣就無怨。」

他說得斬釘截鐵，楚元帝看到他身上的傷痕，不由有些慚愧，這些傷痕裡，有當年護他而留下的。當年奪嫡之時，多次暗殺，都是顏明德拚死護衛他才脫險。

「朕自然不信，已經駁斥了那些人。」楚元帝只好繼續安撫道：「你當年是暴脾氣，阿洪當年是謀定而後動，你跟阿洪要是做了兒女親家，倒是熱鬧。」

「楚謨那張臉，太娘了！」顏明德嫌棄地道。

「不過，顏寧打擂臺贏了，這要不嫁給楚謨，別人不知道的，以為是楚謨看不上寧兒呢！」

「聖上，臣先把話跟您撂這兒了。楚洪那老小子，要是敢說看不上寧兒，我就跑南州砸了他王府！」

「你放心，顏寧是朕的姪女，朕肯定幫她作主！」楚元帝許諾道。

一頓酒，喝了近一個時辰，最後，顏明德喝得有些多了才作罷。

第五十四章

第二日早朝，楚元帝誇獎顏家父子此次救援之功，眾人沒想到的是，林天虎居然也獲得元帝稱讚。

楚元帝稱讚林天虎抵擋北燕的功勞，同時，卻又把陳侍郎帶回的萬民摺丟給他，讓他上摺自辯。對於林天虎兵圍州牧府、意圖加害顏家父子之事，元帝隻字未提。

林天虎本來是打算顏明德父子要是告自己暗害，自己就拿顏寧矯詔之事說話。現在，顏家未告狀，他不知該如何提了？若是此時他告顏寧矯詔，那楚元帝問起矯詔詳情，他就得解釋兵圍州牧府之事。

一個早朝又捧又壓，林天虎不知楚元帝這意思，是打算嚴懲自己，還是要放自己一馬？林文裕也有些摸不準元帝此舉到底何意？他三個兒子，如今只剩這一個了。

他嘆了口氣，早朝後，帶著林天虎追上楚昭業。

此時早朝剛散，朝臣們三三兩兩而行。

林家父子還未開口，楚昭業看了一眼。「舅舅，到我府裡坐坐吧。二表哥也多年未見，一同聊聊去。」

林文裕和林天虎知道，這是回去再說了，自然連忙答應著跟上。

楚昭業邊走，心裡邊嘆息。林天虎在兗州本就養尊處優，顏寧卻更促狹，這一路送他回來，讓人每天盯著他吃飽喝足，還裝在油布馬車中，風吹不著，日曬不著，就跟吹發的白麵饅頭一樣。

今日上朝，楊宏文那張臭嘴，看著林天虎，讚嘆了一句「兗州的山水真養人啊」。這話乍聽也就是句笑話，若是深思，卻意味無窮。

幾人一路無話地回到三皇子府。

楚昭業徑直回到書房坐下，林文裕和林天虎也跟著落坐後，李貴將伺候的人帶下去，自己守在書房門口。

「二表哥，你上個認罪摺子，辭官吧。」楚昭業也不客套，直接建議道。

「好——啊？殿下，這是為何啊？聖上今日未曾怪罪啊。」林天虎答應一聲，才反應過來楚昭業是讓自己認罪辭官，這怎麼能行？

林文裕也有些不願意。「殿下，沒有其他法子嗎？」

「舅舅，二表哥沒將顏家父子殺了，如今的局面就是後患。如今，我父皇還是讓二表哥自辯，二表哥就挑揀著萬民摺中的罪名，認幾條，推幾條，認罪辭官，才能保命。」

「殿下，臣……我……那萬民摺裡的罪證，都沒啥證據啊，那些人證根本不足為慮。」林天虎狠狠地說了一句。大不了派人回去，照著摺子上的名字滅口也就是了。

「萬民摺裡面的人好滅口，那何氏呢？」楚昭業重重問道。

「那個賤人……等我找到她，將她活剮了。」

「何氏在顏家的手裡。二表哥，舅舅派出幾批人都找不到何氏。你先回去吧，想想我剛才說的話。」楚昭業看他不服氣的神情，懶得再費唇舌。

「殿下，殺顏家父子，還有北燕的事，可都是您……」林天虎這幾年在兗州，說一不二，儼然是土皇帝一個，怎麼捨得辭官？

他做這些殺頭的事，可都是為了楚昭業這皇子，事發了，這三殿下想置身事外？

「逆子！胡說八道什麼！」林文裕跳起來，一巴掌打在林天虎臉上，將他的話給打斷。

「你給我滾回去，立即寫認罪摺子！」林文裕一巴掌打完，又踹了一腳，將他推到書房外。「馬上滾回去！待我回家，要看到你寫好的摺子。」

林天虎心裡再不服，親爹還是怕的，草草行了個禮，轉身走了。

「殿下，您不要跟他一般見識。」

「舅舅，二表哥說得也沒錯，到底是為了我！」楚昭業幽幽地低沈著聲音說了一句，語氣似嘆息。

「不，殿下，是這逆子利慾薰心！只是殿下啊，今日早朝聖上不發落，我這心裡沒底。」

「舅舅，您回去後，先讓人將天龍表哥家的孩子們都送走吧，我擔心二表哥會闖禍。」

楚昭業看了林文裕一眼。有些話，他不能告訴這個舅舅。昨日泰文殿見駕後，他這心裡一直有個猜測，如今，這猜測變成了事實。

他的父皇，已經決意讓楚昭恒繼位。或許，是因為發現保太子的人越來越多，他若露出廢儲的念頭，萬一太子也來個兵變，那這京城裡，或許真無人能擋。再說，太子楚昭恒這兩年的表現，中規中矩，讓楚元帝無可挑剔。

而楚元帝，一向是個冷靜自持的帝王，一旦下定決心要讓楚昭恒繼位，他為了大楚朝廷穩固，必定會幫太子拔除些障礙。

他，目前就是元帝想要拔除的障礙，而林家，楚元帝是絕對不會留了。

原本，他打算保下林家，可剛才林天虎說了那些話，保林家和保林天虎是兩回事。如今，他的處境都岌岌可危了，他怎麼還能保下林天虎這種渾人？

再說，林家，也無用了！

他又接了一句。「二表哥上了摺子後，您就稱病，也辭官吧。」

林文裕聽到楚昭業的話，心中一陣發緊。「殿下，難道林家要……」

「舅舅，我說的是最壞的打算。您辭官，我父皇看在您往日勤政的分上，再加上我和母妃求情，必定會從輕發落。何氏手中的密信，是要命的東西，趁我父皇還未拿出來，不如先退一步吧。」

「殿下，不如臣再派人試試，若能找到那何氏和那封密信呢？」林文裕知道，楚昭業的意思是讓他棄官保命。

他有些不甘心。這麼多年，為的就是讓林家更上一層樓。

楚昭業點頭答應了。「三日內若找不到，舅舅就趕緊謀後路吧。」

林天虎回到家中，又氣又恨，只好借酒澆愁，他喝得醉醺醺的，拉著馬氏的手說：「夫人，他竟然叫我辭官，讓我滾回家做個平頭百姓！妳說——呃——妳說他有沒有良心！」
「老爺、老爺，你喝醉了！」
「醉什麼！我沒醉，我告訴你們，老爺沒烏紗帽了，你們——你們也好過不了！哼哼，都是何氏那個賤人；還有顏寧那個賤人，把人藏哪兒去了！要是找到，就沒事了，沒事了……」林天虎在院中罵罵咧咧，最後，終於喝醉躺倒了。
馬氏讓人扶他到床上躺下，走出臥室門，看到自己的兒子站在門口。
「大郎，你什麼時候來的？」
「母親，父親真不能當官了？」林大公子問道。「我們都在京城了，為什麼還不去找顏寧、顏烈算帳？表舅不是皇子殿下嗎？姑祖母不是宮裡的娘娘嗎？」
林大公子是含著金湯匙出生的，他從小聽說的就是林家家世顯赫，宮裡有寵妃娘娘，還有一個被人推崇的皇子表舅，自己父親是兗州最大的官。如今回到京城，沒有玩伴，出門沒有人前呼後擁，更沒人見到他就磕頭巴結。
如今林府裡，林文裕的夫人楊氏當家，而老太君對林天龍、林天豹的幾個孩子寵愛有加，但林天虎這一房的孩子到底不是在老太君眼前長大的，論起寵愛就差了幾分。
林大公子今年才十一歲，這種由天上掉到地上的感覺，讓他無法適應。
「大郎，你不要胡說，這都是大人的事。」馬氏有心想告訴兒子，林家宮裡有依仗，顏家宮裡還有皇后娘娘呢。只是，自來寵愛的孩子，哪忍心給他頭上澆冷水。
「大郎，你才回京城，帶人出去玩吧。」馬氏給兒子銀子，讓他出門散散心。

「哼——」林大公子接過銀子，氣得扭頭就走。

林大公子出了府，帶著小廝們逛一圈，逛到醉花樓上，喝酒、聽曲，看雜耍取樂。尤其是醉花樓的雜耍，驚險好看，一邊叫好一邊喝酒，等他看得盡興，已經喝得酩酊大醉。

小廝們本想叫馬車來，林大公子甩開小廝的手，搶過馬鞭踉踉蹌蹌地上馬，放馬揚鞭，只把京城當成了兗州，在大街上飛奔起來。此時，大街上正是人多的時候，他這一衝，街頭貨擔被踢倒，滿街的人四處躲避。

一家脂粉鋪前，一個孩子被人流撞倒在地上，嚇得大哭起來。

「大公子，小心！別傷著！」林家小廝追在後面，只怕他有個磕碰傷到。

林大公子被風一吹，腦子也清醒了些，回過神就看到馬前有個孩子，總算記得這裡是京城，連忙拉韁繩。

脂粉鋪裡有個戴著帷帽的女子，正好走出店門，看到那孩子，大叫「小心」後衝了幾步，她後面的兩個丫鬟看自家姑娘就這麼撲出來，嚇得連忙跟上。

那姑娘還沒衝到倒地的孩子那兒，林大公子忽然拉緊韁繩，那馬吃痛之下，轉了方向，直直向這個姑娘的方向衝去。

「姑娘——」

「救命啊——」兩個丫鬟慘叫起來。

那戴著帷帽的女子卻嚇傻了，不知移動。

眼看馬兒就要撞上人，旁邊一隻拳頭打在馬眼上，硬生生將那馬給打得轉了頭，撲通一下倒地，嘶鳴幾聲死了。

林大公子的腿被壓在馬兒身子下，痛得哎喲叫喚。

他的小廝們總算趕過來。幾人合力將那馬移開，林大公子站起來，腳有些崴了。

他剛想怒罵，剛才那女子卻衝到他面前，指著他喝問：「你是誰家子弟？京城街頭竟敢縱馬，差點鬧出人命！你當京城沒有王法嗎？拿到大理寺去，按大楚律例第三卷二十七條，治你惡意傷人之罪！」

那女子義正詞嚴，說起大楚律，居然還能指出林大公子犯了哪卷哪條。

林大公子被她指著鼻子罵，愣了片刻，才回過神來。「哪裡來的潑婦，居然敢罵本少爺，妳知道我是——」

他剛想大叫「妳知道我是誰嗎」，邊上一個聲音出面道：「知道什麼？知道你是什麼東西？」

那聲音，林大公子聽了只覺後背生寒，一轉頭，就看到顏烈站在那兒。

見他看過來，顏烈甩了甩胳膊，對著拳頭吹了口氣。顯然，剛才那一拳打死飛馬的人，正是他。

一看到顏烈，林大公子只覺又怕又懼，渾身都作痛起來。

林大公子身邊一個老成的長隨忙走上來，對顏烈作揖問好。「顏二公子，我家大公子不是有心的，只是馬一時受驚，多謝您及時援手……」

「不是有心，也有管理不當之罪，按大楚律第二卷民事卷，牲畜傷人，主人有責。」那女子又說了一條罪。

那長隨愣了，這女子是誰啊？

顏烈也有些驚訝。

那女子戴著紗巾長度及膝的帷帽，大半個人都蓋起來，聽聲音應該年紀不大，受驚之下，沒有嚇哭，還能井井有條地說人犯了什麼律條，倒是膽大有趣。看她穿戴，再聽她說話，感覺是個嚴謹自律的姑娘。

這時，大理寺接到人報案，有五、六個差役走過來。他們不認識林大公子等人，卻是認識顏烈，所以，走上前來請安道：「二公子，聽說這裡有人縱馬傷人，我家大人派我們來看看。」

「按大楚律，大理寺差役辦差，應該先拿出文書和權杖。」那姑娘又說了一句。

這幾個差役不知這姑娘是什麼來頭，不敢呵斥，差役頭兒賠笑說：「姑娘教訓得是，小的糊塗。這是小的奉令文書和權杖。」

「就是那個，你們帶回去吧。剛才這位姑娘說了，這位林大公子犯了大楚律第三卷二十七條，讓你們游大人好好查查。」顏烈對林大公子方向努努嘴，複述那姑娘的話。

「這位公子，請跟我們走一趟吧。」大理寺的差役走到林大公子面前，伸手一請。

林大公子讓兩個小廝抬著他離開。他寧可委屈些跟著大理寺的差役走，也不要站在顏烈面前。跟顏家人一起回京這一路上，吃的苦、受的驚嚇，讓他看到顏烈就渾身僵直。幸好顏寧不在，倘若是顏寧在，他就要哭著求大理寺的差役把自己帶走。
那姑娘還想說話，後面的丫鬟哀叫一句。「姑娘，夫人交代過——」
那女子略轉了轉頭，好像還在喃喃自語，只是聲音低得讓人聽不清。
顏烈看人被帶走了，轉頭看看那女子。「喂，妳沒事吧？可以走吧？」
那女子搖搖頭，人忽然往邊上一歪，她歪倒的方向，正是顏烈這邊。
顏烈伸手拉住，又想起男女授受不親，連忙鬆手。這一鬆手，那女子卻直接往地上倒去。他不能眼睜睜看著人臉著地，只好又伸手拉住她胳膊。
一停一頓之間，那女子的帷帽落地，露出一張蒼白的小臉，嘴唇不停開合著。臉上神情應該是受驚嚇後的蒼白，兩隻玉白的手死死絞在一起，眼睛直瞪瞪地看著身前的地。
那女子的丫鬟，一個忙上前扶人，另一個撿起帷帽，給自家姑娘戴上。
顏烈有些目瞪口呆。他練武之人，耳力很好，那女子嘴唇不停開開合合，居然在背大楚律？這女子莫不是有病吧？
剛才他在街道對面，看到有孩子要被馬踩了，想要救人，就看到這女子衝出來。待馬轉向，她卻不動，才發現這女子不懂武功。
等馬倒地後，這女子振振有詞地說律法。他還以為這女子和寧兒一樣膽大，結果看她現在這樣，分明是驚嚇得失神了。
尋常女子嚇到不是直接暈倒或尖叫嗎？這女子沒叫救命，沒有暈倒，居然在背大楚律？真是個怪人！

顏烈有些不知所措。他和這女子素不相識，站邊上好像不適合，可人家癱軟在地，身邊又只有兩個小丫鬟，他要是甩手走了，萬一出點事怎麼辦？

「那個——妳們是哪個府上的？我幫妳們叫輛馬車。」他問一個丫鬟道。

「我們就是來這兒等家裡的馬車過來的。」一個丫鬟說道。

這時，那女子已經緩過氣來，扶著丫鬟的手站起來。

「請這位公子稍等。」她有禮地說了一句，又扶著丫鬟的手走回身後的首飾鋪子。

顏烈不知還有何事，只好站在店門前。那女子過了好一會兒才出來，顯然是重新梳理過，連裙子的皺褶都撫平了。

她走到顏烈身前，蹲身行禮。「多謝公子相救，家父官居御史中丞，不知公子如何稱呼？好讓家人代為致謝。」

御史中丞？

「妳是楊二本的女兒？」顏烈腦中轉了一圈，想起這女子身分，一句話脫口而出。隨後又想起對著人家女兒叫人家父親的外號，有些不恭，咳了一聲。「原來是楊中丞家的姑娘，不用多禮。那個，那是妳家的馬車吧？我先走了。」

他看到一輛有著楊府標記的馬車過來，知道沒事了，連忙閃身走人。

楊二本恩將仇報，楊二本的女兒竟然有怪病！

顏烈想到剛才這姑娘閉目喃喃背大楚律的樣子，就想笑。再想起見過幾次楊二本的兒子，那個嚴謹啊，難怪楊二本參奏別人違法頭頭是道，敢情他們家裡，拿大楚律當閒書看？

這女子正是楊宏文的女兒楊瓊英，她自報家門後，這公子居然一下就跑沒影了，令她有些目瞪口呆。

這人不是有病吧？真是個怪人。

幸好，顏烈在京城，是很出名的人，楊瓊英的丫鬟一打聽，就知道這是顏家的二公子，大名鼎鼎的顏烈。

兩個丫鬟扶著自家姑娘上了馬車，回家後沒敢隱瞞，一五一十向楊宏文的夫人安氏稟告。

安氏連忙讓人套車備禮，要去顏府道謝。到了顏府門前，安氏讓身邊的人上前遞名帖報了家門，顏府門房的臉色就不太好看了。

楊二本家的夫人，來顏府幹什麼？

在顏家下人眼裡，楊宏文這個御史中丞絕對是忘恩負義的典型。

這門房還因為沒拴好狗的事，被好一頓責罰呢。不過，他一個做下人的，也只敢心裡嘀咕。

秦氏聽說楊宏文的夫人安氏來訪，也有些意外，她連忙讓人快請。她聽人說過，安氏和楊宏文是貧賤夫妻，她出身農家，楊宏文發跡後不忘本，與髮妻恩愛相守。在京城貴婦圈中，說起這位安氏，說她好的，都稱讚她性情平和溫順，就是話少了些，人也老實；說她不好的，就會取笑她土氣、出身低賤、粗俗。

安氏讓人送上禮品，感激顏烈救了自家女兒。「多虧顏二公子，不然小女只怕免不了重傷，這些薄禮，是我們的一點心意。」

秦氏聽她說得懇切，看東西也不多，不多推辭，讓王嬤嬤去接過來。

王嬤嬤一看，差點笑出聲來。這果然是薄禮啊，沒見誰家感激別人救命之恩，居然是送幾包土產的。

安氏也是無奈，她出門時剛好遇上回家的楊宏文。

楊宏文聽說她要往顏家感謝救命之恩，直說顏家此時剛受聖上稱許，不宜風頭太過，將她準備的半車禮品，減啊減，就減成這幾包了。自家老爺不通庶務，她有心等老爺走了再增添些東西，沒想到楊中丞還親自看著裝車，送她出門。

禮送到了，也致謝過了，自家夫君還頂著忘恩負義的名頭，安氏有些侷促地說：「那個……顏夫人，我先告辭了。」

秦氏聽顏明德提過楊宏文的性子和為人，後來又有顏寧跟她分說，所以在心裡，她對楊宏文一家是親近的，安氏難得上門，她連忙留客。

「本就是來感謝二公子的，今日真是多虧了他，不然那馬要撞上了。」安氏翻來覆去就說這句話。

「臨危救助，本是應該的，楊夫人別說這客氣話。我家這兒子，粗魯頑劣得很。」

「二公子這人心好，還能幹。我家老爺都誇說恩公家的子女，個個都是好人，他還要我家瓊英多學學顏姑娘呢，說這樣才不會吃虧。」安氏一張嘴，說起楊宏文在家說過的話來，不知不覺就說多了。

兩人倒是聊得投機。安氏直待了近一個時辰，外面又有人來報有客上門了。「哎呀，耽擱您這麼久，我先告辭了。」

安氏這才發現居然說了這許久，不好意思地告辭。

秦氏有些無奈地笑。「還想留您好好說話，今日看來是不行了。」她本想說以後有空多來家中走動，又想起楊宏文的避嫌，改口說：「以後有空了，我約夫人一起出門逛逛。」

安氏答應著，秦氏又親自送她出門。

安氏上了馬車。「今日來得不巧，沒想到顏夫人這麼忙。」

「聽說是這幾日上門保媒說親的多呢。」安氏身邊的婆子湊趣說。

「啊？顏姑娘不是打擂臺贏了，要嫁給鎮南王世子？這些人來保媒，不是白費功夫嗎？」安氏也是聽過顏寧的消息。

「不是顏姑娘，是顏二公子。奴婢聽說，顏二公子還沒訂親，京城不少人家都想嫁女呢。今兒來的幾個夫人，要麼是自家有女兒的，要麼是幫人保媒的。」

原來是說親。提起親事，安氏想起楊瓊英的婚事，這事一直是她的心病。她和楊宏文也不求男方門第，只求男方人好對女兒好，家中人口簡單，家境只要過得去就行。

只是，京城這裡，有幾家是人口簡單的啊？這就少了一批人家。

為官的上門提親，楊宏文還要看看人家官聲如何，這又少了一大塊。

好不容易遇上適合的人家，一相親，人家夫人恭維楊宏文為官公道，楊瓊英很實在地說，按大楚律，御史風聞奏事當不得公道二字，刑官才能當得公道二字。這還如何相親啊？

楊瓊英針織女紅樣樣出色，相貌也不錯，也會操持家務，只是性子有點迂腐。相親幾家後，如今都沒人上門提親了。

安氏心裡怨怪楊宏文，沒事就在家讀大楚律，別人家女兒看女誡，自家女兒倒好，背大楚律。

安氏有安氏的苦惱，秦氏也有秦氏的苦惱。

晚間的飯桌上，秦氏跟顏明德抱怨顏烈的親事，他這個做父親的一點也不上心。

顏烈聽母親說著這家姑娘如何，那家姑娘如何，聽得頭都痛了，想找個藉口開溜。

顏明德聽得頭大，一聽顏烈要走，一把提回來。「你的終身大事，怎能不聽聽？」

秦氏難得覺得顏明德做事合自己心意，點頭數落顏烈，魯莽闖禍，和人打架，末了想起今日安氏來感謝的事，終於稱讚一句。「今日你救了楊家姑娘，這事做得不錯。男子漢大丈夫，就該救人於危。」

「楊家姑娘？怎麼了？」顏明德還不知道這事。

秦氏將安氏來訪的事說了一遍，顏明德也難得點頭稱讚兩句。

顏寧聽母親提起楊瓊英，想起聽人說起楊瓊英的事，閒話了幾句。

顏烈聽到顏寧提起楊瓊英的「耿直」，想起那個臉色發白背大楚律的女子，有些好笑，顏明德和秦氏也有些愕然。

「這楊姑娘居然熟背大楚律？還真是個奇女子啊。看安氏性情和順不多話，楊姑娘這性子，一點也不像她母親。」

「哈哈，這性子倒有點像楊宏文，一板一眼。」顏明德點評道，又想起顏烈背大楚律來。「難怪當初楊宏文要聖上賜阿烈一部大楚律，莫非楊家孩子犯錯，都是罰背律條？」說著，視線往顏烈和顏寧身上掃去。

顏烈跳起來。「我回去看兵書。」

顏寧跟著站起來。「我去盯著二哥看兵書。」

「我何時要妳盯著了？」

「沒我盯著，你能看得進書？」

顏烈和顏寧兩個就這麼鬥著嘴，跑了出去。

「這兩個的性子，是隨了你。」秦氏嗔怪了顏明德一句，起身讓人收拾飯桌。

「老子小時候沒阿烈這麼笨，不過，也沒寧兒這麼聰明。」顏明德坐了一會兒，給了自己一個公正的評價。

為著顏烈的婚事，秦氏天天在家待客，她厭煩不已，正想著如何躲個清靜的時候，收到了武德將軍家的帖子。

原來武德將軍家的余老太君打算在報國寺作幾日法事，給幾家世交的人家下了帖子。

秦氏接到帖子，讓王嬤嬤準備了禮品等物去報國寺隨喜。她索性又到秦府邀了王氏和秦婉如，帶上顏寧、顏烈一起出門。

顏寧對講經說法是一個字都聽不進去，所以一到報國寺，以李錦娘找她為藉口，拖著秦婉如走了。

秦氏和王氏都知道她的性子，反正也拘不住，便由她去了。秦氏只叮囑婉如看著顏寧些，不要讓她太過出格，秦婉如當然是連聲答應。

顏烈一個男子更不會進去聽經。他閒著無聊，找周家人打聽到周玉昆兄弟倆正在後園男客那邊待客，便走過去。

顏家與周家相熟，顏烈經常與周玉昆、周玉侖一起遊玩，所以周家的下人們聽他說不用帶路，也就去忙自己的事了。

反正因為余老太君要作三日法事，報國寺這三日暫不接待其他香客，顏烈一路過來很是清靜。他走著走著，轉到了報國寺涼亭那邊，透過花木，看到那邊是幾個年輕女子，剛想避開，忽然聽到傳來的說話聲提到自己，不由停下腳步。

「你聽說了沒？昨日安氏去顏家了，可能想為楊瓊英向顏家二公子提親呢。」

安氏？楊瓊英？

顏烈想起昨夜母親說的話，原來楊宏文的女兒叫楊瓊英啊。昨日明明人家是來感謝他救命之恩的，這些女子真是胡扯！

「不會吧？他們家還想跟顏家結親？」

「今年選皇子妃，那楊瓊英聽說沒選上呢。或許本來想嫁到皇家落空了，就想著攀附顏家。」

「這種人，好不要臉。」

「就是，和顏寧一樣，她不也高攀上了楚世子！」

顏烈聽這些女子嘲笑妹妹，手中拳頭發癢，有些怒氣，肩膀一動就想走過去，旁邊一隻手拉了他一把。

顏烈嚇了一跳，轉頭發現是楊瓊英站在自己邊上。他聽得太專注，竟然連個女子靠近身邊都沒發現。

顏烈有些惱火。這若是在沙場上，自己不得死幾百遍了？

楊瓊英不知他心中想什麼，以為他惱火自己拉住他，鬆了顏烈的衣袖，輕聲道：「女子輕口薄舌，二公子是堂堂男兒，怎能和她們一般見識？」

顏烈剛才也是一陣怒火上頭，被攔了一下，怒火也熄了。論吵架他吵不過，若打架，他可不打女人啊。

楊瓊英今日也跟著母親來報國寺，安氏在前殿聽經，讓她到後院來和其他姑娘們一起玩。

她走進報國寺後園，遠遠看到這邊涼亭，走到邊上，就看到顏烈滿臉怒火，隨後就聽到那些女子的話。看顏烈氣紅了臉要衝過去的樣子，她連忙攔住。

自從街上被顏烈救下後，她如今也和自己父親一樣，對顏家是敬仰感激，當然不希望顏二公子名聲有缺，所以，顧不得男女有別，走過去幾步拉住他。鬆開衣袖後，她才覺得自己魯莽，有些臉紅。

剛才那些話裡，將他們兩人給編排一番，顏烈一時不知該說什麼，楊瓊英也不知說什麼好。

兩人沒說話，涼亭那邊的聲音卻還傳來。
「就她那性子，上次她與我姨母家的大表哥相看，那個傲氣喔，張口就問我表哥文章如何？」
「啊？她以為她是誰，難道也想來個比試招親啊？」
「我父親說楊二本恩將仇報，也就是顏大將軍心胸寬廣，不和他一般見識呢。」
「就是、就是，我也聽說了，楊宏文是卑鄙小人，楊家這種人品……」
「啊，誰打我？」正打算繼續訴說楊家人品如何的女子，一聲慘叫。
涼亭中三、四個女子都有些目瞪口呆。
顏烈也有些目瞪口呆。剛才還拉著不讓他衝過去的人，自己卻衝進涼亭去打人一耳光？
顏烈看看自己這裡和涼亭那邊的距離。誰說這女子不會武功？這速度，好快啊。
被打的女子認出了楊瓊英，尖叫起來。「楊瓊英，妳竟敢打我！」
「背後論人短長，長舌婦！」楊瓊英仔細看了亭中的幾個姑娘一眼，指著剛才說楊宏文恩將仇報的姑娘，道：「妳不要臉，和我家結親不成，到處背後中傷我們家！我母親還說，幸虧當初沒和妳家結親！」
那女子面紅耳赤地叫道：「呸！妳胡說什麼？」
旁邊一個女子拉住這女子。「和她吵什麼？她自己一把年紀還嫁不出去呢！」
那女子反應過來，點頭道：「就是啊，今日妳母親又帶妳來相親了？」
楊瓊英看了這兩人一眼。「我今日是跟著母親來拜訪余老太君的。今日不相親，過幾日要相親。」

顏烈聽她實在地說過幾日要相親，就有些想笑。

那兩個女子本來也想笑話她，楊瓊英卻又接了一句。「妳們兩個相親了這麼多家，有沒有訂親啊？」看她們沒回話，她又感慨。「該不會找不到能相親的人家了吧？」

她一臉就事論事的模樣，那兩個女子卻是又羞又氣，恨不得撕爛她的嘴。

「妳——我和妳拚了！」剛才被打了一耳光的女子，爬起來往楊瓊英這邊衝過來。

那兩個被說相親失敗的女子，也乘機來拉楊瓊英的手。

這明顯是以多欺少啊，顏烈還在猶豫要不要上去幫忙，就聽到又有幾聲慘叫傳來。

顏烈目瞪口呆地看著楊瓊英大展神威，片刻工夫，兩個來動手的人，加上兩個來拉偏架的人，一下被她踹倒兩個。

那些姑娘們沒想到楊瓊英如此彪悍，一個哭著說：「我要告訴母親去——」一邊跑向前殿。

「阿月，妳慢些！」其餘女子佯裝勸慰地追上去。

轉眼之間，涼亭這裡，就只剩下楊瓊英和她的丫鬟。

顏烈咳了一聲，從剛才所站的地方走出來。「那個——她們回來找妳理論怎麼辦？」

「她們信口雌黃！按大楚律，無故詆毀朝廷命官，是要受罰的。」楊瓊英振振有詞地道。

她真將大楚律當成閨訓女誡讀？

顏烈忍不住笑出來，看楊瓊英轉眼疑惑地瞪著自己，又笑了幾聲，才憋住。「咳，咳咳，妳回頭去找我妹妹玩，就是顏寧，妳認識不？她一定喜歡妳！」他越想越好笑。京城閨秀裡，居然還有和寧兒一樣動手打人的？

「哈哈，我是說真的，我妹妹一定喜歡妳！」他忍不住又笑起來。

楊瓊英卻沒理他，忙著讓丫鬟幫忙，躲到涼亭的大柱子後整理衣裳髮髻。不過片刻工夫，再出來時，又是剛才那副模樣，髮髻紋絲不亂，衣裳連個褶子都沒有。她盈盈對顏烈行了個福禮。「昨日街頭多謝顏二公子相救，先謝過了。」

顏烈看眼前這有禮斯文的姑娘，和剛才以少敵多的架勢，好像換了個人？

「沒事、沒事，應該的。」說著還是有些為她擔心。「那個……妳剛才打了人，要不要我幫妳作證？」

「不用，她們沒道理，她們犯了律條！」楊瓊英秀氣的臉上，一臉正氣。

顏烈看她那一本正經的模樣，忍不住指點。「按我打架的經驗，這種時候可不是講理的時候，是比慘的時候。」

「比慘？」

「對啊，誰看著更慘，誰就有理！」顏烈一副過來人傳授經驗。

他自小打架，不知跟多少人打過，每次他若被人打得鼻青臉腫，秦氏就不管誰先動手，忙著給他治傷。若他一點事也沒有，別人卻鼻青臉腫，那就不得了。秦氏罵完，還會讓顏明德罰他。

楊瓊英聽了顏烈的話，認真想了想。「這樣是不對的。法有云，無故鬥毆者兩邊俱罰，若一方犯了律條，則按律處置。」

楊瓊英還想再說，她的丫鬟急了。「姑娘，我們要不也回去找夫人吧？那些人回來，看到顏二公子在這裡，那可怎麼好？」

顏烈才想起剛才那些姑娘說的話，自己站在這裡，若是被人看到，的確對楊瓊英不好。「那個……我先走了，妳別怕！我找人幫妳！」

他說著，快步離開了，嘴邊還是沒忍住笑意。這姑娘，太有意思了！

很快，安氏就派人找過來。

楊瓊英帶著丫鬟到了前殿客房，安氏坐在那兒，剛才被打的幾個姑娘和她們的母親也在。她進去後，向安氏請安，又向那幾位夫人行禮。

被打了一耳光的姑娘，往自己母親身後躲了躲，那夫人陰陽怪氣地道：「哎喲，不敢當，楊姑娘如今也是御史了，開口閉口律條。安氏，我家姑娘犯了什麼法，要被打啊？」

安氏剛想張口，楊瓊英卻道：「您家姑娘信口雌黃，詆毀我爹。無故詆毀朝廷命官，按律是要重罰的。為人子女，若不知維護父母名譽視作不孝，不孝是犯律條的。您家姑娘詆毀我爹，我若不為父親正名，就是不孝。」

安氏不信女兒會無故打人，現在聽楊瓊英一說，明白了。

那夫人被楊瓊英一堆話繞了一圈，她一揮手。「妳胡說八道什麼？我問的是妳怎麼敢打我女兒！」

「夫人，我不是告訴妳了？我若不打您女兒，我就是不孝，不孝是犯律條的，若是進大理寺，輕者杖刑，重者流放，我怎麼敢不打？」

「妳……妳……妳打人還有理了？」那夫人氣得手都抖了。

門外卻傳來鼓掌聲，還有人叫道：「有理！」

有人竟敢公然挑釁？

幾位夫人忍不住轉頭看去，只見顏寧拉著惠萍姑姑站在門外。房中的夫人們，一看是皇后娘娘身邊的親信女官，聲勢不由小了。

顏烈說找人幫忙，想了一圈還是只能找顏寧，一番求告，終於讓妹妹答應。

顏寧正想著如何幫，看到惠萍姑姑來為姑母送賞，將她拉來了。她走進房中，拉著楊瓊英的手說：「楊姑娘真是孝順明理！我聽說今日有人詆毀我來著。楊姑娘，要是有人詆毀自己，該怎麼處置啊？」

「若是無故毀人閨譽，輕者杖刑。」楊瓊英毫不猶豫地說道。

「這樣啊——」顏寧的大眼在那幾個姑娘的身上溜了一圈，那幾人立時有些瑟縮起來。這才想起來，自己剛才在那涼亭中說話，可還牽帶了顏家。

她們幾個人瞪著楊瓊英，暗恨她卑鄙，竟敢到顏家人面前挑撥離間。

惠萍姑姑是在宮中混的老人精，哪會不明白顏寧拉著自己說話的意思？她笑著走進來，作勢要向在座的幾位夫人行禮，大家哪肯受她的禮，都起身謙辭。

惠萍姑姑拉著顏寧笑道：「皇后娘娘最疼寵姑娘，何人敢詆毀您的閨譽啊？」又看著楊瓊英笑道：「楊姑娘真是賢孝。」

安氏和楊瓊英都站起來，連稱不敢。

惠萍姑姑笑著對其他幾位夫人道：「余老太君要作法事，皇后娘娘命奴婢來送賞賜隨喜一二。幾位夫人這是聽經累了，在這裡歇息嗎？前面又開始講經文了呢。」

那幾位夫人聽了顏寧剛才的話，知道自家女兒說的話有所隱瞞，惠萍姑姑又送了臺階過來，此時不走，未免太不識趣。

安氏被人拉著告狀，還未明白來龍去脈，這些人又呼啦一下走了。

惠萍姑姑看房中只剩下安氏和楊瓊英一家，笑著對顏寧說：「表姑娘，沒其他吩咐的話，奴婢要回宮覆命去了。」

「我送惠姑姑出門！」

惠萍笑著連說「不敢」，兩人就走了出去。

第五十五章

顏寧送走惠萍，回頭找楊瓊英，拉著她去後園和秦婉如等人一起玩。

秦婉如聽說楊瓊英對大楚律倒背如流時，好是佩服，又疑惑道：「瓊英，妳為何要背大楚律啊？」

「妳也會打架啊？我二哥說妳以一敵四，都沒輸喔。」顏寧只對楊瓊英的英勇事蹟感興趣。

「我爹說，背好大楚律，走遍天下都有理。」楊瓊英回了秦婉如的問題，又對顏寧說：「我爹說，有理說理，理說不通就動手。不過我是女子，還是得說理為先。平時我不打人的，剛才那幾個詆毀我爹名譽，我若是不動手，是為不孝……」

「嗯嗯，明白了、明白了。」顏寧連忙點頭，打斷了她。若再不打斷，楊瓊英估計又要將律法說一遍了。

楊宏文原來是這樣教導兒女的啊，很有道理！顏寧也是大為佩服，暗自決定，回家後若父母再拿打架說自己，就將楊宏文這套話搬出來。

楊瓊英性情耿直，有一說一，很對顏寧胃口，兩人說話全是直來直去的脾氣，聊得不亦樂乎，最後分別時，倒是有些依依不捨的意味了。

回到馬車上，顏寧還在感慨，有個楊瓊英這樣的姊姊真不錯。

虹霓和綠衣守在馬車上，看顏寧一臉不捨，忍不住相視而笑。姑娘還真沒這麼說得來的閨中密友呢。

虹霓笑道：「可惜姑娘不是男子，不然就把楊姑娘娶回家好了。」

一語驚醒夢中人，顏寧噌地一下坐起來。「虹霓，妳那主意太妙了！」

「奴婢出什麼主意了？」

「把楊姊姊娶回來啊！哈哈！」

「姑娘，您沒瘋吧！」

「不是我娶，讓二哥娶，他一把年紀，該娶嫂子了。嗯，楊姑娘好，我喜歡！」顏寧嘮叨了一堆。

想想今日二哥來找自己，讓她去幫幫楊瓊英時，那副著急的神態，應該對楊瓊英也有好感吧？二哥性子太野，若有楊瓊英這樣凡事講規律、守律法的妻子規勸約束著，好像也不錯？

顏寧越想越開心，回到家中，迫不及待地跑到正院去，向秦氏推薦這個二嫂人選。

「楊家姑娘？」秦氏今日才第一次見到，回憶了片刻。「安氏倒是好相處，那楊家姑娘別的都好，就是性子會不會太古板了些？」

「母親，您看二哥那性子，古板點剛好管住他！」

王嬤嬤笑了起來。「夫人，到底是兄妹情深。您看姑娘說起二公子，不像說哥哥，倒像她是姊姊，二公子是弟弟一樣。」

一句話，說得秦氏也笑起來。「楊家倒也不錯，楊中丞低調正派，安氏好相處，那楊姑娘為人感覺也不是多事的人，而且聽說在家也是跟著操持家務的。等妳父親回來，我問問他去。嗯，這事也得妳二哥自己喜歡……」

「母親，我去問二哥……」顏寧坐不住了，風風火火又跑出去。

秦氏看自己一句話沒說完，顏寧就這麼跑了。「這丫頭，怎麼還是這麼毛躁啊！像什麼樣，一點也沒規矩！」

說完，她又忍不住笑。她剛才覺得楊瓊英刻板，不就是因為楊瓊英喜歡講規矩嗎？自己抱怨兒女沒規矩，又挑剔別人守規矩？

原本兒女親事，父母之命，媒妁之言。但是顏家，秦氏是個好母親，總希望兒女婚事如意，所以等顏寧回來說顏烈也挺願意時，她就讓人去把顏明德找回來，將這事說了。

顏明德聽說顏烈居然看上楊宏文的閨女，哈哈一笑。「楊宏文這傢伙，想跟我撇清關係，等娶了他家女兒，看他怎麼撇清！哈哈。」

秦氏看他也同意，就張羅著請王氏做這個媒人，上楊家先去探探話。

不想王氏回來，說楊家安氏倒是很願意，可楊瓊英不願意。她覺得顏烈必是因為街頭救她時拉了自己一把，為了她的名節才來提親。若是嫁給顏烈，就是挾恩圖報，她寧可終身不嫁，也不願意要脅恩人。

顏寧正陪在秦氏身邊，聽說楊瓊英居然以「要脅恩人」的名義拒絕，不由愣神。這是什麼鬼理由啊？

想到二哥還在等著自己好消息，她只覺頭都大了。算了，總得去說的。她一跺腳走出正院，顏明德迎面大步過來，看到顏寧，問道：「妳二哥呢？快叫他過來！」

顏寧看顏明德神色著急，這是出了什麼事？

顏烈很快就到了。

顏明德四下看了一眼，低聲道：「聖上今日早朝暈過去了！」

楚元帝的身體竟然這麼差了？

顏寧和顏烈相視一眼，等著顏明德繼續往下說。

顏明德嘆了口氣。「聖上的身子，今年本就不好，後來吃了金丹，現在診出丹毒。聽說在宮內也暈倒過，只是早朝上暈過去，還是第一次。聖上醒來後，下令讓我帶著妳二哥去玉陽關。」

顏寧明白了，楚元帝覺得自己身體孱弱，不放心顏明德待在京城。

「不是馬上走，再過些時日，等鎮南王進京後再走。」顏明德看顏寧有些擔憂，想起女兒的婚事還沒談呢，連忙道：「為父和聖上說了，總要等妳婚事定了，再離開京城，聖上也准了。」

「父親，女兒又不是擔心這個！」顏寧紅了臉，剛才她的眾多擔心中，確實是滑過這一條的。

顏明德難得看女兒害羞，也不揭穿。「聖上身子不好，父親帶著妳二哥去玉陽關後，家裡就靠妳了！」他鄭重地看著顏寧。「家裡的事，妳要幫妳母親料理，別讓她多操心。等鎮南王進京談好婚期，妳就安心待嫁。待為父到玉陽關後，打算讓妳大嫂帶妳姪兒回來住些時候，妳母親還沒見過孫子呢。」

大嫂秦可兒如前世一樣，生下了顏家長孫。

顏寧有些傷感地點頭，又問道：「父親，聖上昏倒後，三殿下有什麼動靜？」

顏明德知道她對楚昭業的忌憚。「如今太子殿下儲君之位穩固，最不希望聖上出事的，應該就是三殿下了。」

也是，楚昭業必定不希望楚元帝此時駕崩。

「今日林家父子上了認罪摺子，聖上對林天虎的摺子發了一通火，就是在發火的時候暈過去的。為父料想，林家是完了。」

「林家通敵賣國，這要還不完，天理不容了！」顏烈說了一句。

顏明德看著他，想起昨夜秦氏說的婚事。「阿烈，聖上讓我們盡快去玉陽關，你的婚事……你還年輕，要不就再等幾年吧？要是楊家先訂親，時間倒是來得及……」

顏寧看顏烈期待的樣子，想著還是趁早說了吧。「父親，楊姑娘不同意這親事。她說二哥娶她是為了顧慮她的名節，她若是下嫁，就是要脅恩人。」

「什麼？要脅恩人？楊宏文是怎麼教女兒的？他一年一本參奏，老子也認了，可他女兒這什麼話？戲文裡不是說——不是說——」顏明德踢了顏烈一腳。「戲文裡是怎麼說來著？」

「救命之恩，以身相許！」顏烈脫口而出。

顏明德點點頭。「對，以身相許！她竟然還不嫁？」

叫了幾句後，顏明德洩氣地道：「算了、算了，不嫁就不嫁吧！兒子，反正你現在娶親也來不及，回頭咱們再挑！」

顏寧和顏烈聽顏明德叫得惱火，還以為父親要幫忙搶親呢，末了，居然是這麼一句話，有些洩氣。

顏烈神情懨懨地說了一聲「好」，不再開口了。

顏明德看兒子那副樣子，問道：「你真看上人家姑娘啦？那我再幫你問問楊宏文去？」

「父親，人家姑娘已經說不願了，您不要逼人家。」顏烈卻拒絕了。

顏明德想了想，也是，他若一開口，不成了施恩圖報？

「若是無事，兒子先告退了。」顏烈說著，轉身出了廳，往自己院中走去。

他難得如此有禮，顏明德都不敢相信這是自己兒子，若是其他事，他還縱容一下，可這婚事，人家都拒了，自己能如何？

「妳去勸勸妳二哥吧。」

聽完父親這話，顏寧連忙跑出去追上顏烈。

顏烈心中抑鬱，一路猛走，來到家中的練武場。「寧兒，陪我練練吧？」

顏寧知道二哥心情不好，拿起武器架上的長槍，與顏烈對打起來。

兩人從兵器到拳腳，直打了近兩個時辰，最後，顏烈累得直接躺下來，顏寧也累得坐到地上，兩人大口大口喘氣。

顏烈仰面躺著，低聲說：「寧兒，其實我連楊瓊英的樣子都沒細看過，只是……只是覺得她的性子不錯。若是娶個沒見過又無趣的人，娶個她這樣的，應該很好。」

他與顏寧自小親近，現在只覺得心裡憋了滿腔的話，想說出來。

顏寧也不打斷他，聽他不停地說啊說，最後她終於聽煩了，撐著兵器架站起來，一腳踹過去。「喜歡就去問一聲，對我嘮叨這半天幹什麼？累死本姑娘了！」

她說著，走了幾步，又回頭說：「你就去問問人家有沒有看上你？你要去玉陽關了，人家要願意就等你兩年，要不願意就算了，婆婆媽媽幹什麼！」

「我這麼去問，會不會唐突？」顏烈抬起頭，滿臉希冀地看過來。

顏寧撇撇嘴。「放心，問人家姑娘有沒有看上你，沒犯大楚律條！快去快去，看你這樣就生氣！」

顏寧嫌棄地擺擺手。顏烈呆了片刻，大叫一聲「對啊」，跳了起來，飛快跑回自己院子裡去沐浴更衣了。

顏寧看他那速度，愣了片刻，綠衣剛好找過來，她撲到綠衣身上。「綠衣，我渾身骨頭痛，快幫我揉揉！還有，我頭也痛！」

綠衣看她雖然哀嚎，臉上的笑意卻止不住地露出來，覺得自家姑娘真是越來越瘋了。

顏寧扶著綠衣，幾乎是一步一挪，回到薔薇院時，卻看到衣著一新的顏烈，正坐在她院子裡等她。

顏烈看到顏寧過來，討好地叫道：「寧兒——」

顏寧撇嘴。「二哥，你說吧，何事？」

「那個，我去楊家，肯定見不到楊瓊英，要不妳幫我去問問？」

「我幫你把人約出來，行了吧？」到底是自己親二哥啊，顏寧決定幫人幫到底。

顏烈高興地一跳而起，結果身上被顏寧打到的地方開始痛起來。「妳剛才為何打我臉？」

「哦，刀槍無眼，撞上了！」顏寧看著二哥嘴角那塊烏青，沒什麼誠意地解釋。

顏寧讓虹霓去送信，約楊瓊英出來，到醉花樓喝茶。

楊瓊英剛拒了顏家的求親，心中有些不自在。可是虹霓言詞懇切，楊瓊英又真的喜歡顏寧，答應三日後赴約。

三日後，顏寧出門，顏烈以護送名義跟在妹妹邊上。兩人一出府門，就碰上楚謨帶著清河和洛河在那兒等著。

楚謨看到他們，高興地說：「靜思，好巧啊，出來逛街？」

「致遠，你在我家門前安了幾個探子？」顏烈毫不客氣地揭穿。

每次顏寧一出門就能偶遇這楚世子，這要全是偶遇，信他才有鬼。

楚謨功力深厚，被拆穿了，也當聽不見。

顏寧這次是坐馬車，楚謨驅馬跑到馬車邊上，隔著車簾低聲說：「寧兒，我給我父王去信，讓他加緊進京，一定能趕在顏伯父去玉陽關前到京，妳別急！」

顏寧掀起車簾丟了個白眼。「誰急啦？」

「我急！呵呵，當然是我急！」楚謨立即道。

顏烈看他那副樣子，忍不住也撇嘴。到底是親兄妹，這撇嘴表示不屑的神情一模一樣。

三人說笑著到了醉花樓，要了一間隔成兩室正對大堂的雅間，剛好顏烈和楚謨一間，顏寧坐在另一間等楊瓊英。

楊瓊英到得很快，虹霓下去接她上來，顏寧與她說了一會兒話後，直言道：「瓊英姊姊，我很喜歡妳，今日約妳出來，有些對不起，因為我二哥有話想與妳說。」

楊瓊英一聽見顏烈，有些慌亂。

顏寧哀求道：「瓊英姊姊，妳看這雅間隔著屏風呢。妳放心，我知道妳是守禮之人，我二哥就隔著屏風與妳說幾句話，妳若到時不願聽，徑直走就是了。不論結果如何，我都真心希望能和姊姊交朋友的。」

楊瓊英紅了臉，正不知推脫好還是聽著好，顏寧卻走開了，楚謨早就從另一個門出來，樂得陪顏寧看雜耍。

過了片刻，楊瓊英卻紅著臉出來，看到顏寧竟然不戴帷帽地站在門口，她愣了一下，低聲說：「寧兒，我先回家去，妳——我——我們下次再一起出來玩。」說著，就跑了下去。

顏寧衝回雅間，只見顏烈正滿臉傻笑，高興地一把拉住顏寧說：「寧兒，我和她說讓她等我兩年，她答應了呢。我都說了，我說不是為了她名節，只是覺得她這人很好，我還說妳也很喜歡她，還有母親也喜歡她……」

顏寧聽他越說越不知所謂，忍不住一把拍開他的手。「二哥，你傻啦？」

「嘿嘿，我真的傻了。寧兒，妳說我是不是應該再讓母親去求親？」

楚謨忍不住潑了冷水。「靜思，若是能不訂親，還是先莫訂親吧。」

顏烈瞪大眼睛。

楚謨不等他發問，低聲道：「聖上讓顏伯父和你盡快離京去玉陽關，怕的就是你們在京，太子勢力太大。此時，你們再與楊家結親，不是害了人家嗎？」

楚元帝龍體欠安更是多疑，顏家已經在火上烤著了，何必把楊宏文一家也帶進來？

顏烈本來有些不服氣，看顏寧也點頭，再聽兩人跟自己分析厲害，心裡也知道兩人說得有理。

楚謨看他落寞的樣子，拿摺扇拍拍他肩膀。「何必這麼傷懷呢？不能明著訂親，暗著找人家姑娘定個情，還是可以的啊。」話未說完，他「哎喲」一聲，捂著肩膀叫起來。

顏烈甩了甩拳頭。「私相授受，毀人名節是犯律條的。寧兒，走，回家了！」說著，他拉起顏寧的手就出了雅間。

楚謨只覺冤得很。他只是想給未來的大舅哥出點主意啊，馬屁拍到馬腿上了？

不過，楚世子反應很快，立即轉身追上顏烈和顏寧。憑他那伶牙俐齒，顏烈根本不是對手。

楚謨跟顏烈一起，親自護送顏寧回到顏府，順便又到顏烈的院子裡，喝了喝茶，跟顏寧聊了一會兒天，終於心滿意足地離開。

顏烈去送楚謨離開時，顏寧又跑到秦氏院子裡，將今日之事嘀嘀咕咕說了。

秦氏聽說顏寧竟然安排顏烈和楊瓊英私下見面，有些不滿，責怪顏寧行事魯莽，萬一害了人家姑娘可怎麼辦？可待聽說楊瓊英有意時，又覺得高興。

顏明德與她說過，知道楊家拒親後，顏烈失魂落魄，行事都和平常不一樣。

夫妻兩個心疼兒子，正擔心著，如今聽說楊姑娘肯嫁，那真是千好萬好啊！

秦氏高興地站起來，正張羅著要找王氏去提親，顏寧連忙制止，將自己和楚謨的顧慮說出來。

秦氏不太管朝廷政事，但是生於官宦之家，又嫁入顏家，這種事她不關心，卻還是明白的。

不能立即去提親，先去和安氏提一提總可以吧？

顏寧覺得這事可行。

秦氏想起剛才顏寧的話，不由嘆了口氣。「聖上龍體若不好，唉，妳姑母就苦了。我改日遞牌子進宮，見見妳姑母去。」

顏寧聽秦氏忽然提起姑母，心中有些茫然。對世人來說，喪夫喪父總是哀傷。可是，對皇后來說呢？對皇子來說呢？

太子哥哥看著儲君之位是穩固了，聖上依然牢牢管著朝政。從他將自己父親和二哥趕去玉陽關，就知道他這心裡防太子哥哥防得緊。

顏家隨著顏烈心情轉好，全家都高興了。

林家最近卻是很煩躁。

林天虎上的認罪摺子，楚元帝叱責他避重就輕；林文裕上的認罪摺子，楚元帝直接駁回；而楊宏文就林大公子街頭縱馬傷人一事，洋洋灑灑，列舉了林天虎十大罪狀，楚元帝收了這份摺子後，沒有駁回，反而讓有司查證。

林文裕原本不知林大公子縱馬的事，早朝聽了楚元帝大罵後才知道。他將林天虎叫來訓斥一通，非常時候，還不知約束子女。

林天虎回了院子，拿鞭子去抽林大公子，馬氏自然攔著不讓，一院子吵吵嚷嚷，全府都驚動了。

林文裕趕到林天虎的院子時，馬氏釵落髮散，正跪在林天虎面前嗚嗚哭著求情；林大公子梗著脖子站著，林天虎則呼哧呼哧喘著粗氣。

林文裕只覺得氣血往上湧，眼前赤紅一片，隨後就人事不知了。待他轉醒，林天虎一家跪在門外，老太君和林夫人楊氏在床頭哀哭。

還不等他再有動作，林府的管家匆匆跑進來。「老爺、老爺，聖上有旨！」

「快！快接旨！」林文裕掙扎著想爬起來，終究力不從心。

來傳旨的人，卻是康保。

他聽說林文裕病得起不了，倒是沒有為難，讓林文裕跪在床上，林天虎帶人在林府正門前擺了香案，康保唸了聖旨。

原來，兗州那邊，武德將軍周伯堅帶軍將北燕人趕回老巢，北燕派人求和，隨著求和文書來的，還有一盒書信，赫然是幾封林天虎手書、與北燕通敵的密信，而何氏也帶著密信告了狀。

楚元帝下令，將林天虎全家鎖拿下獄，待三司共審後定罪，林府其他人圈禁在家。

林文裕聽完這旨意，大叫一聲「天要亡我」，吐出一口血後，倒在床上。

康保是帶著御林軍來的，他這邊唸完聖旨，那邊御林軍動手，將林天虎全家鎖了帶走。一時之間，想躲的、想跑的；被抓的、被打的……林府內哭嚎遍地。

楊老太君沒見過這種陣勢，被婆子攙扶站起來後，身子一搖，直直栽了下去。

房內倒了林文裕，房外倒了老太君。楊氏顧了這頭，顧不了那頭；顧了那頭，又顧不了這頭，只覺滿心悽惶。

康保看著這景象，搖搖頭，為林府嘆息。

這時，康保身邊的小太監拉了拉他的衣袖。「師傅，三殿下來了！」

楚昭業帶著幾個人騎馬奔過來，來到康保面前下馬後，道：「康公公，聽說我外祖母暈倒了，兒孫不肖，老人家到底無辜，所以我帶太醫來為她看看。」

康保還是要給這三皇子一點面子，他叫身邊的小太監陪太醫進去。

太醫為楊老太君把脈後，又幫林文裕看了看。

林文裕轉醒過來，聽太醫說是楚昭業派來的，長嘆一聲。「養兒不孝，犯下如此大錯，辜負了聖上皇恩，也辜負了三殿下一片苦心，可憐林家都要被那逆子帶累。只是幾個小孫兒無辜受累啊！」

「林尚書看開些，聖上自有公斷。」那太醫乾巴巴地安慰一句，留下些藥，揹著藥箱，就跟著康保派來的小太監離去。

林文裕看著人離去，林夫人哭著要來照顧，他擺擺手。「妳回正院去收拾收拾，然後去照看母親吧。」

楚元帝此次行事雷厲風行，前腳剛接到兗州戰報，後腳就將林府給封了。

楚昭業得到消息後，來不及仔細安排，只能派李貴進宮，讓林妃待在宮裡不要輕舉妄動，自己則帶著太醫到了林府。

太醫走出林府後，當著康保的面，對楚昭業說：「三殿下，老太君和林尚書都是急火攻心，開了藥已經醒過來。林尚書連說子孫不肖造孽，是自作自受。他的身子有中風之兆，得心境開朗才有利養病。」

楚昭業點點頭。「府裡的藥材都有嗎？」

「下官看了，林尚書府中有藥，倒是不用另外配了。」

「好，那你回去吧，今日有勞了。」

「下官應該做的、應該做的。」太醫連忙說道。

跟著康保來的人聽到他們兩人的對話，心裡都暗笑。林天虎通敵賣國是要誅九族的，很快，這林尚書什麼藥都用不上了。

林家是肯定完了，聽說林天虎那個小妾拿著北燕太子的密信，將林天虎那點事全抖落出來。

林天虎也是倒楣，這頭小妾剛告了他，那頭北燕居然送了一盒子他的通敵書信。但是，面對三殿下楚昭業，卻沒有人敢輕忽。就算沒有林家支持，那也是堂堂皇子龍孫，誰敢不敬？

康保看楚昭業離開，吩咐御林軍看好林府，自己則親自帶人將林天虎一行人送到大理寺大牢。

楚昭業看著康保將林天虎一行人押走，隨後林府大門一關，御林軍將林府團團圍住，林府中人不許自由出入了。

李貴騎馬，在林府門外趕上了楚昭業一行人，他下馬一瘸一拐地跑過來。「殿下，林妃娘娘、林妃娘娘去勤政閣跪求聖上了。」

他趕到宮裡時，林妃娘娘已經出了景翠宮，他連忙將楚昭業的話說了，林妃卻壓根兒不聽。自己跪在路上哭求，結果，林妃娘娘命人將他拖下去打一頓，還是帶著人去勤政閣了。

楚昭業只覺頭痛，臉色如冰。待他趕到宮門時，一個早就守在那兒的小太監迎上來，低聲說了林妃觸怒聖上、被抬回景翠宮的事。

楚昭業來到勤政閣時，楚元帝臉色蒼白地靠在龍椅上。

早朝暈倒後，楚元帝倒是很快轉醒，只是精神有些不濟。今日看完隨同北燕議和書同來的書信後，他又發了一通火，就有些支撐不住。

剛剛讓人將林妃趕走，楚昭業又來了，他只覺怒火又要湧上，冷冰冰地問道：「怎麼，也是為林家、為你舅舅求情來的？」他在說到「舅舅」兩字時頓了頓，語氣森冷。

「父皇息怒！兒臣不敢，兒臣只求父皇體諒母妃一時失措。」楚昭業直接磕頭，對林家隻字不提，只求楚元帝保重身體，同時體念林妃是血脈親情才會失措。

楚元帝點點頭，覺得這才是皇室子孫該有的樣子。外戚再親近，也得時刻記著自己的身分，不能與楚家江山相悖。

「父皇，林家之事到底只是臣子之事，兒臣看您臉色有些不好，要多歇息，保重龍體才是。」楚昭業又關切地勸道。

楚元帝臉色緩了些。「聽說你帶太醫去林府了？」

「是的，聽說外祖母有些不適，子孫不肖造孽，兒臣也是怕母妃掛念，所以讓太醫去給他們看看。」

「哼！林天虎通敵賣國，你不知道是什麼罪？」楚元帝又帶了怒容。

林家已經富貴，為何要通敵賣國？是因為這個兒子嗎？他心裡有這種猜測，只是，他這兒子與北燕勾結有何好處？

楚昭業坦然地看著元帝。「父皇，林家之罪您還在責成有司會審，若林家罪證確鑿，兒臣身為楚家子孫，不敢因私廢公！如今林家只是疑罪，兒臣心裡，希望舅舅他們是被冤枉的。」

他這話說得坦蕩，楚元帝一時無話，末了，他擺擺手，嘆息道：「業兒，父皇這些年不敢一日懈怠，希望大楚江山永固，也就對得起先皇交給朕的這片江山了。你……你去勸勸你母妃吧。」

楚元帝想說你不要為了皇位做下對不起祖宗之事，想說你不要再有妄想，最後，心中苦笑。楚昭業若沒有奪位的念頭，自己是多說；若是有這念頭，自己幾句空話就能制止？還真是身子弱了，糊塗了。

楚昭業只作聽不懂楚元帝的未盡之意，磕頭離開，往內宮見林妃。

楚元帝看著三子退下。帝王不可多情，三子其實比太子無情得多。顏家和鎮南王府倒是有眼光，選中了太子。太子病弱的身子居然也好了，只能是天意吧！

楚昭業來到景翠宮，看到病懨懨的林妃正在床頭垂淚。

母子相對無言，徒增傷痛而已。

「母妃，兒臣讓李貴來跟您說了，您為何一意孤行？」

「你——你這是在怪我？」林妃看到兒子一臉冰霜，對自己毫不關切，有些惱怒。

「兒臣不敢！只是母妃，您這樣求情有用嗎？」

「沒用，沒用我也得去啊，那是你外祖母和舅舅啊！」林妃說著就哭起來。她有些惱恨楚元帝不講夫妻之情，就這麼將自己母族給關了？

「母妃，您這麼求情有用嗎？」林妃這麼做，最多也只能填上自己這一家子而已。

「你——你走吧！」林妃有些心灰意冷。

「母妃這是怪兒臣了？」

「業兒，你舅舅一家是為了你，你……你要記著啊！」末了，林妃只說了這一句，就讓他走了。

楚昭業告退。林家要完了，林妃可以哭，他卻不能！

沿著景翠宮的路，他大步往外，背影挺直，孤高清寂。

楚昭業想，有些路，一旦走了，再也不能回頭！一回頭，可能就是萬劫不復的深淵！

顏寧聽說楚昭業到過林府，吩咐孟良和孟秀帶人暗中守在林府前後。

「姑娘，是防林家人逃跑嗎？」兗州一事後，孟秀對林天虎恨之入骨。

「你們看著林家，若是從林家有半人來高的箱子、桶啊什麼的抬出來，就派人盯著看看有無異常？若是小箱子……」顏寧沈吟片刻。「那也盯著，看看送到哪裡去！記著，不論進出的人是什麼身分，都得看住了。」

孟良和孟秀點頭領命。

顏烈覺得顏寧有些過於小心。「寧兒，聖上下令看著，妳還怕林家人跑了？」

「林家是要被滿門抄斬的，若是能有兒孫活下來，林文裕當然願意。」顏寧想，楚昭業一定會給林家留一條根的。

「對了，寧兒，妳不是說要等兗州大軍退回來後，再讓何氏去告狀的嗎，怎麼又改主意了？妳是不是知道北燕會送那些書信來啊？」

「你當我是神仙啊，這是湊巧了。」顏寧撇撇嘴。

自從宮變那夜，聽顏烈和楚昭恒說過那波來去如風的黑衣人後，顏寧多方打探，就是找不到這些人。宮變後，楚昭暉伏誅，楚昭鈺也死了，這批黑衣人卻不見蹤影，那麼只能是楚昭業的人了。

這次有林天虎這事，她想著先不讓何氏出面，剛好拿來釣魚，看看能不能釣出那晚的黑衣人來？結果釣了半天，都是些小蝦米，來的那些暗探，身手只能說平平，楚昭業竟然狠心到眼睜睜看著林家覆滅。

「寧兒，那些黑衣人，真會是三殿下的人？」顏烈有些懷疑。若是那種高手來，還真有可能摸進顏府的。

「我有九成把握，可惜他們就是不出來。」

前世，林府是楚昭業登基的大功臣，顏寧以為林府的作用是不可替代的，沒想到楚昭業已經棄了。

這讓她有些心驚。楚昭業手中有了新倚仗嗎？濟安伯府？

想到劉岑那人，顏寧有些好笑。若不是濟安伯府，還有什麼人呢？猜不出，她索性就讓何氏去大理寺告狀，直接將這層紙給捅破算了。

結果，何氏前腳去告狀，後腳北燕求和書過來，還附送了幾封書信。

這是蘇力紅賣自己人情？自己可不領他這個人情！沒有這幾封書信，憑藉何氏這個人證和那封密信，林府也沒活路。

三司會審，十日後，林家全家處斬，前世顯赫的林家，就這麼死了。

顏寧想要大笑，又想要大哭，想到那又哭又笑的何氏，顏寧只覺感同身受。她心中像壓了塊大石頭，在家待得難受，於是帶著虹霓和綠衣去城外跑馬。

自然，又遇上了楚謨楚世子。

顏寧心裡煩悶，碰到楚謨，聽他說著最近各家趣聞，心情倒是好了很多。

兩人沿著官道信馬由韁，慢慢走著。

「姑娘，我們避開些，後面有輛靈車，晦氣！」虹霓趕上兩人說道。

「沙場上都殺過人了，死人怕什麼？」顏寧說著，還是往路邊讓開，畢竟死者為大。

他們不忌諱看死人，可也沒必要攔著路。

「咦？」綠衣咦了一聲。「姑娘，那個靈車邊上，是何氏身邊的丫鬟。」

顏寧轉頭，往靈車來的方向一看。

那是很簡陋的靈車。馬車拉著一具棺材，馬車前有個全身孝服的女子，一邊走，一邊哀哭著，撒著紙錢。撒錢的瞬間，那姑娘抬頭，正是何氏身邊那個長相平平的丫鬟。

「阿梅，這是誰過世了？」虹霓叫了一聲。

那丫鬟原本只是低頭哭著，沒看路邊讓路的人，聽到虹霓這聲叫，抬頭，看到顏寧等人。

她走到顏寧馬前磕頭，顏寧下馬扶起她。「這是……」

「顏姑娘，是我家姑娘死了。」阿梅是何氏在家時的丫鬟。脫離林家後，她再不肯叫何氏姨娘，只像當年一樣叫何氏姑娘，或許，她是覺得這個稱呼，讓她們主僕感覺還是和當年一樣吧。

「何——何姑娘怎麼去世了？」

「昨日，姑娘去刑場，看著林天虎被砍頭了。她很高興，將顏姑娘您送的那些銀子都拿出來，找了馬車，讓奴婢自己回兗州，說她要去城外的庵堂落髮做姑子，不回兗州了。奴婢……奴婢不肯，姑娘就發怒。後來奴婢不放心，出城去尋，結果……結果看到姑娘就吊死在那邊樹下。」

阿梅說著嗚嗚哭了兩聲，又忍淚說：「我家姑娘是不想活了，奴婢、奴婢原先沒看出來啊……」

何氏大仇得報後，居然自盡了？

顏寧抬頭，看著馬車上的那口薄棺材，只覺有些發寒。

何氏，來世，願妳平安喜樂一生吧。

一陣風拂過顏寧臉頰，好像有人呢喃道謝。

顏寧胡亂翻出身上的銀子塞給阿梅，看著那孤零零的靈車跑遠。

何氏，也會幸運地重生嗎？

顏寧心中有些茫然。何氏和阿梅，像不像前世的自己和綠衣？

這幾日，林家滅了，她鬆了口氣，想著父親和二哥又要常駐玉陽關，自己卻不能跟隨在側，只覺滿心不安。偏偏這種不安，無法訴諸於口。她放心不下玉陽關，也放心不下京城家中，恨不得一個人剖成兩半，全都親自看著才好。

楚謨只當顏寧是同情何氏，才會知道何氏自盡後如此難過，也不說話，只打馬跟在顏寧身側，直跑了小半個時辰。

「寧兒，馬有些累了！」楚謨看顏寧還沒有停，張口說了一句。

顏寧才醒過神來，勒住韁繩，慢慢停下來。

「楚謨，楚昭業不會罷手的，他肯定不會罷手，可我不知他會如何做？」她轉頭，跟楚謨說了一句。

楚謨看顏寧神色有些恍惚，點頭道：「是！為了那位置，本就有人是不死不休的！但是，妳不用怕，自從認識至今，我認識的顏寧就像個常勝將軍啊。」

顏寧有些苦澀地一笑。重生之後，每日她都殫精竭慮，每次行事都要反覆揣摩楚昭業會如何行事。

有了前世的慘痛，她怎麼敢輸？輸不起，也不能輸！

「不過，本世子在戰場上，也是常勝將軍！」楚謨卻又自吹了一句，轉頭，看著顏寧。「寧兒，不要怕！」

他伸手，剛想去拉住顏寧的手，遠遠地，傳來清河的喊叫。「世子，世子爺，快回府！王爺到京啦！」

顏寧聽到這叫聲，臉上飛過一抹紅雲，將手藏起來，踢馬跑遠了些。

楚謨看著清河還未說話，遠遠又奔過來幾個人，卻是顏烈帶著人來找顏寧。

「寧兒，父親和母親讓我找妳回家！鎮南王進京了。」又轉頭對楚謨說：「致遠，寧兒的閨譽很重要，孤男寡女，你不要糾纏她！」

這話說得不倫不類，氣得顏寧啐了他一口。

「胡說什麼，再胡說我打你！」顏寧對顏烈揮了揮鞭子。「我先回家了。」

這話也不知對誰說的，扔下這話，騎馬跑了。

顏烈看看她遠去的背影，再看看滿臉笑意的楚謨。「真是……女大不中留啊。」他感慨著，也上馬跟去。

楚謨想到父王到京，不就可以上顏府提親了？他心中高興，也打馬跟上。

第五十六章

卻說京中的鎮南王府內，管家正帶人收拾行李。

鎮南王知道顏明德父子要趕去玉陽關，接到楚謨的信後，一路加緊趕路赴京，所以人到了，還有幾車東西還在後面路上呢。

楚謨進京時，鎮南王的纏綿之毒還未解。後來，雖然接到孫神醫和鎮南王書信，都說毒解了身子好了，到底沒有親眼見到。

「世子，王爺在正院呢。」管家看楚謨一臉急切，請安後往正院指了指。

「父王——」楚謨走進正院，一向老成的臉上，難得帶了幾絲稚氣。

鎮南王楚洪坐在正院裡。他離開京城快二十來年了吧？當初，也是住在這間正院，和王妃在這兒成親，隨後回到南州，真是歲月如梭啊。

他聽到楚謨的叫聲，看到兒子仔細打量自己，不由一笑。「不用看了，孫神醫說了，毒全解了。」

楚洪與顏明德長相完全是兩個樣子。楚洪長相斯文，身材修長，穿著長袍，絲毫看不出殺伐之氣，唯有一雙眼睛，神采十足，透出精明。楚謨長相像母親多些，一雙眼睛則與鎮南王一模一樣。

楚謨看鎮南王除了帶著一絲長途跋涉的疲累外，精神很好，臉色也很好，總算放心了。

「父王，那就好！毒解了就好！」

這麼多年，楚洪身中纏綿之毒，總是臥病在床的時候多，臉色也是日漸蒼白。

「父王能好，還真得去謝謝顏家。」鎮南王聽孫神醫說了獲得解藥的前後，暗自慶幸，他還以為餘生只能躺在床上度過，如今身體安康，能騎馬能揮刀，真是僥天之幸。

「對，去道謝！對了，父王，不如今日就去，順便跟顏伯父把親事提了？」

「去找顏明德求親？我告訴你，顏明德那德行，肯定不會痛快答應嫁女兒的。」楚洪說話時滿臉笑意，顯然想起了不少愉快往事。

想起顏明德提起父親時，那沒好氣的語調，楚謨有些頭皮發麻。他讓父王來提親，會不會最後被父王害了，把自己的姻緣毀了？

鎮南王完全不知自家兒子對他的不信任，還熱心說著顏明德年輕時的脾氣，說到興起處，叫了管家過來。「你親自去顏府送拜帖，就說我明日要到顏府，拜訪顏大將軍！對了，把我的衣裳準備好，要方便打架的……」

楚謨完全聽不下去了。「父王，您剛進京，還是先進宮給聖上請安吧？」

「哦，好，不急不急，我已經讓人去遞牌子了，明日上午聖上若不召見，就等顏府回來再去！」楚洪回了一句。

「兒子先去看看您帶來的東西，先讓人送些進宮。」

鎮南王看兒子來去匆匆，沒好氣地哼了一聲，又低語道：「訂親急什麼？人家姑娘才十三歲！定了也得等幾年才能成親。」

他心裡盤算著，明日得跟顏明德說說，讓兩人何時成親好？若是成親時間太晚，他怕自家這兒子等不及，跑去顏府入贅了可怎麼好？

稍晚，楚元帝讓康保來傳旨，讓楚洪後日進宮，所以，翌日楚洪就帶著楚謨直奔顏府。

顏府裡，顏明德一早就回到府裡，還難得讓秦氏幫他看看儀表，隨後，帶著顏烈等在正廳。

秦氏看得好笑，跟顏寧抱怨。「妳父親魔怔了，還穿著一身箭袖練功的衣裳在裡面，這是要待客還是要打架啊？」

顏寧聽了，也是好笑。她從南州回京後，旁敲側擊打聽過，父親和鎮南王當年簡直是見面就打啊。

到了下午，楚洪早早來了。

顏明德帶著顏烈迎客，楚洪帶著楚謨進門，兩人互相打量幾眼，都有些唏噓，當年意氣風發的少年，如今都兩鬢斑白、髮染風霜了。

「小白臉，聽說你病了幾年，如今好了？」楚洪長相斯文白淨，年輕時，顏明德一直嘲笑。

「黑炭頭，聽說你重傷，如今好了？」顏明德長得五大三粗，皮膚黑了點。

兩人不約而同問了一句，隨後反應過來對方的問話，又都沒好氣回道：「一點小病，何足掛齒。」

兩人都是一副精神煥發的樣子，連落地的腳步都重了幾分，恨不得將腳下青磚踩碎幾塊，以證明自己英勇不減當年。

顏烈和楚謨對視一眼，都覺得有些丟臉，各自拉著自家老子進廳裡去。

顏寧躲在廳後，聽著兩人說話，忍笑忍得辛苦。父親居然還有如此孩子氣的一面？鎮南王當初在南州見到時，何等架勢，居然有這樣賭氣的樣子？

顏明德請楚洪坐下，開始慢慢敘舊，看著倒也賓主盡歡、其樂融融的樣子。

說了沒多久，顏明德厭了。「吃飯沒？還能喝酒嗎？」

「喝酒怕什麼，我何時怕過？」

「來人，快去擺酒，我要與鎮南王好好喝上幾罈。」顏明德大嗓門一叫，直接讓擺酒。

酒桌上，你來我往喝了幾杯。

楚謨忍不住叫了一聲。「父王——」

楚洪覺得腳上又是一痛，默默低頭，看了看自己靴子上幾個腳印，抬頭跟顏明德說道：「黑炭啊，我這次進京，是為我家兒子求親來的。你家女兒文武雙全，比試又贏了，咱們要不談談他們兩人的婚事？」

哪有這麼大剌剌談婚事的？

楚謨只覺得自家父王回了京城後，往日的圓滑手腕全丟在南州，忘了帶進京。

顏明德倒是一如既往的爽快。「那是當然，我家女兒，長得好，人聰明，什麼都好。」

顏烈在邊上，點頭附和。

「那讓他們先訂親？」楚洪又問道。

「嗯，成！就這幾日，你挑個好日子，我離京前，先讓他們訂親！」顏明德點頭應了，隨後又提醒楚洪：「就是聖上那兒，可能不高興。」

「嘿，那怕什麼，反正你在北，我在南，隔著千萬里呢。」楚洪卻是毫不在乎。

「也是，反正女兒高興就好。」顏明德點頭，大力贊同。

「你這句話才像話！兒女高興，我們問心無愧，怕什麼！我今日回去就挑日子。」

「好，我等你日子過來！」

這就把親事定下了？

顏烈沒忍住，桌子底下踢了自家老子幾腳。說好的刁難呢？大哥來信可是說了，為了讓鎮南王府知道寧兒金貴，一定不能馬上答應，最好等他回京見過楚謨後，再說訂親的事啊！

顏明德被兒子踢了幾腳，一拍桌子。「你小子幹什麼？老子喝酒呢，去，帶致遠到園子裡逛逛，別耽誤大人談事情！」

楚謨一聽，直接應了一聲「小婿遵命」，拖著顏烈，熟門熟路地往顏府花園跑去。

顏烈叫了一聲。「父親，大哥說他還沒見過啊！」

顏明德豪爽地道：「你去，讓寧兒給致遠畫張像，咱們帶玉陽關去！」

顏寧在廳後，直接無語。父親這是趕不及要讓自己嫁了？

「黑炭啊，那成親，就明年顏寧十四的時候？」楚洪打鐵趁熱，立即開始談婚期。

顏明德大眼一瞪。「什麼？不行，我還要多留女兒幾年呢，最早也得等寧兒二十歲後。」

「二十歲？你想把女兒留成老姑娘啊？」楚洪沒想到，顏明德居然要這麼晚才讓顏寧過門。

這怎麼行？這要答應了，回府他兒子還不得拆房啊。

「二十歲怎麼了？老子的女兒，又不愁嫁！」

好吧，娶媳婦，總得求著點，楚洪看著顏明德那張不可一世的臉，深深吸了口氣。「那個黑……不對，明德啊，你看一般小戶人家，姑娘留到十七、八都有些晚了，顏寧可是你顏大將軍的女兒，公侯之家，太晚成親不好吧？」

「老子不怕人說閒話！」顏明德說了一句。「老子女兒也不怕！」

「黑炭頭，你不能不講理，哪有這麼晚成親之理？」

「老子的女兒，老子想什麼時候嫁，就什麼時候嫁！」

「你是一定要拖到二十了？」

「那是當然！」

「顏明德——」楚洪大叫一聲。

「怎麼，想打架？」顏明德毫不示弱。

「打就打！」楚洪說著，一腳踢了過去。

楚謨和顏烈才離開正廳，又被叫了回來，只見兩人父親正在廳外打得熱鬧，還別說，兩人身手不錯，旗鼓相當。

楚謨想到這可是未來的岳丈啊，連忙勸道：「父王，別打了。」

顏烈倒是不怕顏明德把楚洪給打傷，可是廳裡傳來一聲輕咳，明顯是顏寧的聲音，他連忙也叫道：「父親，那個……你們去練武場打吧。」

顏寧氣得就想從廳後跳出來，幸好身邊跟著的是綠衣，將她拉住。

顏明德和楚洪在顏府會客廳外打得不可開交。

顏寧猶豫是不是要叫人將兩人分開時，有幾人走進來。

走在前頭的，居然是楚元帝。他身穿家常青色錦袍，沒有任何帝王佩飾，扶著康保的手慢慢走進來。

顏烈和楚謨發覺有人進來，想要提醒，楚元帝擺擺手，讓兩人不許開口。

顏寧原本猶豫要不要出來迎駕，看現在這樣子，楚元帝是微服私訪來湊熱鬧了。她索性讓人去後院通知秦氏，讓她也只作不知聖駕到來。

楚元帝看了半晌，場中兩人打得專注，誰也沒發現楚元帝來了。

他咳嗽一聲。「你們兩個，還不住手！」

有陌生聲音響起，兩條人影分開，各自有些喘息，待看到是楚元帝，都有些吃驚。「臣不知聖上駕到，萬歲萬歲萬萬歲！」

「免了，朕就知道，你們兩人碰在一起，就得打起來。」楚元帝呵呵一笑，當先往廳中走去。

康保笑著對顏明德和楚洪道：「聖上聽說鎮南王到顏大將軍府上來了，就說得來看看，不然你們兩個打起來可沒停。老奴還說兩位不是當年了，打不起來。結果到了府上一看，還是聖上聖明啊。」

楚元帝笑著點點兩人。「你們啊，二十來年沒見，見面了還是打！」

楚洪叫屈。「聖上，臣是為犬子來求親的，可顏大將軍前腳答應訂親，後腳就拖著不肯讓兩人成親啊。」

「哦？」楚元帝看向顏明德。

「聖上，臣女兒乖巧懂事，臣怕她嫁出去受委屈，想多留幾年，鎮南王仗勢欺人。」

乖巧懂事？這話說出去，楚元帝和康保都覺得有些違和，就連顏烈也沒法點頭附和。

楚元帝咳了一聲，問楚洪。「你們想何時迎娶啊？」

「明年。」

康保湊近元帝耳邊道：「聖上，明年顏姑娘十四，還未及笄。」

這也太早了！

楚元帝又看向顏明德。「明德，你想何時嫁女啊？」

「等我家女兒二十。」顏明德大聲答道。

楚元帝最後和稀泥。「最早等十六吧？到時朕給顏寧添妝。楚謨，顏寧可是朕的姪女，你可不許欺負她！」

顏明德和楚洪各自算算，覺得總算折中，沒異議了。

顏烈一聽，妹妹的成親時候都定好了，心中哀嚎。這下完了，回到玉陽關，他非被大哥打死不可！唯一的妹妹，半天工夫連訂親帶成親，全定了。只是，楚元帝金口玉言，他沒法反駁。

楚元帝解決了這事，心情很好，要去顏府的花園走走。

顏明德和楚洪陪著楚元帝走到顏府後花園，此時已經夏末，花園中蟬鳴聲聲，柳樹依依。

楚元帝指著園中一株柳樹，感嘆道：「這樹當年，被你們打得少了一半，如今倒還活著。」

那株柳樹的樹幹少了一小半，可能是這幾年長回來了，依然生機勃勃，若不是楚元帝特意說，還真看不出這樹竟然受過「重傷」。

楚洪二十多年未進京，也未進過顏府這花園，自然更是感慨。他知道自己中毒與楚元帝楚源有關係，心中自然是恨的。可今日見到楚元帝，兩鬢蒼蒼，走路快了都得扶著康保，心中有些不是滋味。

當年他一個世子獨自在京，還是皇子的楚元帝對他諸多關懷，就像個兄長對幼弟一樣，這關懷中有幾多算計，他不知道。只是少年時光，三人攜手共度了多次危難，生死關頭，也曾握手依靠。

顏明德看著那棵樹，再看看楚元帝和楚洪，難得也感慨道：「一晃眼，竟然這麼多年過去了。」

韶華不為少年留，恨悠悠！幾多雄心壯志，多少紅顏多情，也不過是徒留一聲嘆息。

楚元帝走後，顏明德和楚洪相視一眼，俱都搖頭一嘆，有些悶悶地喝起酒來。過沒多久，居然都喝醉了。

顏寧只好讓人將楚洪送到客房去，等楚謨回來接；顏明德則送回正院去，自有秦氏照顧。

顏寧親自帶著綠衣，端了一碗醒酒湯送到客院，遞給洛河，讓他們帶著丫鬟入內伺候鎮南王喝了。

楚謨看著顏寧，笑個不停。

顏寧被他看得有些臉熱，瞪了一眼，轉身走了。

「寧兒，回去我就讓父王看訂親的日子去！」楚謨對著顏寧的背影大叫一聲。

顏寧腳步一停，卻是頭也不轉，加快腳步離開了。

鎮南王楚洪在楚謨催促下，很快就決定好訂親的日子。

楚謨入宮請楚元帝來做這個媒人，楚元帝湊趣，索性在兩家訂親當日，讓太子楚昭恒代表自己到顏家去。

顏明德和顏烈不能多耽擱，所以問名、納吉等都從簡，只在納徵的時候，邀請親朋故舊來喝了一杯。

秦氏覺得女兒匆匆訂親，有些埋怨。

「嘿嘿，我這可是深思熟慮的。」顏明德有些得意地賣弄。「訂了親，楚謨就是顏家的準女婿，妳們幾個婦孺在家，寧兒再能幹，有些事總不好出頭，這種時候，妳就讓楚謨那小子去。」

顏明德說著，對自己的深謀遠慮大為自豪，又道：「楚謨那小子，腦子靈活，身分也夠，有他在後面撐著，我也不用太擔心妳們。」

秦氏沒想到，顏明德這麼爽快訂親的背後，竟然還打著這算盤。看著自家將軍那一臉撿到便宜的樣子，好氣又好笑。「這話讓鎮南王知道了，人家萬一不高興……」

「他敢！要不是衝著這點用處，他以為他那兒子我很看得上啊？長得那麼娘。」顏明德嘀咕了一句。

秦氏被他說得，傷感沖淡了大半，為他收拾好衣裳行裝，催顏明德早些歇息。

這一日熱鬧過去，就到了顏明德父子離京之時。

除了顏家人、秦紹祖、封平、鎮南王父子等顏家親故外，安國公李繼業居然也趕來送行。

封平如今是太子身邊第一謀臣和親信的身分，安國公看到他在秦氏馬車外，執禮甚恭，行的居然是子姪禮，不由愣了一下。

眾人殷殷送別後，看著顏家父子遠去，各自回府。

封平騎馬隨在秦氏馬車邊，打算與楚謨一起送秦氏母女回家。

安國公踱了過來，邀請道：「封先生是不是要回東宮？我也要去東宮拜見太子殿下，不如同行？」

封平皺了皺眉，想要拒絕，顏寧在邊上輕聲道：「封大哥，你放心吧，楚謨送我們回去，你也回東宮去忙吧。」

封平知道顏寧是不想讓自己被安國公記上一筆，畢竟是太子未來的岳丈，封平略一沈吟，囑咐顏寧小心，又下馬走到秦氏馬車邊上，行禮恭聲道：「夫人，我先回東宮去了，有什麼事，您讓人找我吩咐。」

秦氏掀開車簾一角，囑咐封平不可過於勞累，王嬤嬤遞過一瓶消暑藥丸，讓他小心暑熱。封平也不推辭，含笑接過藥瓶收入袖袋中，待秦氏馬車行後，他才上馬，來到安國公邊上，與他同行。

安國公知道封平是受過顏家恩惠的，笑道：「封先生知恩圖報，真是義氣男兒！」

封平一笑，謙辭了幾句。

安國公又道：「聽說封先生年末，要與秦尚書家的大姑娘成親，我想著先生在京城還未置宅院，特意為先生在桉樹胡同那邊置辦一所兩進院子，先生有空不如去看看？」

桉樹胡同靠近安國公府，封平搖頭道：「倒是辜負安國公好意了。前幾日我看榆樹街那邊有所宅子出售，價錢適合，已經買下了。無功不受祿，不敢再有勞安國公了。」

安國公想起來，顏府後面的街道就是榆樹街，封平這是打算與顏府比鄰而居啊。

「榆樹街雖好，卻是京城老地方，桉樹胡同到底是京城新貴雲集之處啊。」

這話，卻是意有所指了。

安國公在京城的公侯權貴之家中，一向比較低調。李繼業繼承安國公之位前，賣命讀書，繼承安國公之位後，如非必要，絕不多嘴。這位安國公，最近風頭太盛，失了往日的謹慎和低調。

「安國公指點得是，只是封某念舊，當初在顏府住過，倒是習慣那地方了。說來顏府只是客居之地，想起來，卻如同家一樣。」

安國公看封平如此乾脆地拒絕，心中不快，兩人一路無話，到了東宮。

楚昭恒正與太傅等人忙著討論政務，聽人稟告說封先生回來，又說安國公來拜訪。

少傅潘肅聽到安國公李繼業來了，哼了一聲，沒有開口。

太傅鄭思齊卻直言道：「殿下，安國公近來到東宮來得太多，卻無甚建樹。」

楚昭恒溫言道：「太傅說得是，我去見見他就回來。」畢竟是將來的岳丈，他答應娶李錦娘是為了讓人知道，自己對功臣的看重，對李繼業，也得給足顏面。

楚昭恒與安國公交談片刻，看對方也沒什麼要事，讓他先回府。

安國公走後，他叫來封平問了今日送行種種，知道顏明德已將家中安排妥當，倒是放心了。

封平最後說道：「太子殿下，剛才回來時，安國公要送屬下一處宅院，在桉樹胡同那邊，屬下拒絕了，屬下已經在榆樹街買了小宅院，將來若成親，打算住在那院子中。屬下的未婚妻是顏夫人的外甥女，住得近，也好有個照應。」

楚昭恒聽了後，點點頭。「好，你那宅院，倒是要早些布置。」

「太子殿下，安國公說，桉樹胡同是新貴雲集之處。」

這話說出來，楚昭恒臉色一沈。

卻說安國公離開東宮後，路上遇到幾位翰林。他喝得微醺，想到被封平拒絕，覺得失了顏面，沈著臉回到府中。

安國公夫人正帶著李錦娘一起做針線，看他臉色不對，讓院中伺候的人退下後，親自為安國公端了杯茶。「老爺這是怎麼了，早上不是說出門要給顏大將軍送行嗎？莫不是送行出了什麼事？」

李錦娘聽到母親問是不是送行不順，不由也停下手中針線，想要聽一聽。

安國公搖搖頭。「和送行沒什麼關係，是那個封平，不識抬舉的東西。」

「封平？是太子殿下倚重的那個封家人？」

安國公點點頭。「我有意將桉樹胡同的那棟宅院送給他，他不識抬舉，居然自己買了榆樹街那邊的宅子。」

「老爺，人家不收重禮，你又何必生氣？」

「婦人之見！」安國公叱了一句，轉頭對李錦娘諄諄教導。「錦娘啊，妳將來嫁到東宮，一定要記著安國公府好，妳的地位才穩。妳看皇后娘娘，若不是她出身顏家，太子殿下能不能坐穩儲君之位，還真是兩說。后妃和娘家是唇齒相依啊。」

李錦娘點點頭。這些話，安國公每隔幾天就要提一遍，她都會背了。「父親，女兒記住了。」

「也是我們李家走運，嘿，不然這太子妃之位，搞不好又落到顏家手中。」安國公想起宮變那夜，自己破釜沈舟之舉，很是自豪。

這話，李錦娘有些不愛聽，不由勸道：「父親，您不是也說太子殿下如今還是要小心，您這些話，可不要說了。」

「這不是在家裡說說嘛。」安國公打了個酒嗝。

安國公夫人看他有些醉了，連忙吩咐人去煮醒酒湯來，又扶著安國公到內室躺下歇息，叫小丫鬟守在床邊搧扇。等她安頓好，回到前面，看到李錦娘正盯著手中的花綳子發呆，輕輕咳了一聲。

李錦娘回過神來，輕聲叫了一聲「母親」。

安國公夫人走到女兒身邊坐下，輕撫著女兒肩膀。她知道女兒什麼都好，就是對太子殿下一片深情，安國公那句太子妃之位搞不好又落到顏家手中，是刺到她的心了，不由勸道：「錦娘，妳能嫁入皇家做太子妃，是上天祖宗保佑，天大的福分，只是，那到底是太子殿下，將來若是順利，三宮六院總是少不了。今年還有良娣要進門，妳可要拿好主意。太子殿下，母親看著是個寬厚的人，只要妳做好本分，將來不至於虧待妳。」

李錦娘知道，母親是要自己守好本分，不能善妒。皇宮內院，本就是天下最無情的地方。

安國公夫人說了幾句，想讓女兒散散心，將李錦娘拉起來。「顏寧與鎮南王世子訂親，妳還沒去親自恭賀一聲呢。今日顏大將軍父子離京，不如我們母女倆去一趟，既是恭賀，也是慰問之意。」

於是，兩人便出發到了顏府。

秦氏帶著顏寧出來迎接，安國公夫人與秦氏聊著，李錦娘則跟著顏寧去薔薇院坐坐。

顏寧看著越發儀態端莊的李錦娘，打趣道：「錦娘姊姊，不對，以後應該叫太子妃娘娘了。」

「寧兒——」李錦娘紅著臉無奈地叫了一句。「還說我，妳也是訂親的人了。」

「我只是訂親，還早呢。」顏寧大方地回道。「我父親說啦，要留我越久越好。」

鎮南王與顏明德談親開打之事，京城裡傳開了。

李錦娘當然也聽過，此時聽顏寧說起，不由感到好笑。不過她沒顏寧這樣大方，可不敢再打趣，轉而說起玉陽關來。

談到玉陽關風光，顏寧有說不完的話，從那邊魚龍混雜的胡人商人，到各種胡餅吃食，還有紅河大水、草原牛羊。

李錦娘遺憾自己從未離京，去的最遠之處也不過是皇覺寺。「寧兒，真羨慕妳。一直聽妳說玉陽關啊、紅河啊，我這輩子是沒機會去看看了。」

做姑娘時是最舒服的，李錦娘嫁入東宮，就算將來貴為皇后，也沒多少機會出宮門，更不要說去玉陽關看看了。雖然是嫁給自己的心上人，只是想到將來，難免悵然。

顏寧看李錦娘有些心情低落，想到宮中的姑母。顏明心聽她說起玉陽關時，也是一臉回憶之色，遺憾此生不能再去看看。顏皇后的如今，就是李錦娘的將來了。

她不由有些同情，想了片刻，一拍手叫道：「我書房裡有玉陽關的畫，走，錦娘姊姊，我找出來讓妳看看。」

說完，她拉著李錦娘跑進自己的書房，讓李錦娘稍待，自己跑到書箱處，打開書箱翻找起來。

李錦娘看顏寧這書房，收拾得舒朗大氣，房中書架上的書大多是兵書、地理志和輿圖等，還有些風俗人情的閒書，閨中女子常見的詩詞歌賦卻一本未見。她想起顏寧所作的葡萄詩，倒是難為她能寫出來。

坐在書桌前，書桌上放著一盆盆景。仔細看那盆，應該是宮中賞賜之物，可能是顏皇后賞賜出來的吧。一直聽說皇后娘娘與這個娘家姪女感情深厚，她幾次去宮中請安，閒聊時若提到顏寧，顏皇后的話立時就多了。

書桌前還是大軒窗，此時夏末，寫字看書之餘，一抬頭，就能看到軒窗外一架薔薇送香。

軒窗右邊的牆上，是一幅字，手書「前事不忘，後事之師」。一般書房裡會掛些名人字句，也是用以自勉之意，可掛這八個字，還真是少有。

再看軒窗左邊的牆上，掛著一幅畫，這畫去年來時還未見。仔細一看，那畫裡，畫著一個小女孩，滿臉笑容，穿著紅色勁裝，正站在一株梅樹下，手裡還捏著雪球，看那眉眼儼然是顏寧的模樣。這畫，畫得逼真，好像能聽到畫中的顏寧要將雪丟過來的笑鬧聲，再一看落款，赫然是楚昭恒的字。

李錦娘只覺心中有些悶，卻又不知自己在悶些什麼？

顏寧找到了玉陽關的風景畫，抱著四、五個卷軸過來，看李錦娘正盯著牆上的畫看，她將那幾個卷軸丟到書桌上。「錦娘姊姊，妳看，這是太子哥哥去年送我的生辰禮，妳看畫得像不像?明明說要畫仕女圖的，居然畫成這樣子。」

「畫得很像，這是小時候的妳?」

「是啊，大概我十一歲吧。以前年紀小，進宮的時候就拖著太子哥哥玩，我母親可沒少罵我。」顏寧說著，攤開一幅卷軸。「錦娘姊姊，別看那個了，妳來看這些畫，這些都是我收藏的，都是畫得很好的。妳看，這是玉陽關，城牆高吧?」

顏寧攤開一幅幅卷軸，指著上面的景物，滔滔不絕地說起來。

這些畫，有些是名家之作，有些卻只是無名氏所畫。李錦娘看有幾幅實在說不上意境出色，估計顏寧是看著覺得畫得很像吧。

她看著顏寧眉眼生動，小嘴張合之間，清脆的聲音就蹦出來。看著看著，李錦娘的眼神，忍不住又看向牆上的那幅少女畫像，這畫，畫得可真像啊!不僅畫出顏寧的樣貌，還畫出顏寧的神韻，滿臉笑意，眼睛晶亮，甚至，連那股張揚的自信都畫了出來。

李錦娘回家後，有些悶悶不樂，安國公夫人見她如此，問道:「錦娘，是不是在顏府與顏寧相處不好?」

「沒有，母親，女兒和顏寧相談甚歡。」

「那就好。顏寧到底是皇后娘娘的姪女，太子殿下的表妹，聽說太子殿下對這表妹一向看重，妳能和她相處得好，也是好的。」

李錦娘點點頭。這些道理，她自然明白。

「太子殿下寬厚重情，他對顏寧的疼愛，可不比顏家的顏烈少。」安國公夫人感慨了一句。

李錦娘聽了這話，暗嘆自己真是鑽了牛角尖。顏寧說起楚謨時，神情雖然落落大方，但她還是能看出顏寧對楚謨的嬌羞之意。

顏寧一向是膽大包天的，顏大將軍又是出了名的寵女兒，這樁親事必定是顏寧喜歡的。這樣一想，李錦娘只覺心胸開闊了些。

安國公酒醒之後，聽說夫人帶著女兒到顏府去了，嘀咕了幾句。

第二日，鳳禧宮尚福總管，送了些宮中賞賜給安國公。

尚福問了安國公和安國公夫人，李錦娘出嫁準備得如何？這是顏皇后對未來兒媳的關懷之意，安國公夫婦倆仔細回答了。

尚福總管點點頭，又道：「皇后娘娘特意交代，李姑娘嫁入東宮是大喜事，雖說女子出嫁總是母親多操勞些，安國公是慈父，想來也是有很多事要料理的。」

安國公不知這話的由頭，只好點頭稱是。

尚福總管又說：「那咱家先告辭了。皇后娘娘聽說如今桉樹胡同新貴雲集，還讓奴才去看個熱鬧，回去後說說京城新鮮事呢。」

這話一說，安國公哪還有什麼不明白的。他心裡不由咯噔一下，暗悔昨日與封平說話時，這話說早了。

他一邊親自送尚福出去，手裡塞了一個上等紅封過去。「桉樹胡同到底是新的，哪比得上京城裡幾條老街熱鬧啊。公公這跑過去，只怕是看不到什麼東西。」

「皇后娘娘多年沒出宮了，最近聽人提起這胡同，說她沒進宮前倒沒聽說這胡同，讓奴才看看，是怎樣的熱鬧。」

「皇后娘娘什麼熱鬧沒見過，公公回去一說，娘娘肯定要笑是井底之蛙了。」安國公陪小心地說著，將尚福送到大門。

尚福收了賞錢，笑道：「國公爺說沒什麼好瞧的，那奴才先不去看了。奴才先去一趟顏府，娘娘讓奴才去問候一下顏夫人呢。」

「公公離宮一趟，這麼多差事，實在辛苦。」

尚福謙虛了幾句，騎馬往顏府方向去了。

安國公臉色有些陰沈。這是皇后娘娘來敲打自己，讓自己不要得意忘形？

他回到書房，叫來兒子商議，父子兩個商議半日。很快，安國公閉門謝客，闔府忙著為李錦娘準備嫁妝。

皇家下聘後，李家已經大肆採買過一次，如今又要採買，大家只能猜測，安國公這是想要讓女兒出嫁也成為京城一大盛事啊。

很快地過了中秋，李錦娘出嫁日子定在九月。

到底是楚昭恒的人生大事，皇后娘娘命惠萍、尚福一日一趟地往東宮跑，生怕那邊的奴才年紀輕，不能布置妥當。

李錦娘這邊，閨中姊妹和各府夫人們，添妝的人不少。

顏寧也約了秦婉如一起，到安國公府為李錦娘添妝。

李錦娘聽說是顏寧和秦婉如到了，親自迎出來。她與秦婉如見面次數不多，並不相熟，但是秦婉如溫柔靦覥的性子，很少有人能討厭。再加上秦婉如與封平的婚事，李錦娘對她自然也是熱絡的。

三人正說笑著，有人來報說三皇子側妃劉琴到了。

李錦娘神色有些不自在地看了顏寧一眼。「沒想到她來了。寧兒，我去迎接。」

不論是兩人身分，還是各自所嫁的人來說，李錦娘如今都不想與劉琴過從密切。自從劉琴闖宮害得顏烈受刑後，顏寧說起劉琴，連從前的敷衍都不願了。

李錦娘也怕顏寧見到劉琴，她出嫁在即，可不想兩人在自己這兒吵起來。而顏寧自然不會在此時失禮，和秦婉如相視一眼，也笑著跟隨李錦娘迎出去。

劉琴今日一身盛裝，讓人帶著兩箱物件，她看到顏寧身邊的秦婉如，笑道：「這位姑娘倒是眼生。」

秦婉如上前一步行禮。「見過劉側妃，家父是工部尚書。」

劉琴傲然點頭。「原來是秦尚書的女兒。」她又看了顏寧一眼。「寧兒，好久不見。」

「是啊，自從劉側妃滑胎之後，就再沒見您出來走動。」顏寧一句話，說得其他幾人都臉色微變。

劉琴倒是好涵養，臉色一變之後又如常，對李錦娘說：「錦娘，恭喜妳了。真是好福氣啊，太子殿下與寧兒親厚，妳嫁到東宮，必定萬事順心的。」

是為了挑撥自己與李錦娘而來？顏寧本以為劉琴是楚昭業讓她過來的，聽了這一句，不由有些失望。

「劉側妃說得對，錦娘姊姊嫁到東宮，必定萬事順心的。不過，這和我可不相干，而是因為太子哥哥寬厚仁義，嫁給他，自然都能過得好的。」

顏寧不耐煩再待下去，跟秦婉如說：「大表姊，出門時舅母交代要讓我早些送妳回去，我們也叨擾錦娘姊姊不少時候，不如先告辭吧？」

兩人說著向李錦娘告辭。

劉琴看著顏寧遠去，眼中嫉恨一閃而過。

顏寧，我得不到三殿下的心，妳何德何能，讓他對妳念念不忘？

她目送顏寧表姊妹兩人離去，留下與李錦娘說了不少宮中的事，一副為人著想的樣子。

劉琴在安國公府待了近一個時辰，才回到三皇子府。

楚昭業知道劉琴今日要去給李錦娘添妝，這種女子之間交往的事，他一向不過問。只是，跟著劉琴同去的宮人，回報了劉琴在安國公府的言行後，他倒是好奇，這個側妃會如何做？所以，晚間他來到劉琴的房中。

劉琴聽說楚昭業來了，連忙迎出來，又殷勤伺候茶水。

燈下美人，更添嬌羞。

楚昭業看著劉琴半垂雙目地站在自己面前，往自己對面的凳子點了點。「坐，今日去安國公府了？」

「是，妾身與安國公府的姑娘都是閨中姊妹，她出嫁在即，所以妾身去添妝……」劉琴對楚昭業的問話，一點也不敢輕忽，一五一十說個清楚。
「聽說，妳遇上了顏寧？」
果然是問這個啊！
劉琴抬眸看了一眼，又連忙低垂下眼簾。「是，不過顏寧對妾身深有誤解，所以沒說幾句就離去了。」
「妳心中是不是有不平？」
「殿下，妾身……妾身不敢，不是，妾身沒有。能嫁給殿下，是妾身的福氣，不敢妄想正妃之位……妾身……」劉琴慌亂地辯解，然後就看到了楚昭業戲謔的神情，咬唇不知該再說什麼。
「呵呵，我只問妳是否有不平，妳就提到正妃之位。閨中姊妹的李錦娘要做太子妃，顏寧將來是鎮南王府的世子妃，也難怪妳心中不服。不過，妳想挑撥李錦娘與顏寧的關係，這事做得太蹩腳了。」
「殿下，妾身……」劉琴沒想到，楚昭業居然會說到這個。「妾身只是想著，若李錦娘和顏寧關係不和，或許能幫到殿下，妾身，只是想幫殿下分憂。」
奪嫡大事，就靠女子關係不和？楚昭業有些不屑。不過既然劉琴都動手了，他也無意阻止。
「若想要李氏對顏寧不滿，妳此時說話太早，應該等李氏嫁入東宮，親眼見了一些事情後，再開口才有用。」楚昭業提點一句。「耳聽只讓人有所感，眼見才能讓人心痛嫉妒。」

這是殿下的真實體驗嗎？劉琴很想大聲問一句。

顏寧訂親那日，楚昭業親自去恭賀，回府後喝醉了，來到她的房中。那時，她才真的知道，楚昭業對顏寧是有情的。她很想問楚昭業，三皇子正妃遲遲不定，是為了顏寧嗎？只是，她到底不敢在楚昭業面前放肆。

「等李氏過門後，妳再去跟這位太子妃多見見吧，若她容不下顏寧，嗯……若她容不下顏寧，妳不妨協助一二。」楚昭業淡淡吩咐道。

聽見如此無情的話，劉琴忍不住瞪大雙眼，又趕緊垂眸答應。

楚昭業不知她心中的想法，又揣測了一下，想著李錦娘應該沒有動手的膽量。

兩人各有所思，再無他語。

第五十七章

九月，很快就到了。

秋高氣爽的好時節，傳來的都是喜訊。

兗州北燕求和之事了結後，武德將軍周伯堅奉命，帶著取得大捷的援軍回京。

楚元帝早朝之上，分封了此次大戰的有功之臣。

周伯堅交上的功勞簿上，首功記的是顏寧，其次就是顏烈。

楚元帝稱讚顏烈身為先鋒官作戰英勇，被封為四品將軍，封賞的聖旨送了一份到京城顏府，還有一份讓人快馬送去玉陽關。

顏寧鎮守安城、抓出兗州細作有功，只是到底是女子，楚元帝對她的封賞有些為難。

太子楚昭恒建議。「大楚開國的時候曾有女子為將，父皇一朝出個女將，也是佳話啊。」

楚元帝一聽，哈哈一笑。「好，就封顏寧為三品撫遠將軍，不用上朝，領朝廷俸祿。嗯，讓人給她準備一套好看的印信送去。」

朝中大臣聽了有些愕然，可周伯堅帶回來的那群將領們，卻是齊叫「聖上英明」。

這些最講究軍功的武將們都不反對，朝中那些文臣們本來有想反對的人，但一看連最學究的太子太傅鄭思齊都贊同，還有什麼好說的。

秦氏和顏寧在家接到這道封賞的聖旨，秦氏有些回不了神，看著康保，不知該說什麼？顏寧可不管母親的猶豫，接過聖旨，大呼萬歲。

「奴才恭喜顏姑娘，不對，恭喜撫遠將軍。」康保湊趣恭賀道。

顏寧點點頭。「康公公，辛苦了，來，這荷包先拿著，等我領到俸祿，再給您補上一個。」

「好、好，那奴才可就等著啦。」康保笑著回去覆命。

楚元帝聽康保說顏寧要等領到俸祿再補賞，對太子說：「快讓人給她補上兩月俸祿，不然，人家還道三品將軍被欠俸了呢。」又對楚謨笑話道：「致遠啊，顏寧現在可是三品，她若是再累積點軍功，將來軍職或許就在你之上啦。」

「皇伯父，那您可不能給她封賞太多，姪兒可不要娶個元帥世子妃。」楚謨討饒，惹得楚元帝再次哈哈大笑。

顏寧女將軍之名，傳遍大楚上下。有人誇獎顏寧是巾幗不讓鬚眉，將門虎女，大楚開國以來，第一位女將軍也是出自顏家；可也有人嘲笑顏寧是不守閨訓，粗魯無禮，有出格的甚至說這是不守婦道。

甚至有閒得無聊的人到鎮南王楚洪面前嚼舌根，還大言不慚說什麼顏寧配楚謨，原本就高攀了。如今顏寧不守規矩，就算鎮南王要悔婚，那也是應當的。

鎮南王楚洪聽後，哈哈大笑。「我們鎮南王府可不是那些窮酸腐儒，沒本事的男人才怕老婆太能幹呢。這樣的兒媳婦，我們鎮南王府可娶定了。」

鎮南王那句「沒本事的男人，才怕老婆太能幹」，霎時伴隨著顏寧的女將軍之名，飛速傳播。

百姓們談論封賞，朝廷裡則商議兗州的事務安排。比如新的兗州州牧讓誰做、兗州此次損失的兵力補給等事，最重要的是，兗州糧庫空虛得盡快補上，而要補上糧庫，兗州州牧就得是實幹之人。

太子楚昭恒舉薦東宮屬官蔣立淳，楚昭業則推薦戶部侍郎趙易權，同時提出，兗州那邊臨近北燕，補上的兵員不能全是新兵，萬一再有戰事，新兵不利抗敵。他提議從京城四營中調部分兵力去守兗州，各地招募的新兵補上京城四營。

楚元帝對於兗州是否全補新兵也有顧慮，聽了此言後，覺得此法可行。最後幾番商議，定了蔣立淳為兗州州牧，調兵則按楚昭業的辦法進行。

沒多久，就是太子大婚之日。

顏寧跟楚謨兩人特意訂了一間沿街酒樓的雅間，在樓上看熱鬧，兩人還把封平和秦婉如也叫來。

封平和秦婉如都不知對方會來，這一見面，都有些害羞，被顏寧和楚謨好一陣取笑。

楚謨還嘆息太子殿下的洞房不能鬧，但封平的洞房，他可是要帶人鬧個底朝天的。

封平點著楚謨笑。「世子爺別現在說得熱鬧，過兩年也要大婚的。」

楚謨得意一笑。「爺到時在南州成親，你們想鬧都鬧不到。」說著還邀功地看了顏寧一眼，一句話說得顏寧都嗔怪起來。

楚昭恒大婚，顏寧覺得很高興。這證明前世的事都在好轉了，是吧？

三日後，李錦娘回門，太子備了重禮，親自陪她回門，給足臉面。

回門當日，安國公府正門打開，李家全家在門口跪迎。

「安國公免禮！」楚昭恒走上幾步，抬手虛扶了丈人一把。

安國公還是行了大禮，隨後，才在前引著太子夫婦入內。

安國公夫人見女兒嬌羞豔麗，知道必定是順心的，高興不已。

安國公帶著兩個兒子陪著太子殿下。大兒子李敬，今年二十二，走了武職，在京郊西營做個小官；二兒子李敏，如今還在太學院讀書。

楚昭恒對李家這兩個兒子都是有所耳聞的，兩人沒什麼大才能，但也沒染上什麼紈袴習氣。他讓人問過，李敬其實武藝還行，只是安國公夫婦捨不得讓兒子上沙場搏命，就在京郊西營，當然沒什麼升職機會。他看了看李敬，問道：「李敬，去年楠江大水時，招募了一些災民入伍，如今京郊四營都要抽調兵力去兗州等處，我打算派人去英州帶兵來京，你是否能勝任？」

李敬一聽，滿臉驚喜。兵隨將動，京郊四營的兵要調走，就意味著有一部分將領要調走。太子殿下讓他去英州接那些士兵，就是給他升職，他自然大喜過望。「末將必定盡力，不辱太子殿下厚望！」說著，就想起身磕頭。

楚昭恒擺擺手。「自家人不用多禮。只是此次去英州，封平也要去，屆時路上你多聽聽他的意思。」

「是，末將明白了。」

楚謨評價李敬沒大出息，勝在沈穩聽令。

再加上楚昭業的調兵提議，顏寧覺得還是防著點，所以，建議太子派信得過的人帶新兵，京郊四營，也不能全是新兵。

楚昭恒覺得有理。京郊四營去了一半兵將後，他將剩下的兵將放在南營和北營，打算新兵都放到東營和西營中，而李敬就在西營，正好看看他是否堪當大用。

李敏看到大哥獲得重用，有些心焦。他在太學院也待了幾年，一直沒能中舉。

楚昭恒看到李敏難掩羨慕之色，端起茶杯，慢慢抿了一口。李敏居幼，在家中受寵，與他大哥比起來，沈穩不足，才能也欠缺，還是繼續在太學院磨一磨好。

安國公看小兒子那神色，咳了一聲，對楚昭恒道：「多謝太子殿下。」

「李敬本身也有才幹，提拔自是應當。」楚昭恒淡淡道。

安國公連說了幾句殿下英明，讓李敏去吩咐開宴。

內院裡，安國公夫人帶著兒媳婦，陪李錦娘吃了一頓家宴。

席間聽說太子殿下有意讓李敬去英州歷練一趟，安國公夫人高興地紅了眼眶，對李錦娘道：「妳大哥這幾年在西營，是委屈了，幸好太子殿下願意栽培啊。這可都是妳的功勞，太子殿下看重妳呢。」

李錦娘知道楚昭恒栽培自己兄長，也是高興，聽母親這麼說，羞紅了臉。「母親胡說什麼。再說提拔大哥，也是應該的。」

李錦娘回東宮後，對楚昭恒行禮道謝，楚昭恒看著李錦娘的眉眼，伸手扶了起來。「妳我既是夫妻，道謝就見外了。」

李錦娘應了是，心中更是湧上甜意。

「以後東宮內院之事，就都由妳管著吧。」楚昭恒又笑著安排。「天不早了，妳早些歇息。」

李錦娘聽說要讓自己管，心中一喜，看到楚昭恒說完，轉身出去，不由驚訝得喊了一聲「殿下」。

看楚昭恒回頭，她掩飾地說了一句「妾身送送您」。

「不用了，外面秋寒露重，妳早些安歇。」楚昭恒在招福幾個人的簇擁下離去。

新婚這三日，太子一直歇在自己院中。她差點忘了，東宮中太子和太子妃，是各有寢宮的。她雖然有些傷感，但想到今日楚昭恒提拔自己大哥，又釋懷了。皇家規矩如此，她自然應該守著規矩。

李錦娘有心要在楚昭恒面前長臉，第二日就帶著宮人先去了太子寢宮。她見這裡只有幾個小太監伺候，竟然連個宮人都沒有，有些意外。隨即想起朝中都說太子賢良，不愛女色，又忍不住甜甜一笑。不論如何，夫君不好女色，對正妻都是好事，雖然知道太子將來必定會有很多女人，只是能少一個也是好的啊。

寢宮外的院落沒有很多花木，最顯眼的就是兩株茂盛的金桂和玉蘭，還有就是牆邊的一架薔薇花。

九月天氣已寒，薔薇花早謝了，葉子也有些發黃，開始脫落。

「太子殿下這寢宮太素淨了，這花也該修剪一下。」李錦娘感慨兩句，吩咐宮人去傳花匠來，要花匠多送幾盆花草來裝點庭院。

她還想舉步進到寢宮內，一個小太監攔了門。「稟告太子妃娘娘，奴才們正在打掃，裡面有些灰塵。」

李錦娘站在門口，果然見裡面有人正在忙碌，她暗笑自己來得早了些。「那你們仔細打掃吧，我不進去了。」

隨後，她又去了書房。

楚昭恒在東宮有兩個書房，前院的書房議事所用，而內院的書房是看書習字之所。

李錦娘走進書房，心中覺得有些熟悉，走到書桌前坐下，抬頭一看，有一面軒窗。

軒窗外，也是一架薔薇。

李錦娘帶進宮的丫鬟織夢，看了這邊一眼，嘀咕道：「太子妃娘娘，這書房的布置，和顏姑娘那邊好像。」

李錦娘心中不由一沈，慢慢轉頭，果然這布局竟然很像。她又往軒窗左邊看去，只見軒窗左邊的牆上，果然也和顏寧的書房一樣掛著一幅畫像，只是這幅畫像上的人是楚昭恒。

這畫像，她是見過的，當日大長公主賞花宴上，她親眼所見是顏寧所畫。

她再抬頭，看著軒窗外的那架薔薇，忽然想起剛才在太子寢宮外，也見到了一架薔薇。

薔薇，薔薇……顏寧在顏府所住的地方，叫薔薇院。

李錦娘只覺心中一陣怒火湧上。父親說過的話，劉琴說過的話，還有很多人說過太子厚待顏寧的話，一句句在腦中想起。

嫁入東宮前，她是知道太子殿下對自己沒什麼男女之情，所以她做好了準備，要慢慢地與殿下相處。她不怕楚昭恒心裡沒有自己，只要他心裡也沒有別人就行。可是，如今呢？

太子良娣和將來的女人，她都不在乎，可是，顏寧呢？

她恨不得拔了這些薔薇，但她初進宮中，自然知道不該犯了楚昭恒的忌諱。

「太子殿下這院子裡，怎麼沒有應景的？來人，去搬些菊花來換上。」

李錦娘親自看著花匠們種好菊花，才離開書房。

到了晚間，楚昭恒回到書房，見到院落中新種的花木後，眼中閃過一絲陰霾。

招福看他臉色有些不豫，忙上前道：「太子妃娘娘見書房院落沒應景花木，特意讓花匠們種過來的。」

楚昭恒點點頭，看了幾眼後，吩咐道：「以後我的寢宮和書房，不許內院中其他人無故走進。」

招福和招壽對視一眼，知道殿下這是不悅了，連忙應聲。

楚昭恒也不再多說，轉身去了李錦娘的寢宮。

李錦娘聽說楚昭恒來了，迎了出來，楚昭恒走進房中，她喚人奉茶。「殿下這麼晚才回來，可曾用過飯？」

「我已經在外院用過了，最近事多，妳不用等我用飯。」

下午，李錦娘打發宮人去外院查探，詢問楚昭恒是否回內院用飯之事？

李錦娘聽了後，臉色閃過一絲難堪，又立即笑道：「是，妾身知道了。」

她走到楚昭恒對面坐下來，說道：「還有兩個月，又有兩個妹妹要進宮來了，妾身今日在東宮各處走了走，想著那兩位妹妹雖然是良娣，反正現在院落也空，不如就讓她們每人住一個院子，殿下您說可好？」

楚昭恒抬眼看了她一眼。李錦娘容貌秀麗，還帶著一絲書卷氣，她此時戴著八寶鳳釵，身穿金色錦服，格外端莊。

他聽招福說了今日之事，對於李錦娘能夠及時懸崖勒馬，還是滿意的。或許，將來他們兩人也能琴瑟和諧，但是此時他還無心情愛，只需要一位端莊、明理、識時務的太子妃就好。

李錦娘察覺到楚昭恒的視線，抬頭溫婉一笑。

楚昭恒點點頭。「這些事，妳定就好。」

「是，妾身知道了。」李錦娘還是溫順地應了一聲，再無別話。

「我的寢宮和書房，妳吩咐下去，除了我身邊伺候的人，其他人不許擅入。」

「是，妾身明白了。」李錦娘臉色僵了一下，才點頭應道。

「錦娘，妳我既是夫妻，今後自然是夫妻一體。只是妳必須謹記，宮中人多眼雜，是非也多，妳這個太子妃，要做的就是守好太子妃的本分。好了，妳歇息吧。」楚昭恒也不再說話，起身走出房門。

李錦娘聽了這話一愣，連忙跟在身後，恭敬地送出去，心中咀嚼著剛才楚昭恒的話，是自己太貪心了嗎？

織夢剛才見到太子殿下來了，高興地去吩咐準備飯菜，沒想到從小廚房回來，卻看到太子殿下已經走了。

「太子妃娘娘，殿下他……今晚也不歇在這兒啊？」織夢忍不住問了一句。

李錦娘瞪了她一眼。「太子殿下有事，吩咐擺飯吧，妳陪我一起吃。」

九月末，封平與秦婉如完婚，隨後，隨同李敬一起前去英州。

剛好鎮南王也要回南州，一行人倒是可以先同船到荊楠碼頭。

秦婉如和封平，正是新婚燕爾，秦婉如自然有些依依不捨。臨行當日，封平帶著秦婉如來到顏府辭行，見了秦氏和顏寧，託兩人多多照應秦婉如。

秦氏笑道：「放心吧，婉如可是我親外甥女。」

顏寧取笑封平。「表姊夫放心，我表姊肯定跑不了。」

這話惹得秦婉如恨得要撕顏寧的嘴。

封平知道有秦紹祖夫婦在京，秦婉如肯定不會受委屈，但是他此行另有重任，怕牽連妻子。

顏寧看他欲言又止的樣子，又道：「表姊夫盡可放心，我已經吩咐了，回頭讓家裡去幾個侍衛，幫你看家。」

封平得了她這話，才算放心了些。「若有什麼事，我會同時往家裡和東宮送信的。」

雖然秦紹祖也能派護院，但他還是更信任顏家護衛些。

「好。」

「寧兒，我此行……」封平想告訴顏寧，自己是去做什麼。封家的秘密，他從未跟顏家人說過，這讓他心有愧疚。

顏寧卻直接打斷他。「表姊夫，太子哥哥派你去做什麼，不用告訴我，我若想知道，自然會去問太子哥哥。」

楚昭恒既然沒告訴她，那封平就更不該說，畢竟，他如今是東宮幕僚。

封平看顏寧一臉了然，知道她必定是有所猜測。正如顏寧所說，她若想知道什麼，問他不如去問太子更恰當，而且顏家人救他，也不是為了封家的秘密。

告辭之後，封平徑直從顏府離開，對外只說要回鄉一趟。

楚昭業獲悉封平跟著李敬一同去英州，離京還和鎮南王同行，有些頭痛。

李貴來說了這消息，看他半天沒別的話，一時不敢亂動，生怕打亂主子的思緒。

楚昭業猜測，封平此行是為了封家所留之物。

封家前任家主，也就是封平的祖父，在潁州找到一個黃金礦脈。當時楚元帝還未登基，封家私下扶持的是與楚元帝爭位的大皇子。楚元帝登基後清算舊帳，抄了封家，拿封家家財填補國庫。

殺了封家一半人時，楚元帝獲知了金礦之事，所以臨時改主意，留了封平這個活口。

封平這麼多年寧願在京城乞討都不動，是怕交出這秘密後，他自己還是得死吧？如今怎麼改主意了？是因為娶了秦紹祖的女兒，覺得性命有保障了？還是成親之後，為了妻兒，想拿這金礦搏個機會？

「讓人跟著封平，若是他到英州後有異動，一定要事無鉅細地回報。」楚昭業的食指不自覺地敲著桌子，他思索半晌，下令道：「記著，回京路上，不要讓他有機會與李敬會合。」

李貴連忙一一記下，想起暗衛們傳回的消息，又道：「爺，暗衛們說，那座莊子附近，最近有生人出現，是否要換地方？」

「是什麼人，能知道嗎？」

「看不出來，已經轉悠幾天了，不過跟暗衛沒照面過。」

楚昭業知道，顏寧一直在找宮變那夜出現過的黑衣人，這批人是他的王牌之一。宮變之後，他就讓那批人隱藏了，如今，那莊子附近出現的生人，是巧合，還是顏寧真找到了？

那座莊園，是他用了一個外地來京的客商名義買下的，若查宅院的話，肯定找不到他。

而那客商也是真有其人，照理說，應該沒什麼破綻才對。

顏家軍都跟著顏明德父子去玉陽關了，顏府現在留下的只是些護衛。只是楚謨是與江湖人混跡過的，他手底下應該有些江湖好手。

「讓他們按兵不動，不用撤離。」楚昭業考慮片刻後，直接決定。

這種時候，一動不如一靜，只要沒有打過照面，顏寧和楚謨可以懷疑很多宅院有問題，卻不能無故就搜查，只要不自亂陣腳，就沒什麼事。

李貴記下後，下去安排了。

楚昭業沈思片刻，想起上次劉琴去安國公府與李錦娘所說的話。他一直注意著楚昭恒，當然知道楚昭恒的寢宮和書房的布置。現在，李錦娘已經嫁入東宮，應該也已經看到了。

「或許，該給顏寧找點事情做做？」他喃喃自語了一句，抬腳，往後院走去。

楚昭業還未到後院找劉琴，宮中便來人，楚元帝急召他進宮議事。

那小太監傳令之後，就等在三皇子府，顯然楚元帝很急。楚昭業不敢怠慢，換過衣裳，跟著小太監入宮。

他走進勤政閣時，裡面一片寂靜，一股壓迫感撲面而來，太子楚昭恒、右相葉輔國、左相周玄成，還有戶部尚書、新上任的兵部尚書等人都在。

楚元帝顯然剛剛發了一通火，此時看著，臉色有些灰敗，不過，氣勢還是驚人。

楚昭業也不問何事，先看了一下楚元帝的臉色，才磕頭請安道：「兒臣見過父皇。父皇要息怒啊！」

楚元帝坐在龍座上，微微喘息，看到楚昭業進來，他已經無力說話，他對太子楚昭恒點點指頭，示意了一下。

楚昭恒將潁州州牧彭澤所寫的奏摺，遞給楚昭業。原來，去年天災之後，因為賑災糧銀略有拖延，民間曾有譁變。

這次會發來六百里急報，是因為潁州治下一個縣令與當地富商勾結，富商賑災時給出的是下等米，如今收糧要求百姓們交回上等米。

大災剛過，百姓們手中還沒多少餘糧，當初發糧沒領到多少，如今倒是要將辛苦耕種的稻米白白填給人家，誰能願意？

有百姓不服，匯集到衙門口，要和那縣令講理，被縣令不由分說都給關進去，還要家人拿三百斤上等粳米贖人。

這消息傳出，匪徒們公然打著「替天行道」的名號，攻打縣城，將縣令和那富商都殺了。匪徒在深山落草為寇，也就罷了，但攻打縣城殺了縣令，就是謀反啊。

彭澤作為潁州州牧，立即派本州駐軍前去剿匪，可那領軍的將軍帶著三千兵馬，居然還讓匪徒給擊潰。彭澤在奏摺裡，列了匪患滋生的緣由和現狀，其中就特別提出，由於賑災之糧由商人所出，各地商人回應冷熱不均，潁州地處貧瘠，英州等處糧商的糧食，只會供給本州州府，所以不能惠澤全部災民，造成山中災民不散、聚集成匪云云。

賑災之法是由楚昭業所提，彭澤此語，就差沒明說都是三皇子的餿主意，才會鬧匪患。

彭澤是兩榜進士出身，一篇奏摺，寫得抑揚頓挫，文采飛揚。只是，他到底不知朝廷當時的危急，當時朝廷要應付戰事，還要賑災，戶部糧倉又空，當時楚昭業的賑災之策是上上策。不過後續落實時，各地官衙各有私心，又有官商勾結，才會有冷熱不均，或者捐下等糧收回上等糧之事。潁州本就地處貧窮之所，又不是直接受災之處，朝廷更是顧不上了。

楚元帝發火，不是覺得楚昭業的主意不好，而是惱恨匪徒猖獗、剿匪不力。

楚昭恒當時也覺得楚昭業所提乃是良策，只是後期未能轄制各地官員，說起來，還是吏治問題。

楚昭業看完這份奏摺，抬頭向楚元帝請求道：「父皇，彭澤所提之事，是兒臣後續考慮不周。」

楚元帝搖搖頭。「書生誤國，彭澤的話，只是為自己洗脫而已。」

右相葉輔國提議，當務之急還是剿匪為要。「臣覺得若能招安，也不失良策。」

楚昭業建議道：「父皇，依兒臣之見，這些匪徒正是氣焰囂張時，若只派個文臣去招安，恐怕不能奏效，必須先將他們打敗、打痛了，再讓人去招安，才能事半功倍。」

楚元帝點點頭。「那就讓潁州那邊守軍繼續去剿殺？」

「父皇，李敬剛好要去英州，不如就讓他順勢剿匪？」楚昭業直接舉薦李敬。

楚昭恒搖搖頭。「李敬一直在京郊西營任職，沒有帶兵打仗的經驗。」

「太子殿下太謙虛了，哪有天生的常勝將軍？不讓李敬試試，怎麼知道呢？」

「李敬一人成敗何足掛齒，只是匪徒氣焰若更囂張，招安之說豈不是笑話？」

他們兩人你一句我一句說得熱鬧，其他幾個大臣們都當自己是啞巴，不開口了。

安國公之子李敬，的確沒有獨當一面過，但是，他們若直說李敬不行，豈不是看不起太子殿下的妻舅？而他們若說李敬能帶兵，就是倒向三皇子了。不說話，才是上策啊。

「聖上，英州也來急報了。」康保匆匆拿了一份奏摺，呈交進來。

楚元帝看了一眼，怒叫道：「這些守軍，全是吃白飯的？你們看看，看看！」

楚昭恒接過那奏摺看了一眼，傳給其他人。

原來那些匪徒竟然又去劫掠英州治下的一個縣，將當地洗劫一空。英州守軍進山，連盜匪影子都沒摸到，就中了陷阱。

「父皇，這些匪徒熟悉山中地勢，英州和潁州的守軍貿然入山，才會一敗塗地。」楚昭恒沒有帶兵經驗，但他說的話分析有理。

「父皇，宜快不宜遲，總不能為了小小的盜匪，調集大軍吧。」楚昭業又說了一句。「英州那邊，有去年以來新招募的士兵，人數大概有三萬左右，這麼多官兵，還怕踏不平匪徒老巢？」

「父皇，兒臣以為，若要一舉成功，得選個熟悉山地行軍打仗的將領。」

「太子殿下不會是要調周伯堅周將軍來打吧？」

武德將軍周伯堅，生平幾場大勝，都是在山林中取得的，所以在大楚將領中，若說山林作戰，首推周將軍。

「周將軍駐紮伏虎山，怎可輕動？」

「那兒臣還是舉薦李敬試試吧。」楚昭業淡淡說了一句。

楚元帝看了兩個兒子一眼。朝廷政事，這兩個兒子還有私心？

「李敬做不了主將，一是因為他長年駐紮京郊，不熟悉山林；二是他未曾獨自帶兵作戰，只怕有失。英州當地的守軍都敗了。」

「李敬若是無能，太子為何提拔他做京郊西營副將，讓他去英州帶領新兵呢？」

「李敬為人穩重，在西營任職多年，他的升遷自有軍中定例，三弟問我，我還真不知道為何了，待我回去問問吧？三弟若知道，也可告知我一聲。」

「太子殿下說笑了，臣弟怎會知道呢？」楚昭業收了聲。他只是想提醒楚元帝，太子正在京郊四營中安插人，這個目的達到，別的就不用多說了。

「父皇，兒臣覺得可調玉陽關顏烈回來。」

「大楚就顏家人能打仗？」

「那三弟覺得，濟安伯行嗎？」

楚元帝只覺怒火更盛，抓著御案的手，手筋都暴了出來。他終於按捺不住怒火，將茶碗重重一放，道：「夠了，還有什麼人選？」

「父皇息怒！」

「聖上息怒！」

楚元帝發了火，楚昭恒和楚昭業都站不住，跪了下來，大臣們也連忙跪下，請求帝王息怒。

「息怒?哼，幾千災民聚集成匪，這匪徒還將兩地官兵給打敗!你們兩個，在爭什麼?朕還活著呢！」楚元帝狠狠將茶碗砸到地上。

楚昭恒和楚昭業連忙磕頭，不敢再說。

楚元帝吸了口氣，將這股怒氣壓回去。

太子在京郊安插人，他知道；三兒子也在安插人，他也知道。只是，他不能完全壓制，底下的大臣們在選邊站，他不能將這些對自己不夠忠心的人，全給殺了。

可是，此時正在說剿匪，這兩人還不知大局為重？

葉輔國這時抬頭大聲道：「聖上，臣舉薦一人。」

「何人？」

「鎮南王世子楚謨。」葉輔國道：「楚世子在南邊與南詔作戰，勇猛善戰，而南邊多山林，楚世子能獲勝，必定善於山林作戰。再者，楚世子就在京城，只需讓他趕赴英州帶兵即可。」

「臣附議！」

「楚世子可帶兵！」

其餘幾位大臣聽了葉輔國的建議，都覺得這是個不錯的人選。

楚昭恒皺了皺眉頭，一時沒想出適合的反對理由。

楚昭業卻暗中一笑，終於有人說了他心中想說的人。這個人選，楚昭恒不會說，他不能說，一定要這些大臣們來說才行。

他看太子嘴巴一動，附和道：「兒臣也覺得致遠可以勝任，不過，一切請父皇定奪。」

楚元帝將京中能派的將領想了想，楚謨確實適合。一來他善戰有謀，二來他也的確是帶兵山林作戰過。

剿匪說來簡單，但若不速戰速決，也是要消耗錢糧的。如今南北戰事剛歇，國內萬一有其他歹徒呼應，豈不是多生事端？

「康保，去傳楚謨來吧。」
眾人聽了這話，知道皇帝也是同意這個人選了，暗自吁了口氣。
楚昭恒本想乘機讓顏烈回京，可是楚元帝立即否定。這舉薦的人得能服眾，還得有打贏的把握。
葉輔國提了楚謨後，楚昭業立即附議，難道他一心要楚謨去打這仗？
楚謨來得很快，沒多久就到了勤政閣。
楚元帝告訴他潁州匪患後，楚謨請命道：「小小盜匪竟敢如此猖獗，當朝廷治不了他們嗎？皇伯父，您給我五千兵馬，我去蕩平他老窩。」
「哈哈，好！好氣勢！」楚元帝終於高興了。「大楚將軍，就得有你這氣勢！」
「英州那邊有三萬士兵，潁州和英州守軍也有幾千，這些人都隨你調動，朕只要你做到一條——速戰速決。」
「是！臣遵旨！」楚謨很乾脆地磕頭領旨，一句廢話都沒有。
楚昭業看他如此，暗讚了一句識時務。
楚謨也的確是識時務。來時就聽說勤政閣裡，為了讓誰領兵剿匪吵得不可開交，葉輔國推薦了他，皇帝立刻就傳他進宮。
他倒是不想離京，在京城時不時去顏府見見顏寧多好啊。領軍打仗，還是在那種深山老林中，天熱蚊子咬，天冷寒風吹，多受罪。可是，都問到他頭上了，與其等著被楚元帝任命，還不如主動請戰。

定下了領軍將領，其他事情就容易了。楚謨人都不用帶，只要拿著聖旨，快馬趕赴英州，直接在當地點兵即可，糧草等物都可當地調用，倒也方便。

「父皇，那招安的人選？」楚昭業又提了一個問題。

「有致遠在，招安人選何必再議，不如讓致遠一肩挑了吧？」楚昭恒當然不會再讓楚昭業提人，免得給楚謨多加掣肘。

楚謨對楚元帝說：「皇伯父，若空口白話，臣覺得招安有點難，不如先讓臣帶兵去給那些盜匪一些教訓，然後再看招安之事？」

「嗯，你所言有理。這樣吧，所謂將在外，君令有所不受，既然你管了剿匪的事，如太子所說的，招安之事也由你定吧。」

「臣遵旨！」楚謨又大聲領旨。

大事說完了，楚元帝想起身，卻感覺一陣暈眩。他扶住御案穩住身子，額頭冷汗流了下來。

康保就站在楚元帝邊上，連忙走到他身邊，楚元帝搖搖頭，止住他的動作，站了一會兒後，才覺得那陣暈眩過去。

底下的幾個人都低著頭，不知是沒看到，還是裝作沒看到？

「你們都下去，各自辦差去吧。」楚元帝提了提聲音說道。

太子楚昭恒為首的幾人，慢慢退出勤政閣。

楚昭業看著楚昭恒。「太子殿下舉賢避親，對李敬未免有失公允啊。」

楚昭恒一笑。「我以為三弟會舉薦劉岑呢。」

「劉岑資歷太淺，我有心想舉薦，也得為國考慮啊。」楚昭業也是一笑。

一行人走到勤政閣院門處，葉輔國等人向楚昭恒行禮告退，離宮走了。

第五十八章

楚謨離宮後，徑直到顏府來找顏寧。

隨著楚昭恒、封平和秦婉如成婚這兩樁喜事，讓顏寧覺得最近心情大好。尤其更有一樁喜訊傳來，秦氏告訴顏寧，玉陽關來家書了，顏明德和顏烈順利到了玉陽關，大嫂秦可兒馬上要帶著姪兒回京。顏明德見到孫子後，當即為這長孫取名顏文彥。

顏寧聽到顏文彥這個名字，想起前世自己未能護住這個孩子，更期盼他早日到京。秦氏帶著王嬤嬤忙著為孫兒收拾院落，下人回報說楚謨來了。秦氏因為有顏明德的交代，也不阻止顏寧見外男。

顏寧匆匆來到外院書房，楚謨正等在房中，看她進來，第一句話就是「寧兒，我要離京了」。

顏寧今日一身裙裝，耳邊一副珍珠耳墜，聽到楚謨說離京，她猛一抬頭，耳墜更是晃了好幾下。「出了何事？要離開多久？」

楚謨苦了臉。「不知道，英州出了匪患，聖上派我去剿匪呢。現在都秋天了，楠江那邊的山裡，這仗不好打。」

「怎麼派你去了？當地守軍呢？」

「就是當地守軍敗了啊，只好讓我這大將出馬了。」楚謨看顏寧為自己擔憂，笑得眼睛都晶亮晶亮的。

顏寧對英州的地勢不瞭解，也沒有研究過山中作戰，思索半晌，感覺自己幫不上什麼忙。「你到英州後，一切小心，我對那邊不知情。」說到最後，聲音低了，有些內疚。

「英州那邊，自有當地官員和守軍協助，妳不用擔心。聖上允我便宜行事，領英州的新兵作戰，若是匪徒願意招安，我也可全權處置。」

「當地守軍……嗯，對了，潁州州牧彭澤，你可以讓他多出些力，這人有些迂腐膽小，講究正統；英州州牧韓望之，得防著些。還有那些新兵，最好還是帶著當地守軍一起……」顏寧將腦中記得的東西翻了一遍，一點一點交代著。「對了，還要小心，一定要提防暗箭傷人。」

「我會小心的。我的那些人，給妳留下……」

「不用，那些人你都帶去。」顏寧不等楚謨說完，直接就否決。

「可妳要查的事還沒眉目……」

「那事不急，你多帶些自己人，才能確保平安。」顏寧只覺心中不放心，恨不得自己也跟著去，她才能相信他可以平安無事。

「寧兒，妳已經交代兩遍了。」楚謨戲謔地提醒。

顏寧有些不好意思，一時不知該說什麼，忍不住握著手上的鐲子轉啊轉。眼睛碰上楚謨的視線，又低了下去。

楚謨有些小得意，故意不說話，直到顏寧有些不耐了，抬頭瞪過來，他才咳了一聲，拿出一張紙。「我是來說這事的。」

楚謨指著紙上點了黑點的地方，說道：「這幾處莊園，按理應該都空著，但是採買的時候，米麵買得卻不少。不過，守了幾天，沒見到像高手的人。」

他和顏寧覺得，那批黑衣人若真是楚昭業所有，必定藏在某個地方，這地方不會離京城太遠，地方也不會太小，畢竟這些人也得練武，所以他們推斷之後，覺得那批黑衣人很可能待在京郊的莊子、宅院裡。顏寧直接找游天方抄了京郊各處莊子的戶籍和房契，隨後，讓楚謨派人守在這些宅院採買的官道上。

這法子不太高明，不過那批人倏忽一現，再沒蹤影。顏寧毫無頭緒，前世她也未曾注意過楚昭業是否有暗中養人，只好守株待兔了。守了幾個月，終於找出幾處比較可疑的地方。

追蹤、盯梢這些事，一般的侍衛做不了，楚謨帶進京的人裡，有幾個是江湖中的好手，對這種江湖追蹤很拿手，才能找到蛛絲馬跡。

他想著自己離京後，將這幾個人留給顏寧用，可顏寧擔心楚昭業萬一派那些黑衣人混入亂軍伺機暗殺，非要他把這些人都帶上。

兩人推讓一番，最後顏寧一皺眉。「讓你帶著就帶著，哪那麼多廢話！」

楚謨的氣勢立時下去了。「這不是……好好好，就留兩個，其他人我都帶走。」

顏寧才展顏一笑，答應了。

送走楚謨後，她在書房裡翻找起英州、潁州一帶的輿圖和地理志，一邊看一邊記下一些事情。

楚謨反正是到英州點兵的，走得灑脫，過了一日，便帶著清河和洛河還有幾個侍衛，直接輕裝騎馬，往英州方向去了。他懷裡，有個用牛皮紙包了好幾層的物件，是顏寧連夜繪製的英州輿圖和地理風土等事。

其實這些東西，到了英州找當地人問問，或許知道得還能更詳細些，顏寧整理時，只覺得能多讓楚謨留心些也是好的。

對楚謨來說，這可是佳人所贈啊，就和當初的平安符一樣，必須珍藏。何況，這和平安符可不一樣，當初她還給趙大海也弄了一個平安符，而這幾頁紙卻是完完全全為自己「特意」抄的。所以，楚謨當寶貝一樣，親自貼身帶著，生怕丟了、破了、弄髒了。

清河和洛河無奈。世子爺太小心了，包了好幾層牛皮紙，薄薄幾頁紙硬是包成一塊，胸口鼓起一塊，有些難看啊。

楚世子完全不覺有損自己的俊朗，只覺神清氣爽，飛馬揚鞭的氣勢都更足了。

楚謨一行人離京很迅速，他們走後幾日，潁州匪患之事在京城逐漸傳開。

李錦娘的大嫂莫氏，覺得太子殿下放著李敬不用，白白送功勞給楚世子，來到東宮找太子妃哭鬧，一時在京中傳為笑談。

在英州的李敬看到俊美的楚世子到了，心裡也有些失望。

他在路上就聽說兩地鬧匪患的事，趕到英州時，還想著會不會讓自己就近帶兵剿匪？不想就近是就近了，可帶頭的將領不是自己啊。

沒人顧得上李敬的失落，楚謨到了英州後，帶人與盜匪打了一仗，一下殺了一千多盜匪。這下，那些盜匪知道厲害，不肯再與官兵硬碰硬，化整為零跑了，躲進深山裡。

與盜匪直面這一仗，楚謨讓李敬帶兵，與英州本地的守軍一起行動，等於送了他一份軍功。

一仗成功，不論京城還是英州，對於楚謨領兵再無他話。

楚謨為了一舉殲敵，也不急著進山追剿，而是派人守住幾處山路，將盜匪從三不管的地方趕到潁州那邊，同時讓人給潁州州牧彭澤送信。

在楚謨到了英州時，封平也趕到了潁州。

他在城中仔細打聽，終於找到封家那一片殘破宅院。

這片宅院占地極廣，外面圍牆倒塌了幾處，不過大體格局還在。封家因為是全家處斬，家產都充公了，這處宅院收歸官府後，人家嫌棄家主是破家，風水不好，一直沒能賣出去。

封平在宅院中翻找兩天，終於找到他要找的東西——一張潁州山脈的地圖。

最早的礦脈圖，已經讓封平祖父獻給當時的大皇子，如今這張地圖，是封平祖父再讓人繪在絲絹上的副本。

封平看著這絲絹，嘆了口氣。封家因為幫助大皇子而送命，自己卻又因為這個礦脈留了一條命。他感激太子的栽培之恩，也想拿這圖換封家的新生。不過，實物難免不安全，仔細看了幾遍，將這圖刻進腦中，隨後將這絲絹付之一炬，親眼看著化為灰燼後，才放心離開。

「封先生，找到了地圖，不如我們盡快回京吧？」

「不，我們進山走一圈，從山裡穿回英州，再趕回京城去。」封平打算親自將那地方走一遍。

「封先生，可山裡有盜匪啊。」

「楚世子已經將盜匪打敗，如今那些盜匪正忙著逃命，肯定逃到深山密林中藏身了，哪有心思劫掠路人？我們也不走密林，就沿著山路走。」

楚謨讓英州和潁州當地官兵，在山腳和各處人多的山路巡邏，盜匪們若不想洩漏行蹤，只能躲在深山中。

封平並不擔心安全問題。那兩個隨從是由顏寧選出來、專門保護封平安全的人，其他事情上自然聽從封平吩咐。這也是楚昭恒的謹慎仔細之處，他怕自己派出護衛會讓封平有被監視之感，特意拜託顏寧來安排。

封平信任顏寧，對她指派的人當然也是信任的。所以那兩個隨從看封平堅持，就跟著他回城，買了頭毛驢，採買了進山要用的東西。

三人走後，這一片空寂無人之地，又來了一個穿著短打的精壯男子。那人四處看了一眼，落地無聲地走進老宅。

那精壯男子看著地上踩踏的腳印痕跡，很快就找到了封平發現地圖的地方。現在，那裡只有一個破的兩耳瓦罐，地上還有一小堆灰燼。

那人蹲下，撚起地上的灰燼看了看，知道自己來遲了，心裡不由著急。他們奉命趕來潁州，就是為了從封平手裡將地圖搶走，可這圖居然被燒了，這可如何是好？

他連忙快步離開這處宅院，回到京城住處後，同伴告訴他，封平帶著兩個隨從採買物品，好像要進山。

這人放心了些。「給京城送信吧！封平將地圖燒了，要不要抓封平回去？京城來信前，我們還是跟著他們。」

另一個男子聽說地圖被燒，連忙去準備寫信。

房中還有另外兩名男子，聽說要進山，也去準備乾糧等物。

封平很快就備妥物品，拾掇了一下，帶著隨從沿著官道來到楠江邊，從那邊山路入山。

他穿著圓領青衫，看著就像大戶人家的帳房先生一樣。這一路上，越到靠近山腳的地方，行人越少，沿路倒是看到不少官府的安民告示，還有檢舉可疑人行蹤有賞等等。

他們聽人說，朝廷官兵又和盜匪打過兩次都贏了，盜匪躲山裡不出來，安心很多。

那兩個隨從都是顏家家僕出身，看楚謨一來，盜匪就敗了，都是與有榮焉。兩人說到高興處，說順嘴了，一句未來姑爺真厲害的話脫口而出。封平聽了，也是哈哈大笑。

在山中轉悠兩天之後，封平三人來到一處峭壁之下。這處峭壁四下不少大石塊，山壁上長了不少野生藤蔓，將整個石壁纏得緊密。

封平撥開藤蔓，仔細看了看，大喜。「我們吃些乾糧，準備回京吧。」

封平將被自己撥開的藤蔓撫平，轉身對兩個隨從吩咐。那兩個隨從聽說能出山，更是高興。

這兩日在山裡，風餐露宿，若天氣暖和倒還好，現在這種天氣又冷又濕，晚上過夜時，想找個乾燥的山洞過夜都得看運氣。

不過，此時已經下午，兩人看看天色。「表姑爺，看這天氣已經不早，我們來的路上，不是看到一個山洞，不如回那裡去過一夜吧？」

封平娶了秦婉如後，顏家人就按秦婉如這邊的關係，管封平叫表姑爺。

「好，那我們回去吧。」封平將塞在腰帶上的衣襟下襬放下，跟著兩人往回走。

找到那處山洞後，天色也晚了。三人燒了點熱水，乾糧就著熱水吃了，胡亂睡了一覺。

第二天，三人收拾行囊，往英州方向走去。

一個隨從走出山洞後，肚子有些脹，將行囊遞給另一個人。「早上水喝多了，你們先走，我去放個水啊。」

「就你事多。」那隨從接過東西，罵了一句。

沒多久，那人回來了，低聲問同伴。「那塊地方，你去過沒有？」

「怎麼？」同伴搖搖頭。

「那裡有腳印，而且印子很淺，看那大小，應該是個成年男子。」

兩人看了看自己腳下，他們所站的地方留下明顯的四隻腳印，來人的輕身功夫很好。

封平看他們兩人神色有些緊張，問道：「出了什麼事？」

「表姑爺，我們可能被人跟上了。」一個隨從低聲將剛才的發現說一遍。

封平不自覺看了身後一眼，自然只有林木森森，偶爾還響起一、兩聲山鳥鳴叫，其他的，連個影子都看不到。

「若真是跟著我們的，必然是進山就跟進來了。我們別急著往英州方向走，今日先往潁州方向走。」封平馬上想到是三皇子楚昭業的人。

他們所站的地方，若是要離開山林，還是往潁州走更快些。若真是三皇子的人，跟著自己必定是想獲得金礦訊息。如今地圖被自己燒了，他們若這幾天都跟在自己身後，一旦發現他要離山，可能就要動手，最好的辦法，只能裝出還要尋找的樣子，拖延一時。只是，也不知對方會不會上當？

他們三人返回，往潁州方向的山路走去，封平還是拿著羅盤裝作尋找的樣子。

跟著他們的幾人，正是在潁州城出現過的四個男子。

為首一人見封平三人往潁州方向走，猶豫了一下。

楚昭業從京城傳回的命令是，跟著封平，記下他們走過的地方，若他們有離開山林的打算，立即就地誅殺。

「頭兒，他們又往回走了。」

「先跟上，若是到下午他們沒有停留，就殺了。」為首的男子下令道。

封平三人這一路雖然會往返打圈，但大體方向是從潁州往英州方向，現在忽然走回頭路，可能是發現他們了。

封平三人加快腳步走到下午，封平實在走不動了，在路邊找了一處乾燥的地方坐下來。

「表姑爺，喝口水，歇一下吧。」

「好，都歇一下吧，實在走不動了。」封平接過水壺，喘息道。

「既然走不動，那就不要走了。」一個陰惻惻的聲音，在路邊的灌木後傳出來。

三人驚得跳了起來，只見山路一頭，站著四個身穿勁裝的男子，臉上都蒙了黑面巾。

兩個隨從扔下包袱，拔刀在手，其中一個拉起封平，將他往身後的路上一推。「表姑爺，您快走！」

封平顧不上其他，拚命沿著山路跑起來，很快就聽到身後轉來腳步聲。有人追上來了。他不會武功，山路上山泥黏腳，一步步越跑越重，往路邊林中鑽了進去。

封平跑到一處，看到腳下居然是山崖。

背後人穿過草叢的沙沙聲，越來越近。「封平，你走不了了！」

封平想轉身，只覺後背一痛，摔下了山崖。

遠在京城的秦婉如，正在家中繡花，指尖一痛，一滴血滴在手中的繡架上。她連忙拿起手絹，想要將血擦掉，可是絹布滲血很快，一下就吸乾了。

她算算日子，封平離京時說三天會往京城傳一封書信，可如今，已經六日沒有書信回來。

她在家中不安，索性換了衣裳，來到顏府找顏寧打聽。

顏寧知道她心中著急，應承道：「大表姊放心，我這讓人去東宮打聽一下，再給英州那邊寫封信，讓楚世子派人到潁州那邊找找。」

秦婉如聽了顏寧的安排，放心了些。

顏寧又說了些話安慰秦婉如，兩人說著說著，說起京中各類傳言來。

秦婉如被王氏接回家去住了些日子，王氏在京城中與其他府中夫人們往來較多，聽到的各府消息不少。

李錦娘嫁入東宮後，安國公府從原來的空頭爵位，一下領了實缺。而議論最多的，就是此次剿匪，李敬也在英州，太子居然不同意讓李敬帶兵，最後反而是鎮南王世子帶兵剿匪。

「有人說，是太子想讓阿烈回來，才壓了李敬。」秦婉如說。

顏寧心中一凜。「大表姊，這個說法是哪裡聽到的啊？」

「讓阿烈回來這事？」

「是啊。」朝廷重臣議事，不是市井閒談，居然傳得轟轟烈烈，那就不正常了。

反常必有妖，她原本只是一耳朵進一耳朵出，此時，打起精神聽了。

秦婉如也只是聽了一聲，現在問她哪裡聽來的，想了半日卻想不出。「對了，好像安國公府的大少夫人去找過太子妃娘娘，不知出了什麼事，被禁足了。哦，還有三皇子府的側妃劉琴，居然到東宮拜訪了好幾次。」

秦婉如見顏寧要聽，將自己聽到的各種傳聞一股腦兒倒了出來。

楚謨派去英州是葉輔國提議的，這個右相不是楚昭業的人，忠心於楚元帝，又講究正統，就算要選個新主效忠，也應該選楚昭恒才是。

顏寧覺得事情有些不對，一時串不起來。她坐不住，噌一下站起來。「大表姊，我去一趟東宮，找太子哥哥問問，如果有表姊夫的消息，馬上告訴妳。」

說完，她也不等秦婉如說什麼，一迭連聲叫綠衣幫她拿衣裳換上，轉身就跑出了院子。

秦婉如正說著話時，看顏寧馬上跑走，便跟綠衣抱怨。「她這性子，怎地這麼毛躁啊。」

綠衣失笑。「表姑娘還不知道我家姑娘啊，有事不去弄個明白，她可待不住。」

秦婉如也沒辦法，索性到秦氏的院子裡，跟秦氏說話，順便等顏寧回來。

顏寧趕到東宮，楚昭恒正在前廳議事，聽明福說顏寧來了，好像還很急的樣子，不知出了什麼事，便讓明福把顏寧帶到內書房去等著。

他自己將事情交代了，匆匆來到內書房。

顏寧心裡裝著事，屋裡坐不住，站院子裡來回走，無意揪了把花，邊想邊揪著花瓣，等楚昭恒走進書房院中，就看到她腳邊一地花瓣。

「好好的花，揪它幹什麼？」楚昭恒不由失笑。

顏寧看到楚昭恒進來，將手中的殘花往地上一扔，拍了拍手，跟在楚昭恒身後走進房中。「太子哥哥，近日京城的傳言你聽說沒啊？」

「什麼傳言？李敬的？」

「嗯，我總覺得不對。」

「沒什麼，別擔心，這事我會安排的。」楚昭恒看她皺眉，柔聲安慰道。

京城裡這種傳言，他當然是聽說了，想到李錦娘看到自己寢宮和書房布置後的失態，他就明白這種傳言是針對自己和李錦娘而來。他聽說莫氏來東宮求見李錦娘，後來怒氣沖沖地離開，直接讓少傅潘肅去了一趟安國公府。

安國公原本也覺得兒子丟了個機會，後來收到李敬家書，知道楚謨讓李敬領兵得了軍功，還獲悉英州那邊用兵艱難後，知道當初太子殿下不讓李敬領兵，是因為李敬經驗不足。再經潘肅分析厲害，連忙讓夫人將大兒媳婦給禁足，又告訴李錦娘關於李敬之事。

傳言雖然甚囂塵上，只要安國公府不入套，最終這些傳言也只能不了了之。

顏寧知道楚昭恒已經做了處置，她不由抱怨一句。「太子哥哥也不讓人通知我一聲，害我白白擔心。」

「殿下，太子妃娘娘求見。」楚昭恒還未來得及說話，明福走進來稟告。

「她有何事？」

「太子妃娘娘聽說表姑娘來了，想要和表姑娘說話。」明福恭聲回道。

聽說李錦娘是來找她，顏寧有些意外，不過到了東宮，不拜見太子妃也說不過去。剛才她心裡著急，一心急著問楚昭恒傳言之事，現在這心放下了，想起禮節問題來。

「我去拜見一下太子妃娘娘。」顏寧說著，走了出去。

楚昭恒看她風風火火地走出去，也慢慢起身，走出房外。

李錦娘帶著幾個宮人，站在書房門口，卻不能進去，兩個書房伺候的小太監正守在那裡，她看到院裡地上的菊花殘瓣。「這些花瓣掉了，怎麼不清掃掉，任由掉在地上？」

「太子妃娘娘恕罪，回娘娘的話，那些花瓣是顏姑娘剛才揪的，奴才們還沒來得及清掃。」那小太監連忙澄清，生怕太子妃誤會他們灑掃庭院怠慢了。

聽說是顏寧揪的，李錦娘心中閃過一絲不悅。這些花，是她每隔幾日親自挑選，讓花匠送到太子書房院中擺放的。

她心中正有些不自在，看到顏寧從房中快步走出來，楚昭恒居然落在她後面，含笑跟著出來，不由心中一怒。

顏寧走到院門口。「拜見太子妃娘娘。娘娘怎麼不進來坐？」

「顏寧，這裡是東宮的內書房，不是任何人都能隨意進出的。」李錦娘只覺顏寧這話很刺耳，就好像……好像她才是這裡的主人，一句訓斥便脫口而出。

顏寧一愣，才發現李錦娘竟然臉帶怒氣，她不知自己哪句話說錯，只好附和道：「是，臣女知道了。」

她本以為兩人雖然有了上下尊卑，還是可以笑談幾句，不想李錦娘成為太子妃後，跟自己說的第一句話就是訓誡之語。

楚昭恒聽到李錦娘的話，皺了皺眉頭。「太子妃來此有事？」

李錦娘深吸了口氣，臉色轉緩。「妾身聽說寧兒來了，想著許久未見，想要見一見。」又對顏寧說：「剛才我話說急了，寧兒勿怪。」

「臣女多謝太子妃娘娘掛念。太子妃娘娘說得對，這內書房確實不是能隨意進出的。」顏寧又不是傻子，也發現李錦娘好像對自己有怨氣。

難道她和太子哥哥吵架，遷怒到自己頭上？

她可不想在這兒無辜被牽連，就想三十六計走為上策。「今日家中有事，臣女先告退了。」

「怎麼，寧兒連陪我聊聊都不肯嗎？」李錦娘卻不想這麼快放過她。

最近一段日子，她處處以楚昭恒為尊，對將進門的良娣都優待有加，讓人賞了那兩家不少東西。楚昭恒對她也是溫柔有禮，她以為自己已經放下了，可是見到顏寧，見到楚昭恒含笑看著顏寧的眼神，她就覺得那股壓下去的妒火又湧上來。她知道顏寧無辜，只是，有些控制不住自己。

楚昭恒見顏寧不願和李錦娘說話，想要開口幫顏寧攔了。

顏寧不等他開口，已經領命道：「臣女遵命。」又對楚昭恒道：「太子哥哥，我先告退了。」

「招福，你送表姑娘過去，等會兒派人護送她回家。」楚昭恒怕李錦娘給顏寧難堪，不由交代。

他是關心則亂，沒想到這個吩咐，更讓李錦娘惱怒。

李錦娘皺了眉頭，對顏寧道：「寧兒，雖然妳和太子殿下親厚，只是到底君臣有別，稱呼上還是要注意一二，也免得落人口實呢。」

原來自己不是被遷怒，而是惹怒李錦娘的正主？自己沒有惹到她吧？

顏寧心中轉了一圈，看李錦娘的視線不時落到楚昭恒身上，再想想李錦娘對楚昭恒的情意，顏寧也是女子，前世對楚昭業身邊的女人也嫉妒過，現在再看李錦娘對自己的感度，她有些明白了。

這是怪自己跟太子哥哥太親近？難怪母親常說自己不知避諱，孤男寡女共處一室，最易惹人閒話。不過，這醋意也太大了點吧？自己就和太子哥哥說話而已啊。

顏寧對於自己被遷怒有些苦惱，又因李錦娘對楚昭恒的感情而高興。至少，太子哥哥這樁婚事，不全然是利益，總是好事吧？

顏寧想著，低頭一副受教的樣子，沒有開口。

李錦娘對楚昭恒行禮。「殿下先忙，妾身帶寧兒去妾身的院子坐坐。」她轉身，帶著宮人當先就走。

顏寧一臉哀怨，對楚昭恒比了「無妄之災」幾個字的嘴形，跟上去了。

招福低著頭，小跑步地跟在後面。

織夢看李錦娘失態，有些著急，進了太子妃寢宮，連忙讓其他幾個伺候的宮人下去，自己跟在兩人身後。

招福只當自己是聾子、傻子，就跟在織夢身後，守到了房門口。

李錦娘帶著顏寧走進花廳，自己到上座坐下，指著一邊的位置，讓顏寧也坐。

織夢端了兩杯茶過來，一杯奉給李錦娘，另一杯端到顏寧邊上，笑道：「顏姑娘好久不見，太子妃娘娘很想念您，以前太子妃娘娘就最喜歡跟您說話。」

這話，向顏寧解釋李錦娘剛才為何一定要留她說話，又提醒李錦娘兩人當初的交情。

李錦娘走了這一路，剛才的憤懣發散了些，看顏寧端著茶慢慢地喝著，神態安然，不由又是一陣怒火湧起，不自禁想起劉琴說的話：「顏寧就是仗著皇后和太子寵她，才會目無尊卑、囂張跋扈。」

的確，若不是仗著太子對她的心意，她怎敢這麼輕視自己這個太子妃？

她張了嘴想開口，織夢站在她邊上，輕輕拉了拉衣袖，又向門外努努嘴，提醒她招福就站在門外呢。

在東宮裡，自己想說話都得被人盯著？

李錦娘壓下那股怒火，順著織夢的話說道：「是啊，以前一直和寧兒妳聊天，如今，妳卻不到東宮來看我了。」

「太子妃娘娘諸事繁忙，臣女不敢多打擾，臣女心裡也一直記著當初和太子妃娘娘交遊的事呢。」

「說起交遊，我倒想起，近日想去妙心庵進香，已經進宮和母后說了，想三日後去，不知寧兒可否陪我同行呢？」

在宮裡既然不能隨意說話，不如到宮外去說。李錦娘想起劉琴曾跟她提過，妙心庵求子最靈驗，又離京城很近。還說她當初懷孕，就是濟安伯夫人到妙心庵幫她求了送子娘娘，拿符回來給她佩戴，結果沒一個月就懷上。雖然自己無福生下那孩子，但那是意外，妙心庵還是很靈驗的。

聽顏寧提到交遊，李錦娘不由想起這個地方。她倒不信，她堂堂太子妃，連跟個臣女隨意說話、處置的機會都沒有。

李錦娘心裡和楚昭恒賭氣。你既然擔心，我偏要把人帶到你管不到的地方，讓你再好好擔心吧。

妙心庵就在京郊山上，顏寧也聽說過，因為以前秦氏帶著她到那庵堂裡，去給大嫂秦可兒求子，還捐了香油錢呢。

李錦娘提到妙心庵，是也要去求子嗎？

李錦娘看顏寧沒有立刻答應，加重語氣問道：「怎麼，寧兒很忙？」

顏寧自然不能回答很忙。反正去一趟妙心庵，也沒什麼大不了。她看李錦娘賭氣的樣子，想著這到底是太子妃，太子哥哥若是登基，就可能是皇后，還是忍一時吧。

「太子妃娘娘所邀，臣女自是願意去的。」

「那好，三日後陪我去吧。」李錦娘揚聲叫道：「招福，你送顏姑娘出去，等會兒去告訴太子殿下一聲，我邀了顏姑娘三日後，陪我到城外妙心庵進香。」

招福走進來，恭聲道：「奴才知道了。表姑娘，您跟奴才走吧。」

李錦娘聽到招福對顏寧的稱呼，透著親暱，若非織夢拚命拉她的衣角，她才不再作聲。

招福帶著顏寧離開太子妃寢宮，吁了口氣。「表姑娘，您怎麼惹到太子妃娘娘了啊？奴才看著，太子妃娘娘對您很不滿。」

顏寧忍不住撇嘴。「這可問不到我這兒，該去問太子哥哥才對。」

「問太子殿下？」

「是啊，我也很委屈。」顏寧抱怨一句，暗嘆情義害人。

招福送顏寧到東宮門口，顏寧擺手讓他回去後，自己坐馬車回家。

楚昭恒聽了招福轉述顏寧的話，暗自嘆息一聲。他知道李錦娘對自己有心，只是，情義之事不是買賣，你給我多少，我就能還你多少。

他心裡也知道自己不能還情，所以對安國公府扶持、容忍，對李錦娘也禮敬有加。但是，若李錦娘打算對顏寧不利，那他是絕不能容忍的。

顏寧回到顏府，秦婉如還在等她，她一肚子無妄之災的委屈只好全吞回去，並安慰秦婉如說，太子那邊也沒有封平的消息，估計是因為封平在山中的緣故。再過兩日，封平出來了肯定會讓人馬上送信回來。

秦氏也在邊上勸說。秦婉如聽了她們的話，覺得自己的不安，必定是因為太過掛念的緣故，便告辭回家去了。

第五十九章

三日後，李錦娘帶著宮人侍衛，出發去妙心庵。

早幾日她就去宮中和顏皇后說了，顏皇后看她羞澀地提了妙心庵求子靈驗，高興地答應，還囑咐她要虔誠。

顏皇后只生了楚昭恒這個兒子，如今，這體弱多病的兒子長成了，還娶了親，自然盼望早些抱上孫子。

這日清晨，顏寧也不等李錦娘派人到顏府來請，自己一大早就來到東宮，等候李錦娘收拾完一同出門，希望李錦娘看在她如此臣服的分上，不要再折騰了。

她到了東宮，讓虹霓和四個顏府護衛等在門外，自己入內去等李錦娘出門。

楚昭恒原本還想派招福或招壽陪李錦娘出門，李錦娘拒絕了。顏寧後來也給他傳信，讓他別管了，所以他只派了三十個東宮侍衛護送兩人出行，其他的未再插手。

李錦娘此時心情與三日前相比，平和了些。因為織夢和安國公夫人都苦勸了幾句，後來，看楚昭恒又未派貼身太監跟隨，顏寧又一早就來等候吩咐，她覺得自己占了上風。

走出寢宮，李錦娘看到顏寧穿著一身月白色騎裝，衣裳上用金色和紅色兩線，繡了圖案，身姿挺拔如柳，站在門外等候著。

「寧兒，讓妳久等了，我本想準備好後再讓人去叫妳，也免得妳久等。」李錦娘含笑道。

「應該的，臣女想著要和太子妃娘娘一同出遊，在家就有些待不住，還是早些來等著好。」顏寧說了一句奉承話，心裡對自己吐吐舌頭。這句話，可是她昨日沈思揣摩的精華，斟酌很久、背了很久，才能如此神態自如地說出來。

李錦娘聽到這話，果然更高興了些。顏寧的性子一向直率，肯說這樣的話，自然是想要對自己賣好。也是，她只是一個臣子之女，自己將來可是一國之后。

「那我們走吧。」李錦娘親切地拉著顏寧的手，走到東宮二門處，乘上轎子。

織夢咳了一聲，提醒李錦娘，不能讓顏寧像個奴婢一樣，跟著轎子走。

李錦娘看了一眼，有心再壓一壓顏寧的銳氣，只作聽不到。

織夢有些無奈。自家姑娘以前總是進退有度，自從坐上太子妃後，越來越喜歡獨斷了。她無奈地對顏寧問道：「顏姑娘，您是坐轎還是……？」

「我騎馬走，我的馬在東宮外面等著呢。」

「那顏姑娘不如先去外面吧。」織夢自作主張地讓顏寧先行。

顏寧知道織夢好意，她說了一聲告退就先走了。就算織夢不說，她也不打算如李錦娘的意。奉承話她可以說兩句，但是跟轎隨行這種事，她若是做了，豈不是有損顏府顏面？

李錦娘的轎子來到東宮門外，顏寧已經騎在馬上，也沒戴帷帽。

李錦娘掀開轎簾看了一眼，只見顏寧臉上含笑，行動間顧盼神飛，英姿颯爽。這樣的顏寧，讓人覺得爽直磊落，很難討厭。

李錦娘沒有多說什麼，吩咐出發。

這次，為表示對菩薩的虔誠，還有顯示東宮太子妃的低調，她沒有擺太子妃鑾駕儀仗，也沒有讓人清道開路。不過，東宮太子妃一離宮，根本不需要儀仗開路，有心人自然都會注意到，該讓路的都讓路了。

就算是京城中的平民，一看後面騎馬的女子，京城人一下就認出是顏寧。能讓顏寧做出騎馬跟隨的樣子，再看看出行的行列，除了東宮太子妃，也不作第二人想。

虹霓此時也騎馬跟在顏寧身後，四個顏府護衛緊隨。她想到李錦娘有些氣勢凌人的樣子，心裡有些不太高興，而且自家姑娘居然忍了，更是有些氣悶。自家姑娘的身分，如今還是大楚唯一的女將軍，李錦娘怎敢如此輕忽？

顏寧看她為自己委屈，悄聲道：「算了，虹霓，反正大不了以後我不見她了。」

此時初冬，稍有寒冷，顏寧也很久沒出城，乍一出門，感覺有種鳥入山林的自在。要不是跟著李錦娘出行，她真恨不得打馬揚鞭跑上幾圈。

這一路，倒是輕鬆自在。

三皇子府裡，劉琴一直讓人打聽東宮消息，所以，她很快就知道李錦娘和顏寧要出城了，再聽到李錦娘離城的方向，她馬上猜到，這位太子妃娘娘肯定是去城外的妙心庵。那裡離京近，又靠近官道，當日就可來回，不需帶太多隨從和行李。

李錦娘是想去求子啊？可是去求子的話，為何要帶著顏寧？

劉琴有些想不明白。但是這有什麼關係，只要這兩人同行就夠了。

她興沖沖地求見楚昭業。「殿下，太子妃娘娘帶著顏寧出城，必定是到妙心庵去了。」

楚昭業獲知李錦娘離宮後，也正派人盯著，想知道她們去往何處？看劉琴說得如此肯定，不由好奇。「妳是如何得知的？」

「妾身跟太子妃娘娘提起過妙心庵，說那邊求子最靈驗，當時太子妃娘娘雖然看著不在意，可聽得特別仔細。現在她要出城，又是往北城去的，行李、隨從都不多，妾身肯定，她們去的肯定是妙心庵。」

劉琴滿臉熱切地看著楚昭業，眼神中的熱切和瘋狂，讓人心驚。

楚昭業看著劉琴近乎瘋了一樣的熱切，婦人嫉恨之心居然如此狠毒。他對女人，從未放在心上，因為奪嫡大業，女人，可以是戰勝後的獎賞，比如他若成皇後的後宮三千，也可以是利益的抵押，比如劉氏和錢氏。

自小，他見多了宮中女人的狠毒，後宮無友，是因為她們都只能盯著父皇一個。後來，見到顏寧，世上竟然還有這麼蠢、毫無心機的女人。直到去年，顏寧一下變了，他與顏寧較量，覺得就像兩軍陣前的對謀，用計也用得坦蕩。

看著劉琴，真是奇怪，他知道劉琴對李錦娘和顏寧由嫉生恨，此時才發現，原來這種恨，居然是毫無理由就恨不得人死的。

劉琴見楚昭業看著自己沈默不語，以為他不信自己，又急切地遊說，生怕楚昭業放過這千載難逢的機會。

楚昭業心思閃過，對劉琴的看法同意了九成，他點點頭。「嗯，我會安排的。」

「殿下，那顏寧聽說身手很好，您可要多派些人。」劉琴兩眼冒光地建議。

「知道了，這些事情，我自會安排。」楚昭業有些厭煩，一轉念，又柔聲道：「女子如嬌花嫩蕊，妳回去吧，我不想讓妳沾這些事。」

劉琴被這難得的溫柔失了神，隨後，一絲絲甜意爬上心頭，她嬌羞地低頭道：「為了殿下，妾身……妾身什麼都願意。妾身，先告退了。」她轉身，腰肢微擺，恍如弱柳扶風。

楚昭業看著她下去，臉上一點點寒意湧上。

顏寧，也會有這樣妒火中燒、要置人於死地的心思嗎？

忽然發現自己竟然在探究這種無聊小事，他不由一笑。自己這是沒事幹了？

他低頭，看著眼前，食指輕輕敲著桌面，最後叫了李貴進來。「派三十個人，去妙心庵上山的山道上守著，將顏寧和李錦娘都殺了。」

他的暗衛死士，經過多年訓練，個個身手不凡，宮變那夜在東宮交手，就知道對上那些侍衛，說以一敵十也不為過。

李錦娘此次出行，才帶了三十來個侍衛，加上顏寧，派出三十個暗衛，足夠了。

他看著門外院中，慢慢捏緊了拳頭，手有些冰冷。一個小太監進來，往屋中的炭盆裡加了些銀絲炭。

楚昭業擺手，讓那小內侍下去。他從不喜歡在屋中多放炭火，哪怕是數九嚴寒，也不會讓屋中暖如春日。

冷，可以讓他腦子更清醒些。

楚昭業在屋中默默坐了半晌，盤算著什麼時候，李錦娘一行人會到妙心庵的山腳。

李錦娘和顏寧一行人，當然不知道妙心庵的山道上，有人在等著自己。

妙心庵所在的山勢並不險峻，加上大家都說香火靈驗，京城中不少權貴人家，都來此求子拜佛。妙心庵山腳往上，大約兩百來級臺階處的山道旁，有一塊平臺，供香客們下轎停馬，再之後的臺階，就要香客們步行而上了。

李錦娘她們到山腳下時，才剛辰時左右，官道上也沒什麼行人，山道上更是寂靜。妙心庵的尼姑住持，昨日聽說太子妃娘娘要來上香後，已經將其他幾家香客謝絕。顏寧叫過東宮的侍衛長，讓他帶十人在前開路，留十人殿後，還有十人沿著道路兩旁交替護衛著上行。

李錦娘一心求子，下了轎子，扶著織夢的手，開始逐級往上走。顏寧也帶著虹霓，跟在她身後，慢慢走著。

這妙心庵的尼姑們，將這條山道拾掇得不錯。道路兩旁間隔種著碧桃和紅楓，如今初冬時節，碧桃花落葉枯，紅楓還在盛時。往上看去，路邊楓葉，鮮紅如花如血，不時一、兩片落在腳下，為青石板印上了花。

再往上走，山道兩旁的樹木越來越多，越來越密，有幾處路旁的參天古樹罩在頭頂，走過時只覺眼前一暗。

走了兩百來級，李錦娘有些嬌喘吁吁，額上微有薄汗。走到一棵古樹下，她停下來，織夢連忙讓前面的侍衛們也停下。

此時，太陽已經升起，照在林間，留下斑駁印子。

顏寧走到李錦娘身邊，只覺有光映在自己眼中，讓她一時睜不開眼睛。這是刀舉起時刀身反射的日光！

「有刺客！」顏寧大叫。

幾十個黑衣人從山道竄出。

跟隨出行的宮人、太監們尖聲驚叫著逃竄，上面的侍衛們想衝下來護主，一時，山道上哭喊喝叫聲，亂成一團。

侍衛長一交手，就知道來人身手高超，自己這三十來人擋不住，對顏寧大叫。「顏姑娘，護著太子妃娘娘先走！」

顏寧奪過一把刀，揮刀擋住砍來的一刀，見那些黑衣人，都往她和李錦娘所在的地方衝過來。

「太子妃娘娘，快下山！」她對身後的李錦娘喊了一聲。

可是，李錦娘已經嚇得有些腳軟，挪不動步子。

顏寧看了她一眼，拖過身邊一個侍衛。「揹著娘娘下山！」

那侍衛一愣，走到李錦娘身邊，不想李錦娘一把推開。「男女授受不親！」

顏寧忍不住翻了個白眼。命重要還是男女大防重要？可是，別看李錦娘嚇傻了一樣，這自小刻在骨子裡的女誡閨訓，即使在危急關頭，還是牢牢記著。

顏寧沒辦法，左右一看，拎過一個人高馬大的宮人，推到李錦娘身前。「揹著娘娘下山！」

那宮人倒沒被嚇傻，聽到這話，走到李錦娘面前，李錦娘趴在他背上。

「下面開路！」顏寧喊了一聲，揮刀斷後。

東宮的這些侍衛與黑衣人交手，實在不夠看，顏寧看看通往山腳的山道上，已經倒了七、八個侍衛。

她從顏府帶來的四個護衛，已經從山下衝到身邊。「姑娘，我們護著您先走！」對他們來說，自家姑娘的安危才是最重要的。

這時，先往山下退的李錦娘那邊，接連傳來兩聲慘叫，那個揹著李錦娘的宮人，被一個黑衣人當胸刺死，李錦娘從宮人背上滾下，摔落在山道上，織夢在邊上大叫「護駕」。

幸好，一個侍衛擋住黑衣人的一擊，李錦娘扶著織夢的手，爬了起來。

李錦娘第一次見到人死在自己面前，還有殘肢斷臂，她一轉頭就看到了顏寧。

顏寧正提刀挌開殺到自己面前的兩個黑衣人，顏府的四個護衛為她殿後。

李錦娘只覺自己看到了救星，她像瘋了一樣，撲到顏寧身上。「顏寧，救我！」

她離顏寧至少還有五、六步遠，居然能一撲就撲到顏寧。

顏寧正和人對打，一下有人掛到自己背上，手腳立時受到束縛。

虹霓撲上來，擋開一個黑衣人的刀子。「妳先放開姑娘！」她也顧不上尊卑有別，就要去扳開李錦娘死死摟在顏寧身上的手。

只是，李錦娘驚嚇之下，幾乎全身力氣都在手上，抱著顏寧，就像抱著最後一根救命稻草，哪是虹霓匆忙能夠扳開的。

顏寧又急又怒，她可不想莫名其妙就死在這裡，閃過劈來的一刀後，她伸手往李錦娘的手肘處一點，李錦娘只覺手臂痠麻用不出力道，手馬上就鬆開了。

織夢此時連跑帶爬，來到李錦娘身邊。

李錦娘又想抱住顏寧。「救我，救我啊！啊——啊——」

顏寧看她失魂落魄的樣子，眼看刀砍過來了，也不知躲開，只喊著救命，想抱著顏寧。

顏寧知道，她這是受驚嚇太甚，轉身，「啪」的一聲，在李錦娘的臉上留下一個清晰的巴掌印。這一巴掌，把李錦娘打醒，把其他人打傻了。

一個黑衣人手裡的刀舉著，愣是忘了砍下來。顯然，沒想到顏寧急起來，居然是這個樣子。

「鬼叫什麼，要命就快跑！」顏寧真恨不得一腳將李錦娘給踹下山去。

「啊——」織夢忽然又大叫起來，看到顏寧瞪向自己，生怕顏寧也給自己來一巴掌。她搖著頭，表示自己沒瘋，手顫抖著指向李錦娘的腳下。

李錦娘下身的裙子上有血！

「娘娘，娘娘有孕了！」一個宮人嬤嬤顫抖著叫了一聲。

「虹霓，妳和織夢一起扶她走！」顏寧叫過虹霓，讓她和織夢一起扶著李錦娘往下去。

他們此時已經跑下了近百多級臺階，再往下一百來級臺階，就是放馬的那個平臺處，只要跑到那裡，騎上馬，就能擺脫這些黑衣人了。

站在山道上，隱約已經能看到馬匹。顏寧往身後看，東宮帶出來的三十個侍衛，只有七、八個跟在後面支撐，自己身後是四個顏府護衛，身上有掛彩，但都沒什麼大礙。

有黑衣人看他們要跑，想從路旁的樹叢竄到前面阻攔。

有人看出顏寧的意圖，直接下令道：「下面的馬，趕走！」

顏寧有心阻止，無奈這些黑衣人身手高超，她一人對付兩個已有些吃力，哪還有餘力去阻止路旁的人。

「直接下山！」她只好指望跑到官道上後，這些黑衣人會有所顧忌。

虹霓和織夢幾乎是拖著李錦娘往下走。

有黑衣人揮刀殺來，織夢本能地擋在李錦娘前面，顯然是想以身為李錦娘擋刀。

虹霓對織夢的這份忠心，倒是刮目相看。她武藝不高，此時，也只能勉力上前揮刀抵住。

「姑娘，小心！」顏府的一個護衛，中刀倒下。

「姑娘，您先走！」其他護衛大叫。

顏寧咬咬牙，忍著回身救人的衝動，又往下跑了幾步。

「我有太子的孩子，救我！」李錦娘也不知對誰，大喊了一句。

此時，她們還差幾十級臺階，就跑到官道上了。

隨著李錦娘話落，一個黑衣人揮掌，向她拍去。

顏寧在後頭看到，瞳孔一縮，腦中閃過李錦娘喊叫的話，最後那些話匯集成了一句：救太子哥哥的孩子！那是太子哥哥的孩子！

她往下撲去，黑衣人的一掌，拍在她的身上，她的刀也刺進黑衣人的胸口。

顏寧一痛，隨後一暈，迷迷糊糊中，聽到有人叫姑娘，後來好像耳邊還有「撲撲、撲撲」的喊聲，就再也人事不知。

顏寧醒來時，感覺到背上一陣疼痛，那個「撲撲、撲撲」的聲音，還在身邊響起。這什麼怪聲音？

顏寧拚命睜開眼睛，就見一雙烏溜溜的眼睛，在看著自己。

她忍不住「啊」了一聲，那雙眼睛見她睜開眼，更是高興，直接往她臉上拍來。顏寧被打了兩下，感覺是一雙肉鼓鼓的手，才看清站在自己眼前的是個胖乎乎的小奶娃。

她以為自己那聲叫得很響，其實就跟貓叫一樣，都沒人聽見，倒是那奶娃的叫聲，還有他打顏寧臉的動作，將其他人引了過來。

「文彥，妳怎麼又去打姑姑！」一個女子的聲音有些嚴厲，隨後走過來，拖住了奶娃的衣裳。

那女子看著二十歲不到的年紀，說話慢條斯理，五官柔和，和秦氏有幾分相似，居然是大嫂秦可兒。

秦可兒看到顏寧醒了，高興地叫道：「母親，快來，寧兒醒了！」

她這一叫，呼啦啦圍過來一堆人。

秦氏最先衝到顏寧床前。「寧兒，妳嚇死母親了！怎麼樣？哪裡痛？哪裡不舒服？對了，太醫呢？快讓太醫過來。」

她一迭連聲地問著，隨後又轉身找太醫過來，壓根兒就沒給顏寧開口的機會。

顏寧想挪動一下，只覺又是一陣疼痛，骨頭好像沒斷，所以她倔強地硬是讓自己挪動一寸。

綠衣和王嬤嬤嚇得連忙按住她。「姑娘，妳忍忍，太醫馬上來了！」

虹霓端著藥進來，聽到顏寧醒了，高興得喜極而泣，手一抖，將藥碗給打翻了。她一邊笑一邊流淚，一邊收拾藥碗。

老太醫被拉進來，估計是嫌拉他的小丫鬟太粗魯，嘴裡嘀咕著。「沒有性命之憂，真的沒有性命之憂，只是傷勢有些重，不用擔心！」

不過，沒人聽他念叨，很快地讓出一條路，讓他給顏寧看傷。

老太醫看了一下。「放心吧，就是內傷得養養。幸好顏姑娘身子強健，若是一般人受這傷，半條命都得沒了，顏姑娘就是五臟有些移位。」

「老太醫，五臟都有些移位了，這傷還不重啊？您快給我家姑娘開藥啊！」王嬤嬤聽著就心疼，止住老太醫的嘮叨。

老太醫又被小丫鬟推拉著，坐到桌前開藥方，他開好藥方，走出房外。

楚昭恒正站在顏寧的院子裡，看到老太醫出來，著急地上前幾步，問道：「如何了？」

「太子殿下，顏姑娘只是需要靜養，性命無憂。」

「她吐了血，沒事？」

「那些是臟腑受傷的瘀血，」老太醫想說吐幾口也沒事，看楚昭恒一臉凝重，不敢這麼說了。「那些瘀血吐了，傷勢好得快，回頭微臣給開些補血的藥。」

隨著老太醫離開房間，屋中的丫鬟婆子們都忙碌起來。

顏寧囁嚅著說了好幾聲，愣是沒人理她，偏偏她手腳無力，無法動彈。她只好使勁仰頭，想再看一眼秦可兒抱在手中的小胖娃。

文彥啊，那是文彥，前世自己沒能護住的孩子。

顏文彥與顏寧倒是心有靈犀，被秦可兒塞給奶娘後，他不停撲騰掙扎，指著床拚命大喊「撲撲」。

顏寧這次聽明白了，顏文彥應該是叫自己姑姑，只是一歲多點，吐字不清。

秦氏看小孫子又叫又哭，心疼了。「文彥這是和姑姑親暱，快點，抱到寧兒床邊去。」

顏寧剛帶回家時，吐了好幾口血，將大家都嚇壞了。那太醫來了後，只說性命無憂，讓大家不要圍在床邊。

顏文彥如願到了顏寧床邊，高興了，嘴裡一笑，往床上一趴，那個大頭直接撞到顏寧臉上，將顏寧的臉撞得生疼，又沾了她一臉口水。

綠衣好笑地拿著帕子幫顏寧擦臉。「孫少爺真喜歡姑娘。」

她話音剛落，顏文彥又撲到顏寧臉上，抹了她一臉口水。

顏寧皺眉，無奈此時傷後無力，就連顏文彥這種小奶娃都敢欺負她。

虹霓此時終於又熬好一碗新的藥，端到床前，讓顏寧喝了。

顏寧看到她，才想到李錦娘等人，看著虹霓問道：「其他人，如何了？」

虹霓笑道：「姑娘別擔心，太子妃娘娘也沒事。」

秦氏和秦可兒等人都光顧著高興地圍著顏寧打轉，聽虹霓說起太子妃，才想起她們竟然將太子殿下晾在外面了。

秦氏連忙起身走到外面，跟楚昭恒請罪。「臣婦失禮了，太子殿下恕罪。」

「舅母不用多禮，寧兒沒事就好。」楚昭恒虛扶秦氏一把，有心想進去看看，又怕秦氏覺得唐突。

秦可兒帶著人走出來。「太子殿下，寧兒想請您進去說話。」

秦氏想阻止，楚昭恒卻已經幾步走到顏寧的房門外。秦可兒對秦氏搖搖頭，輕輕叫了一聲「母親」，秦氏也不再說話。

屋裡，虹霓和綠衣都守在顏寧床邊，看到楚昭恒進來，行禮問安後，端了椅子放到顏寧床前。

顏寧看看自己，再看看楚昭恒。「太子哥哥，你看，我可沒你小氣，你受傷時候我來看你，你還不讓我進屋呢。」

楚昭恒知道顏寧是說那次自己受傷，不讓顏寧進寢宮的事。「虧妳這時候還能想起這事來。還痛不痛？」
「當然痛啊，內傷呢。」顏寧撇嘴。「我從來沒受過這麼重的傷，不過，算了，誰讓我愛屋及烏呢。」
這詞是可以亂用的嗎？
楚昭恒抬手想敲顏寧的腦袋，最後，曲起食指，敲了她額頭一下。「用詞不當！」
顏寧嗤嗤一笑，牽動內傷，痛得皺眉，又是笑又是皺眉，臉上表情怪異得很。
虹霓忍不住笑了。「姑娘，您就別笑了，這不是自找苦吃嘛。」
顏寧收了笑，問道：「太子哥哥，太子妃娘娘的孩子，怎麼樣了？」
楚昭恒斂了笑。「妳好好歇著，其他的先不用理會。」
竟然還是沒保住？
顏寧有些難過。她是想幫太子哥哥留下那孩子的，在她心裡，那孩子就像文彥一樣。
顏寧喝完藥，只覺眼皮越來越重，她想安慰楚昭恒兩句，只好使勁撐著，讓眼皮不往下垂。
楚昭恒看她一副想睡強撐的樣子，就說：「妳好好歇著吧，得空了我再來看妳。」
「太子哥哥，你別難過，你以後會有很多孩子的。」顏寧看他有些落寞，絞盡腦汁，安慰了一句。這話實在是乾巴巴的。
太醫給顏寧開的藥有安神作用。楚昭恒對她一笑，說了聲「睡吧」，慢慢走出房門，囑咐老太醫留下，繼續給顏寧看傷。

秦氏和秦可兒送楚昭恒離開，秦紹祖夫婦和秦婉如都接到消息趕到顏府。只是，太子殿下在薔薇院裡，沒敢過來打擾。一聽說太子走了，他們想探望顏寧，可顏寧已經睡了。

王氏和秦婉如就留在顏府，陪秦氏坐著開解一二，也等顏寧醒了後好探望一下。

沒多久，武德將軍府的余老太君也派人來問了，秦氏一一招待，又打發秦可兒帶著文彥先去歇息。

楚昭恒回到東宮，剛走進東宮大門，就見織夢在東宮門口處徘徊。

她看到楚昭恒回來，急忙上前行禮，哀求地叫了一聲：「太子殿下，太子妃娘娘她……」

「太子妃娘娘她醒著？」

「娘娘她喝了安神湯藥，剛剛睡了。」

「睡了就讓她好好歇息，在這裡等我做什麼？」楚昭恒冷聲呵斥了一句。

他知道，李錦娘對這場刺殺未必知情，只是此時若是看到她，他會想起顏寧滿身是血的模樣，一件月白騎裝染成了紅色；他還會想起李錦娘肚子裡，那個都沒來得及成形的孩子。所以，他無意去守在她床前，也不想現在看到她。他想著，自己得盡快抓住刺客。

織夢聽了楚昭恒這話，不敢再多糾纏，只好先回去太子妃的寢宮。

太子妃寢宮這邊，顏皇后派了惠萍來探望過，看李錦娘睡著後才回宮。

安國公夫人得到消息後，就趕到東宮來，一直守在李錦娘床前，也是她吩咐織夢去東宮門口將太子請來。她看到織夢獨自一人回來，沒能將太子請來，有些著急。幸好，李錦娘已經在內室睡著，也不知道這事。

安國公夫人細細問了織夢前後事情，哪還不明白自家女兒的心思，暗暗嘆了口氣。這事，幸虧顏寧沒死，解鈴還須繫鈴人，只能先等著了。

楚昭恒來到外院書房，招福和姜嶽將今日的事情已經問了一遍。此次帶出宮去的三十個侍衛，死了十九人，重傷五人。

楚元帝得知此事後，在宮中大怒中竟然咳出一口血。

太醫私下告知楚昭恒，楚元帝自從宮變中毒後，毒後來雖然解了，只是心肺已傷，元氣大損，最忌大喜大怒。

「太子殿下，屬下剛才帶著大理寺衙門的人和御林軍，在那座宅院裡找到幾個黑衣人，死了四人，逃了一人，現場找到了這個。」姜嶽說著，遞上一物。

楚昭恒向楚元帝請旨，要親自追查凶手，楚元帝允了。

他讓人尋著楚謨和顏寧當初盤查的宅院莊子，一處處搜，在楚謨覺得可疑的一處宅院中搜到了人。

接過姜嶽遞上來的權杖，他看了一眼，丟在桌上，這權杖竟然是二皇子府的權杖。這是想讓人以為，這些死士是為舊主盡忠而行刺嗎？

「殿下，英州那邊傳來消息。」還沒等楚昭恒說什麼，招壽拿了一封信過來。

這封信是出自楚謨所寫的，之前顏寧遞出消息讓他尋找封平的下落，他就派人去潁州那邊找，在山道裡找到顏寧派給封平的兩個隨從，兩人都已身亡，附近卻沒看到封平。

楚昭恒閉眼沈思片刻。「招壽，你去吩咐大理寺，以捉拿刺客的名義，將南邊入京的路都盯住，若有可疑的，立即拿下。」

三皇子府裡，劉琴得知李錦娘落胎後，只覺終於有人和自己一樣了。

「李錦娘，我沒能保住孩子，妳也沒能保住，現在，我們一樣了。」她高興地喃喃自語一句，又抬頭問道：「那顏寧呢？死了嗎？」

「聽說受了傷，性命無礙。」她派出打聽消息的宮人回道。

「什麼！沒死？」劉琴死死盯著那宮人。

那宮人被她看得有些害怕，縮了縮肩膀。「聽說……聽說剛好碰到從玉陽關回京的顏府大少夫人，所以顏寧就被救了。」

怎麼有這麼好命的人？怎麼顏寧偏偏就被救了？

劉琴只覺得心中不平，她想再去找楚昭業，才走到院門口，就被李貴攔住。

「劉側妃，殿下正在和人議事。」

劉琴往院裡張望一眼，裡面什麼人都沒看見，只是她到底不敢硬闖，只好又帶人回了自己院中。

李貴看她走遠，才回到院裡。「殿下，是劉側妃來求見，奴才跟他說，您正在議事。」

楚昭業點點頭，示意知道了，對站在身前的人吩咐道：「你們就待在府裡，不要出去了。」他又讓李貴往南邊傳信。「不論事情如何，讓英州那邊的人不要往京裡送信。記著，封平活要見人，死要見屍，等到楚謨他們回京時，再回京城來。」

李貴兩人領命離開。

楚昭業不知自己的心情該如何形容。照理說，封平之死，顏寧之傷，對他來說都算好事。安排人去山道埋伏時，他希望能一舉殺死顏寧，可是，得知顏寧未死，他居然也沒失望。

至於楚元帝咳血的消息，他也接到了。

看著皇宮的方向，楚昭業慢慢將近日的事情在心中理了一遍。難得最近老天爺好像一直都在眷顧自己啊。

他也找太醫打聽過，楚元帝的身體雖然一天不如一天，但是，再活兩年是沒問題的。再有兩年的時間，不，只要再有一年的時間，他覺得自己至少有八分把握能贏。

第六十章

遠在英州的楚謨，不知道顏寧受傷的消息，正在搜尋封平。

封平這時候，卻在深山的一個山洞裡。他當日被砍了一刀，摔下山崖，就暈了過去。等他醒過來時，發現自己身處崖底，這山崖處多是枯草，他這麼摔下來，居然沒摔個粉碎。雖然人還活著，卻是爬不起來了。

模模糊糊中，他聽到有人踩著草叢走的沙沙聲，他也不知是不是刺客找下來，只好縮在地上一動也不動，當然，想動也動不了。

「三當家，這裡有人，好像是從上面掉下來的。」

封平聽到一個人走近自己，盯著自己看了看。「這好像是個帳房先生？」一個不確定的聲音響起。

「救——救救我！」封平睜開眼睛，喘息著求救。

他忽然睜開眼睛，倒把那些人嚇了一跳。

站在封平面前的是個身材魁梧的絡腮鬍大漢，那大漢看封平睜眼，問道：「你是誰？怎麼會掉下來的？」

「我——我遇到人想要搶錢，跑的時候，就掉下來了。」封平聽到剛才那聲「三當家的」的稱呼，所以只含糊應道。

「劫道？這裡還有別人幹這事？」那個三當家有些奇怪地問了一句。

「三當家，這人怎麼辦？」一個小嘍囉指著封平問。

「大當家說現在官兵到處找咱們，這人會不會是朝廷的探子？」另一個擔心地問。

「你傻啊，哪有探子將自己弄得半死不活、只剩一口氣的？」三當家一瞪眼，覺得這人的話有些白癡。

封平聽了這幾句，知道自己是掉到盜匪的地盤來了，心裡不由苦笑。這下好了，剛脫離虎口，又掉到賊窩來了。

「那三當家，這人我們就扔這兒？」

「我、我是好人，救人一命勝造七級浮屠啊。」封平連忙再求救。若真被扔在這裡，不被刺客找到，來隻豺狼猛獸，直接就把自己吃了。

「救他吧，這年頭，都不容易。」那三當家看起來一臉絡腮鬍，有些凶狠，說出話來卻是憨厚。「走，帶他回去，給他治傷。」

封平被帶回匪徒所在的山洞，養了幾日傷後，勉強能爬起來走動。

這裡顯然是匪徒的老巢，山洞有幾個出口，蜿蜒曲折，居然能從山的這頭穿過山洞到那頭去。而山腳這裡分別有幾個大洞，匪徒們一群人住一個洞，倒也寬敞。

三當家將封平帶回後，被大當家好一通埋怨，不過他堅持要救封平，大當家只好讓他將人帶到自己所在的這一處養傷。

封平在這裡住了幾日，發現那大當家是朝廷緝拿的江湖慣犯，後來趁楠江水災躲到這邊，居然拉起一幫人落草為寇。其他二當家和三當家，都是英州和潁州的農民，或是因貪官乘機欺壓沒有活路，或是因為有事犯了禁令，嚇得逃到深山裡，就這麼入夥了。

而這三派人的手下，大部分是這附近的農人。他們會去攻打潁州那處縣衙，就是因為農人和被關押者有親戚關係，聽說關牢裡的人要被砍頭，便回來求了三個當家的，到那縣衙救人。

大當家攻打一處縣衙後，覺得氣勢大盛，就打出「替天行道」的名號，又洗劫了幾處地方。沒想到楚謨帶兵來後，一下將他們打得一敗塗地，四處躲藏，可藏身之處一個接一個被攻破，最後，三人帶著剩下的四百多人來到這處老巢。

大當家的主意是躲在這裡，等天再冷些，那些官兵一走，不就天下太平了？他們這洞穴裡糧食衣裳都有，要熬也是能熬住的。

不過，躲的時候長了，大當家帶的幾個混混就有些熬不住，甚至抓了附近村子裡的女人。

二當家和三當家原本都是樸實的農人，見到這事就有些看不慣。三人吵了、鬧了，最後就是大當家保證，除了搶來的幾個女人，絕不再出去搶其他人。

封平傷好了些，能走動幾步，從匪徒嘴裡知道楚謨正在潁州，就想著怎麼才能求救？洞中沒什麼事，封平說些奇談怪聞，那些山匪們聽得津津有味，直拿他當說書的。這天，他正靠在洞壁上給匪徒們說狐仙的故事，就聽到洞外傳來一陣女子哭叫聲。

三當家聽到聲音衝出去，沒多久，外面傳來爭執聲音。

原來，是大當家那夥人，又跑到山腳下的村子裡去找女人。

封平叫一個匪徒扶著自己，走到山洞口。

三當家氣得滿臉通紅，指著大當家吼道：「那些貪官搶女人、搶東西，我們沒活路才當盜匪的，你這樣——你這樣，和他們有啥不一樣？」

他不擅言詞，氣急了，也只氣得自己臉紅脖子粗。

那大當家一雙魚泡眼，瞪眼道：「老三，你敢以下犯上？」

「我不會讓你再禍害人了！」三當家護著躲在自己身後的女子。

「好了、好了，是不是你看上這娘兒們了？咱們兄弟，讓給你好了。」大當家的眼睛往那女子身上溜了一圈笑道。

「把人都送回去，那幾個也送回去！」三當家不依不饒。

「老三，你別得寸進尺！咱們怎麼會引來官兵的？還不是你要打縣衙鬧的？」

「那是為了救人！」

「放屁！你救了人，可害死多少弟兄？還有臉管我！」

「不管你說啥，我都不讓你再禍害人！」三當家只瞪著眼說了這一句。

大當家氣急，一下拔出了刀，三當家也拿起一把大斧頭。

兩人底下各有兄弟，一下子兩邊劍拔弩張。

「大哥、老三，大敵當前，我們不要傷了和氣。」二當家逃亡時受了傷，此時只好帶傷出來做和事佬，又對大當家說：「大哥，你答應過不搶人，要不就把這些人送回去吧？」

大當家自知理虧，也不想同時對上老二、老三兩派人，悻悻地說了一句「我給老二面子」，回到自己洞裡去了。

三當家就跟那兩個女子說：「別哭了，妳們家在哪兒？我送妳們回去。」

「老三，山下的官兵可還在找我們，送她們回去？讓她們帶官兵來抓我們？」大當家聽說要送走，在洞裡叫了一句。

那兩個女子聽了連連搖頭，保證不會說出去。

二當家拉了拉老三的胳膊。「大哥說得也有理。」

三當家看看兩個女子，又看看周圍擔心地看著自己的兄弟們，最後唉了一聲。「先把她們帶到那邊的洞裡去。」

有兩個兄弟立即高興地來拉人。

「妳們再鬧，就把妳們送那裡去。」一個機靈的嘍囉看那兩女子還想哭鬧，下巴往大當家那個洞口抬了抬，低聲說了一句。

那兩個女子嚇得摀住自己的嘴，不敢再有其他動作。

封平看完這一幕，慢慢走回剛才坐的地方。

沒多久，二當家勸著三當家，也走進洞裡來。

「老三，有什麼辦法？我們如今是賊了。」二當家顯然在勸。

二當家叫胡成，落草前是潁州這邊的農戶，讀過兩年書，沒考上秀才，練過拳腳。因為領到劣等米，卻被登記成拿了上等賑災米，他不服要到州府講理，那縣令要派人抓他，他只好跑進山裡來。

三當家叫耿大壯，因為力氣大，身材又壯實，在這堆盜匪裡就混到三當家的位置。他聽了胡成的話，聽著那邊洞裡傳來女子壓抑的哭聲，坐下來後一拳打在地上。「你說，我們就想本本分分種個地，怎麼就成盜匪了呢？」

「大壯，如今我們騎虎難下，沒法子了。」胡成對其他人搖搖手，讓他們閃開些，然後有些無奈地說了一句。

封平就在兩人邊上，他心中一動，好奇地問道：「你們不想當匪，幹麼不降啊？」

「投降？我們殺官搶劫，朝廷拿到我們，就是一個死。」胡成沒好氣地說了一句。

「我們殺的是貪官，沒殺好人啊。」耿大壯聽了封平的話，有些動心，看著胡成說道。

「怎麼沒殺？到英州那裡時，那些村裡的人……」

「那是老大帶人幹的，我們倆當時……」

「我們是一夥的，說出去有人信？」胡成直接戳破耿大壯的夢。「再說，我們手上可沾了官兵的血。」

「其實，朝廷願意招安的，所謂首惡重罰從者不究，兩位當家可以打聽打聽啊。」封平見兩人有回頭的念頭，連忙勸道。

「打聽？怎麼打聽？」耿大壯熱切地追問。

封平想說我幫你們去問問，看到胡成探究的眼神，把這話吞了回去，改口道：「我進山前聽人說，朝廷想招安你們這些好漢的。對了，我有個朋友，在穎州州牧府裡當差，不如我寫封信，你們讓人送去？若我那朋友確定朝廷有意招安，會給我回信的。」

胡成聽了這話，有些猶豫。

耿大壯沒多想。「真能成？那我找大哥過來商量。」他是個憨厚的人，剛才雖然吵架，可一聽能活命，又覺得這事應該讓大當家來拍板。

封平連忙拉住他。他傷後無力，被耿大壯的力氣一帶，砰一下倒在地上。

耿大壯嚇了一跳，連忙扶起他。「那個，咳咳，永均啊，那個，我不是成心的，你這力氣也太小了。」

封平這一倒，好一會兒工夫才緩過來，他拉著耿大壯道：「三當家，我蒙你救命，想報答你。恕我直言，大當家和你們兩個可不一樣，他沒落草前，就是朝廷緝拿的重犯，你們倆是被貪官污吏陷害，無奈才落草的，跟他可不一樣。」

耿大壯沒明白，胡成卻明白封平的意思了，他狐疑地看著封平。「你是讓我們不講義氣，把大哥推出去？」

「什麼？這可不行。」耿大壯這下明白了。「大哥這人，很多事是做得不行，可他救了我們的命。忘恩負義的事，不能幹，要天打雷劈的。」

封平看胡成也是一臉贊同，心中知道，這兩人是淳樸性子，無奈落草為寇，可還是本分的性子。

「在下也不知朝廷會怎麼做。這樣吧，不如等我朋友回信，兩位再決定？當然，送信這事先瞞著大當家，若朝廷同意招安，你們再跟大當家商議，若是不同意，就當沒這事？」

就算朝廷不同意招安，從楚世子手裡保下耿大壯這條命，應該還是能做到的。封平心裡，補了一句。

胡成和耿大壯覺得這法子好，同意了。

山洞裡沒有紙筆，最後只好找塊白布，拿根木炭當筆，封平在信裡寫了自己被人刺殺蒙山裡好漢救命之恩，這些好漢都是被貪官污吏所逼才會落草，希望朋友打聽一下朝廷是否有招安之意？

胡成略識幾個字，半懂半不懂地看了個大概，確定信上沒寫自己這些人的藏身之處，再一想封平就在這裡，他要是出賣自己這些人，官兵來得再快，捅他一刀還是來得及的，於是放心了。

「永均，你那朋友叫什麼名字啊？」

「我那朋友──」封平腦子裡閃過幾個人名，最後說道：「叫清河。在州牧府裡做小廝，後來聽說被派到京城來的世子身邊，你讓人先打聽京城來的世子身邊，一個叫清河的人吧。」

他說得含糊，胡成和耿大壯也沒多想，兩人商量一下，叫過一個機靈忠心的嘍囉，讓他去找人送信。

封平又摸出自己的印章。「你要是見到清河，把我這印章給他看。對了，讓他打聽確實消息後，給你回信帶回來。」

那小嘍囉連連點頭，就摸出去了。

「永均，這事要是能成，你可救了我們這幾百人的命啊。」胡成感激地對封平說。

「二當家客氣了，三當家可救了我的命，若能報答，我自當盡力。」

「你們先別客氣了，能不能活命，還等消息呢。」耿大壯粗聲粗氣地打斷兩人的話，又摸摸頭。「要是能活命，還能把我家那三畝地還給我，我就心滿意足了。」

清河的回信來得很快，第二天中午時分，那小嘍囉回來了。

他看到封平，一臉佩服地說：「永先生，你那朋友面子可真大。我找到州牧府，跟門房打聽，那門房一聽找清河的，就請我坐著等，很快，外面來了幾個騎著高頭大馬的人，其中有一個，那個漂亮啊，比——」

那小嘍囉想了半天，指著洞口那邊說：「比大當家搶回來的女人還漂亮。你那個朋友過來聽我說完，高興地請我到州牧府裡又吃點心又吃飯，晚上還讓人給我安排住的。」

封平聽小嘍囉形容一下那個俊美樣子，知道必定是楚謨楚世子了。不過楚世子要是知道自己被說成比女人還漂亮，不知會不會氣得殺人？

「那床，嘿嘿，我這輩子都沒睡過那麼好的被褥；還有那吃的點心，小小一個，真是好吃。」

「行了行了，快說正事。」耿大壯一巴掌拍在那小子的腦袋上。

那小嘍囉摸了摸腦袋，說道：「你那朋友說放心，朝廷本來就打算招安我們呢，就是找不到我們。」

「騙鬼吧？招安我們，還把我們打得跟山裡老鼠一樣。」耿大壯嘀咕一句。

胡成也不信朝廷本來招安的話，覺得肯定是封平的朋友給面子。「那有沒有說怎麼辦？」

「那個清河回信了，讓我帶回來，說要是同意，讓我再去一趟，到時候我們去人，朝廷來人，一起坐下來商量。」

封平接過那封信，信應該是楚謨寫的，提了若盜匪願意招安，三日後可指定一個地方面談，朝廷可以留他們性命云云。

封平把這意思跟胡成和耿大壯說了，兩人一聽能活命，就覺得是大好事啊。

「我們現在就去跟大哥說？」耿大壯問道。

胡成也覺得可以說了，點點頭，對封平說：「永先生，你跟我們一起去吧，你口才好。」

封平只告訴他們自己叫永均，所以盜匪們都以為他姓永。胡成原本還叫他永均的，這下立時改口叫永先生了。

封平自然答應。

三人來到大當家所住的山洞，大當家邊穿衣裳，邊走出來，打了個呵欠。「老二、老三，什麼事啊？」

「大哥，是有件大好事。」耿大壯高興地拖著他到石桌前坐下。「朝廷要招安我們了。」

「招安？騙鬼呢，招出去我們都得死！」大當家一聽，一雙水泡眼瞪得眼珠子都要掉出來了。「老三，你傻啊，還是你想把我們都拖出去送死？」

「大哥，是真的。」胡成將封平託朋友打聽等事，一一細說了一遍。

大當家早就想過，自己和胡成、耿大壯不一樣，他們兩個是被逼的，自己身上可還背著好幾條命案，這要是落到官府手裡，別想活命；再說真要招安了，胡成和耿大壯可以把事情往自己身上推，他們不就能活命了？

想到這裡，他一拍桌子。「老二、老三，你們打量我不知道啊？你們是想把我們推出去送死，換你們自己活命！」

「大哥，我們沒這個心思，我們不是那樣的人。」耿大壯看老大想歪，連連搖手澄清。

「老子會聽你鬼話才怪！來人，把他們兩個抓了。」大當家站起身，指著兩人吩咐道。

這洞裡都是大當家的心腹，聽到這話，都抓起刀圍過來。

「大哥，弟兄們都是良民，要是能好好過日子，誰願意在這山裡落草？」胡成站起來，勸道：「我和老三都跟永先生說過，你對我們有救命之恩，我們絕對不會讓你送命的。」

「放屁，當我三歲小孩啊！」大當家只覺胡成和耿大壯兩人不懷好意，是要騙自己頂罪，他抽出刀指著兩人。「快把他們綁了！我說你們怎麼不讓我抓那些娘兒們，敢情是為了裝好人啊，你們要記著老子的救命之恩，就站那兒讓老子砍！」

他說著一刀砍過去，胡成和耿大壯往邊上躲開，還想解釋。

可大當家壓根兒連說話的機會都不給，大當家的心腹也幫忙上前拿人。這下，胡成和耿大壯的心腹不幹了，他們圍上來想要護人，雙方鬧成一團。

大當家拿刀指著胡成和耿大壯，大叫。「老子宰了你們！」

「大哥，小心！」

大當家聽人叫小心，還沒反應過來，就看到一段刀尖從自己胸口穿出，隨後那刀往後一抽，他感到一陣劇痛。

他不敢置信地轉身，就看到封平手裡還拿著一把滴血的刀。

封平一副文弱書生的樣子，連走路都不索利，壓根兒沒人拿他當回事。

剛才，大當家拿刀指著胡成和耿大壯時，封平正在他身後，等於白白將後背送給別人。

大當家往前走了幾步，終於砰一下倒地，抽搐幾下後，不再動彈。

「他殺了大哥！」

「殺了他報仇！」

其他人見到後，立時群情激奮地要殺封平。

胡成回過神，連忙護住封平。

封平提高聲音大聲喊道：「朝廷要招安你們，你們只要投降，就還能回家去種地討老婆，孝敬爹娘！」

他這話一出，洞裡霎時靜了靜，隨即有人不信地叫道：「騙鬼啊，不要信他！」

「弟兄們，聽我說——」胡成大聲喊道：「他說的是真的！朝廷已經答應不殺我們了！」

他身為二當家，在這群盜匪裡威信較高，大當家一死，正是群龍無首的時候，聽到他說話，不少人都停下來，有忠於大當家的，架不住胡成和耿大壯這夥人多，也都猶豫在原地。

胡成與大家說了小嘍囉帶回來的消息。「三日後，我和三當家去跟朝廷的人談，要是朝廷翻臉抓人，也是抓了我們兩個，你們就逃命去吧。」

他都願意以身試險，其他人暫時沒話說了。

「我那朋友絕對可信，到時二當家和三當家去和朝廷談，我留在這裡，若事情不好，你們就殺了我，或者拿我做人質都行！」封平又加了籌碼。

眾匪們暫時安靜下來。

封平和胡成說話的時候，耿大壯卻一聲不吭，他走到大當家的屍體面前蹲下，看大當家真的沒氣了。他走到外面，吭哧吭哧找來幾塊木板忙活起來，看樣子是要幫大當家釘口棺材，可惜沒那手藝，忙活半天只做出個樣子。

胡成知道耿大壯是個講義氣的人，走過去拍了拍。「就這麼安葬吧，等我們出去了，再買口棺材回來。」

耿大壯點點頭，拿了蓆子捲大當家的屍體，隨後挪到木板上，抬到洞外，挖坑把人埋了。

現在已經是冬天，山中泥土被雨水泡濕後，遇冷結冰，要挖開可不容易。

耿大壯忙活半天，也不肯讓人幫忙，愣是一個人刨出一個大坑，隨後就跪在那土包前，顯然是打算守靈。

封平知道，耿大壯是心裡內疚，可又不能殺自己報仇。

剛才大當家拿刀要殺他，他不記仇，卻記著活命之恩。

只是，看著耿大壯忙活，對於胡成所說的話毫無反應，他心裡閃過一念，慢慢走到耿大壯身邊，恭敬地跪下，磕了三個頭。

耿大壯被他這動作嚇了一跳。「你、你這是什麼意思？」

「三當家，我殺了大當家，並不後悔，你看看那邊洞裡的姑娘，被人禍害了還有活路嗎？所以，我殺他，是為民除害。但是，他是你的救命恩人，你又是我的救命恩人，我向你磕頭賠罪。只是三當家，義氣有大義和小義之分，你為了一人報恩，就能看著無辜的人枉死嗎？」

「我……我沒有，那些人，我、我勸大哥了。」耿大壯本就不擅言詞，被封平這樣指責，只覺得說不清楚。

「您勸了，但沒能救下人來，這是失了大義。為人立於天地間，怎能為個人小恩義，忘了大義？」封平卻不依不饒站起來指責道。

「那……我該怎麼辦？」

「你應該為他贖罪，將那些人平安送回家去。」封平直接指了一件事。

胡成讀過書，腦子比耿大壯靈活，他點頭應和。「永先生說得對。」

耿大壯見兩人都這麼說了，想了想覺得他們說得有道理。剛才他心裡，是覺得大當家就這麼死了，自己去投誠求活命，這事不厚道，所以他打算將大當家埋了，然後自己死不投誠，一個人被官兵殺死在這裡好了。

封平看透他的念頭，大帽子扣過來，讓他有些糊塗了。難道自己以死謝罪不是報恩嗎？

「報恩，就得為他積功德，你活著多做好事，才能為他積功德。」封平又提了一條。

耿大壯覺得這話對。人活著作孽太多，死了是要下十八層地獄的，自己得為老大積功德。他點點頭。「謝謝永先生指導，我知道了。」

他說著，走到那邊洞口，將幾個女子的家問清楚，帶人想將她們一一送回家去。

封平又說現在天色不早，最好與官兵談和後，再送她們走。

胡成也在一旁勸著，耿大壯同意了。

三天後，楚謨親自帶人與胡成和耿大壯和談，封平又寫了一封信讓他們帶去給楚謨看。

最後，楚謨答應，不僅不追究他們的罪責，他們還可選擇，若是想回家種地的，直接到潁州州牧彭澤這裡記錄，回原籍去領地種；若是不想種地了，也可從軍。

大多數匪徒們都願意回家種地去，不過，還是有一百來人說家裡也沒人了，就想跟著胡成和耿大壯。

耿大壯倒是一心要回家種地，封平勸他從軍立軍功，搏個出身。最後，胡成和耿大壯都從了軍，胡成是六品校尉，耿大壯做了從六品，兩人一下從匪變成官，只覺得像作夢一樣。

胡成帶著耿大壯，要給封平磕頭。要不是遇上封平，他們早就被官兵給剿殺完了。

封平扶起兩人，道：「兩位請起，你們現在可是官老爺，我只是個白身，怎麼受得起。」

耿大壯嘿嘿一笑。「什麼官啊、白身啊，我不明白，就知道永先生你救了我們。」

封平笑道：「以前我沒說，其實我姓封名平，字永均，望兩位莫怪罪我欺瞞之罪。」

「原來是封先生，我說你那姓怎麼這麼彆扭。」耿大壯快人快語。

「你們兩位入了軍，實不相瞞，我這次來是領著差事的，若是你們願意，我想請兩位幫我做一件事。」

「封先生，你吩咐，但凡我們做得到的，絕不推辭。」胡成答應道。

翌日，封平帶路，帶著楚謨和他們兩人，到了金礦所在的山崖。

「這裡有一處礦脈，我想請你們兩位帶兵駐守這裡，不要讓人輕動，待朝廷下令後，你們兩位可在此監工挖礦。」

「這個……封先生，我們倒是願意的，只是帶兵這事，我們作不了主啊。」胡成有些為難。

清河在邊上笑道：「這你們就放心吧，這事我們幫你們去說啊。」

「那成！」耿大壯一口答應，拍著胸脯道：「放心吧，我天天給您守在這兒，保管一塊石頭都沒人能搬走。」

封平又看向楚謨，楚謨含笑點頭。

那個說楚謨比女人還漂亮的小嘍囉，如今已經是士兵，也知道了這個漂亮得不像話的男子，竟然是帶兵打他們的將軍，還是個王爺家的世子。所以，他此時只恨不得把自己縮成一團藏起來。

封平看他那樣子，哈哈一笑，到底沒把這話告訴楚世子。

來英州到如今全部安排完已經臘月了，楚謨歸心似箭，告訴封平京城裡沒有他的消息後，都心急到不行，讓他跟自己一起回京，封平當然是立即答應。

楚謨又找過李敬，讓李敬去英州和韓望之清點新兵，做好交接等事，而自己則帶著人，跟彭澤和韓望之告辭後，趕著回京去了。

李敬此次剿匪立了軍功，現在楚謨又將交接帶兵等事還給自己，心裡覺得此次英州之行沒有白來。

韓望之倒是很配合，毫無刁難，將士兵、將領名冊，還有相關事務，一五一十跟李敬交代了。

——未完，待續，請看文創風610《卿本娘子漢》5（完結篇）

2017年12月出版

財神嫁臨

文創風 590～593

對他而言，大多事情都是無所謂的，
食物只要能填飽肚子就好，他反正嚐不出美不美味；
衣服能穿即可，有沒有補丁、別人笑不笑話，他都無感。
至於成親嘛，娶誰不是娶呢？
儘管這場意外打亂了他原先的計劃，他還是願意承擔責任……

結髮為夫妻　恩愛兩不疑／初靈

若問誰是周家阿奶心中的好乖乖、金疙瘩，絕非周芸芸莫屬，
至於其他兒孫們，對阿奶來說，那就是一幫子蠢貨！
說起來，這都得歸功於小時候阿奶揹著她上山打豬草時，
她不小心從背簍裡跌了出來，然後正好摔在一顆大蘿蔔上，
待阿奶回身想將她撈起來時，卻發現她抱著蘿蔔，死活不肯撒手，
沒奈何，阿奶只得連人帶蘿蔔一道兒打包帶走，
回頭才曉得那根本是人參不是蘿蔔啊，還足足賣了二百兩銀子呢！
要知道，莊稼人看天吃飯，一年能攢下十兩都是老天開眼了。
若只一次也就算了，偏這樣的事情陸續又發生了好幾回，
所以說，阿奶只差沒將她供起來，早晚三炷香地拜了，
從此以後，她在周家簡直就是要風得風、要雨得雨，
這不，就連她從山上帶了頭猛獸回家養，阿奶都沒二話，
甚至還親親熱熱地喊牠「乖孫子」，因為牠會不時進貢免錢的獵物，
當然，她本人也不是個吃白食的，提供了無數個讓阿奶賺錢的主意，
只可憐家中大大小小的人得從早忙到晚，一刻不得閒哪……
幸好她是穿成了這個周芸芸啊，起碼往後在古代的日子裡有人罩著啦！

2017年12月出版

天定良緣

文創風 586～589

少時的傾心與諾言，終於讓她站在他身邊，
她知道他是愛她的，如同她愛他那樣，
可她不知道的是，那些恩愛與纏綿竟會成為她的惡夢……

渺渺浮生，訴不盡的兩世情深／水暖

陸婉兮一直視凌淵如命，到頭來反而教他要了命。
曾經有多愛，就有多恨，恨到她縱身而下，落入冰冷的湖裡——
可上天似是不想讓她就此委屈了結，她醒來後竟成了臨安洛家四姑娘洛婉兮！
同為「婉兮」，命運卻是天堂與凡間，
前世她是陸國公府家的掌上明珠，活得恣意灑脫，說風是風；
這世她父母雙亡，和幼弟相依為命，好在還有洛老夫人庇蔭。
她日子過得安分守己，小時訂了個不錯的娃娃親，
豈知自家堂姊和未婚夫暗通款曲，還想方設法要毀她名譽！
幾番暗害又所遇非人，加上前世婚姻賠上了命，她對嫁人早已不期不待，
只是這頭好不容易解決了糟心事，年邁的祖母卻被氣病了身子，
她深知帶祖母上京醫病是最妥善的路，可那裡埋藏她曾經的愛恨與悲歡，
有她思念之人，亦有她憎惡之人，
她有預感，這一上京，勢必會掀起連她也無法預知的駭浪……

文創風
609

卿本娘子漢 4

國家圖書館出版品預行編目資料

卿本娘子漢 / 鴻映雪著. --
初版. -- 臺北市 : 狗屋, 2018.02
冊 ; 公分. --（文創風）
ISBN 978-986-328-830-5（第4冊：平裝）. --

857.7　　106023733

著作者	鴻映雪
編輯	黃鈺菁
校對	黃薇霓　簡郁珊
發行所	狗屋出版社有限公司
地址	台北市104中山區龍江路71巷15號1樓
電話	02-2776-5889～0
發行字號	局版台業字845號
法律顧問	蕭雄淋律師
總經銷	知遠文化事業有限公司
電話	02-2664-8800
初版	2018年2月
國際書碼	ISBN-13　978-986-328-830-5

本著作物由起點中文網（www.qidian.com）授權出版

定價250元

狗屋劃撥帳號：19001626

網址：love.doghouse.com.tw　E-mail：love@doghouse.com.tw